W0324905

La vie leur appartient

Frédérick d'Onaglia

La vie leur appartient

Éditions de Noyelles,
avec l'autorisation des Éditions du 123

31, rue du Val de Marne, Paris

Le Code de la propriété intellectuelle n'autorisant, aux termes des paragraphes 2 et 3 de l'article L. 122-5, d'une part, que les « copies ou reproductions strictement réservées à l'usage privé du copiste et non destinées à une utilisation collective » et, d'autre part, sous réserve du nom de l'auteur et de la source, que les « analyses et les courtes citations justifiées par le caractère critique, polémique, pédagogique, scientifique ou d'information », toute représentation ou reproduction intégrale ou partielle, faite sans le consentement de l'auteur ou de ses ayants droit ou ayants cause, est illicite (article L. 122-4). Cette représentation ou reproduction, par quelque procédé que ce soit, constituerait donc une contrefaçon sanctionnée par les articles L. 335-2 et suivants du Code de la propriété intellectuelle.

© Éditions du 123, 2020

ISBN : 978-2-298-16108-3

À Jean-Michel Arbona.

« Tout ce que tu feras sera dérisoire,
mais il est essentiel que tu le fasses. »

GANDHI

1

— Vive les mariés ! s'écrie l'assistance à l'issue de la cérémonie religieuse.

— Le bisou ! renchérit l'un des invités.

Debout dans le chœur de l'église, Elsa se tourne vers Martin, son mari désormais. Ému, il soulève sa voilette et la repose délicatement en arrière. La jeune femme a ramené ses cheveux dorés en un joli chignon sur la nuque. Elle a opté pour un maquillage discret qui met en évidence ses yeux verts légèrement en amande. Guère à l'aise devant tous ces regards braqués sur elle, la mariée ne cache pas son émotion tandis que Martin dépose un baiser sur ses lèvres. Dans la nef baignée d'une lumière aux reflets irisés, les applaudissements crépitent. Les vitraux laissent passer de fins rayons qui ourlent l'autel de mauve tandis que les arches en pierres blondes se parent d'un bleu chatoyant. L'instant semble presque irréel, hors du temps et de l'espace. Ses copines l'avaient prévenue, le jour de ses noces, elle flotterait sur un petit nuage.

— Pince-moi, Doudou, murmure-t-elle, les yeux embués de larmes.

— Je préfère t'embrasser, ma fée.

Elsa ne rêve pas, elle vient de s'engager pour la vie. Elle a pourtant longtemps dénigré le mariage. L'amour, elle n'y croyait pas. Enfant, elle a souffert de l'absence de son père, une présence masculine dont elle a appris à se passer. Elle n'a pas oublié non plus les innombrables peines de cœur de sa mère, ses moments d'intense dépression qui se terminaient pour Elsa par une séparation plus ou moins longue, durant laquelle elle était confiée à sa tante Marie-Pierre. Pas étonnant que, devenue une femme libre et indépendante, elle se soit préservée de toute relation amoureuse et d'un quotidien marqué par les besognes routinières et forcément ennuyeuses. Mais ça, c'était avant de croiser le regard franc et clair de Martin Lazaret, un colosse de tendresse d'un mètre quatre-vingt-huit.

Ils se sont rencontrés à l'hôpital de la Croix-Rousse à Lyon, où elle exerçait aux urgences en tant qu'infirmière. Sapeur-pompier à Rillieux, Martin venait d'y amener un patient. Durant la pause d'Elsa, ils s'étaient retrouvés à l'accueil et avaient bavardé un moment autour d'un café. D'emblée, la jeune femme a été séduite par son sens de l'humour, son autodérision, ses petits mots étonnants sortis du monde de l'enfance et ses drôles d'expressions qu'elle avait trouvées désuètes. Martin l'a invitée à dîner quelques jours plus tard, ils se sont revus plusieurs fois, se sont découvert des passions communes, et les événements se sont enchaînés. Très vite, ils ont envisagé l'avenir ensemble. Leurs professions respectives les rapprochaient, ils partageaient les mêmes valeurs d'altruisme et consacraient tous les deux leur vie à secourir les gens en difficulté, elle à l'hôpital, lui en tant que pompier. Depuis qu'ils vivent en couple, les instants où ils se retrouvent dans l'intimité sont des « moments ronds », comme ils les appellent, où ils oublient la course du temps dans leur cocon d'amour.

Les premières mesures de *What a Wonderful World*, de Louis Armstrong, rappellent aux mariés qu'il est temps de sortir de l'église. Elsa saisit le bras que lui tend Martin. Il a fière allure dans son uniforme de cérémonie, avec son casque de pompier rutilant au bras et sa fourragère retenue sous une patte d'épaule galonnée. Elsa tenait à ce qu'il affiche ses décorations, gagnées au péril de sa vie. Elle sait aussi que l'inquiétude sera à jamais sa compagne de solitude, bien qu'elle ait appris au fil des mois à gérer son stress quand son soldat du feu part en mission. Son homme la rassure, lui répète que les brigades sont bien entraînées et disposent d'un matériel performant. Jamais il ne prendrait de risque inconsidéré, et plus encore maintenant qu'il a une merveilleuse raison de rentrer chez lui, auprès de sa fée.

Elsa remonte la nef à son bras, ravissante dans sa robe en organza de soie. Tout serait parfait si son bustier en dentelle de Calais ne la démangeait autant dans le dos. Elle meurt d'envie de se gratter, mais de quoi aurait-elle l'air si son justaucorps se dégrafait ? Dans les travées décorées de lys blancs, les invités les saluent à leur passage par de petits signes de la main. On félicite le couple, on admire la robe de la mariée réalisée par une amie couturière d'Elsa. La jeune femme l'a voulue simple, à son image. Certains invités, portable en main, immortalisent l'instant, d'autres ont déjà quitté l'église et attendent le couple à l'extérieur. Tous les Lazaret sont là, les proches, oncles et tantes de son mari, cousins et amis qui sont maintenant les siens.

Dans un joyeux brouhaha, le cortège se dirige vers la sortie. Arrivée sous le porche de l'église Saint-Pons de Sommières, Elsa met sa main en visière afin de se protéger de l'ardent soleil, découvrant la foule qui se presse sur le parvis et applaudit. Intimidée, elle répond par un gracieux sourire à tous ces inconnus qui la regardent avec bienveillance. La jeune mariée prend soudain la mesure de la notoriété des Lazaret, une famille connue et attachante, qui sait combiner le bon sens terrien avec l'élégance d'une éducation à l'ancienne. Pour autant, elle ne s'attendait pas à voir tant de monde. De son côté, mis à part ses amis les plus proches, seule sa tante Marie-Pierre s'est déplacée. Quelques mois plus tôt, quand Elsa avait fait part à sa mère de son mariage avec Martin, cette dernière avait immédiatement prévenu sa fille qu'elle avait d'autres « obligations » ce jour-là. Elle ne serait pas présente mais elle ne raterait pas le prochain ! avait-elle renchéri avec ironie. Elsa n'avait guère été étonnée de la réaction de sa mère, résignée depuis longtemps à subir cette distance affective. Du reste, leurs rapports demeurent inexistants malgré quelques tentatives de rapprochement.

« Vive les mariés ! » scande l'assemblée alors que des enfants, paniers en osier à la main, jettent des pétales de roses en direction du couple. Elsa sent une petite pointe d'angoisse étreindre sa poitrine. Jamais elle n'aurait imaginé vivre un tel mariage. Elle sait combien cette tradition importe à Martin, à ses parents en particulier. En l'épousant, elle a compris qu'elle intégrait un clan. Elle n'en maîtrise pas encore tous les codes et devra composer afin d'entrer dans le rang, mais elle saura répondre aux espérances des Lazaret. Elle s'éponge le front avec le petit mouchoir brodé qu'Ophélie, sa belle-sœur, vient de lui glisser discrètement dans la main. Depuis le début de la matinée, la sœur de Martin veille au moindre détail. Elle a été d'une aide précieuse ; c'est elle qui a pratiquement tout organisé, de la cérémonie au banquet qui va suivre.

Un photographe professionnel a installé son matériel sur le parvis et invite les jeunes mariés à prendre la pose. Tous les Lazaret se rassemblent autour de la reine du jour. Elsa commence à bien cerner les caractères de chacun, en particulier ses beaux-parents. Le courant est immédiatement passé entre elle et son beau-père. Généreux, passionné, voire un brin décalé, Gus peut se montrer à la fois inflexible, à cheval sur les principes mais aussi très ouvert dès lors qu'il s'agit d'œuvrer pour le bien de l'humanité. À la demande du photographe, il prend la pose à la droite de la mariée et saisit son bras qu'il serre délicatement sous le sien avant de fixer l'objectif. Alice, son épouse depuis quarante ans, se positionne à la gauche de Martin, un peu en retrait, presque intimidée. Ophélie est au deuxième rang, entourée de son mari Kévin et de leurs trois enfants. Elle a succédé depuis peu à son père à la direction de la jardinerie familiale *Terre de garrigue*, secondée par son mari qui en assure la gestion en tant qu'expert-comptable. Bien que leurs caractères soient sensiblement différents, Elsa apprécie cette femme de tête qui arrive à mener de front sa vie de mère de famille et celle de chef d'entreprise. Il y a aussi Paul, le dernier de la fratrie, le seul à vivre éloigné du clan. Il a quitté le nid familial dès le bac en poche, préférant voler de ses propres ailes plutôt que de subir la rigidité du patriarche et ses méthodes d'éducation d'un autre temps. Graphiste de talent, il travaille aujourd'hui dans un studio d'effets spéciaux à Nîmes, ne revenant chez ses parents que pour les grandes occasions. Le mariage de Martin en était une.

Après les traditionnelles photos, le cortège gagne maintenant *La Desserte*, la demeure des Lazaret. Située à la sortie de la ville, cette maison a la particularité d'être l'ancienne gare de chemin de fer de Sommières, construite en 1872 dans le style en vogue à l'époque, dans une symétrie parfaite. À la fin du XIXe siècle, Sommières était une « gare-étoile », comme l'appelaient les cheminots, à la croisée des chemins entre les Cévennes et la mer, Nîmes et Montpellier. Les infrastructures longeaient la voie ferrée sur environ un kilomètre. Elles comprenaient deux postes d'aiguillage, trois quais, des grues à eau pour les machines à vapeur, un château d'eau, des hangars, un buffet, une halle de stockage, et même une rotonde. Jusqu'en 1987, voyageurs et marchandises, houille, textile, vin et huile d'olive produits dans la région, dont cette Terre de Sommières tant prisée par les ménagères, ont transité en ces lieux. Gus et Alice ont racheté le bâtiment principal tandis que la municipalité a conservé les entrepôts. Au fil des ans, ils l'ont restauré pour en faire une maison de famille chaleureuse. Elsa et Martin ont provisoirement aménagé un espace dans l'ancien poste des conducteurs, le temps de terminer les travaux de restauration de la maison qu'ils ont achetée à Villevieille, un charmant village sur les hauteurs de Sommières, idéalement situé à six minutes de la caserne.

Sur la vaste terrasse de *La Desserte*, autrefois un parking, deux longues tablées ont été dressées à l'ombre d'un tilleul et d'un vieux platane. Martin et Elsa voulaient des noces champêtres, simples avant tout. Pressés par le déménagement, leur installation provisoire chez les parents de Martin et l'achat de leur maison, ils ont pu compter sur Ophélie qui, malgré l'activité intense à la jardinerie, s'est beaucoup investie dans la préparation de ce mariage, prenant même parfois sa tâche un peu trop au sérieux. Martin a d'ailleurs eu quelques petites prises de bec avec sa sœur. Pour sa part, Elsa s'est bien gardée d'intervenir. Ophélie l'a libérée d'un grand poids en s'occupant de la déco et le résultat dépasse ses espérances. Sa belle-sœur a structuré l'espace avec des feux de Bengale, elle a même fait installer une piste de danse sur l'esplanade qui domine les serres de la jardinerie, en contrebas de la route. De là, une vue imprenable donne sur les prés qui s'étirent jusqu'aux rives du Vidourle dont les hauts peupliers épousent son sillage.

— Le plus dur est passé, glisse sa belle-sœur, visiblement soulagée elle aussi. Tu as été parfaite. Maintenant, amuse-toi et profite de la fête.

Les invités commencent à arriver, accueillis par Gus et Alice. Elsa suit son mari dans la ronde des présentations : parents éloignés, proches voisins, clients de la jardinerie, amis de Martin, dont Flavien, son binôme en manœuvre, et d'autres encore dont elle peine à retenir les noms. Au milieu de ce tourbillon elle aperçoit Marion et Fatou, les deux infirmières libérales avec lesquelles elle travaille désormais. Marion est une fille du pays bien appréciée des patients, Fatou est burkinabaise. Arrivée en France il y a quelques années pour y faire ses études, elle n'en est jamais repartie. Les deux femmes cherchaient désespérément une remplaçante afin d'alléger leur emploi du temps durant la semaine, d'alterner les week-ends de garde et surtout de réussir à poser de vrais congés. Les règles sont strictes, une remplaçante devant justifier de vingt-quatre mois d'exercice à plein temps au sein d'une structure de soins dans les six ans qui précèdent l'embauche. De son côté, Elsa n'aurait pu prétendre installer son propre cabinet à Sommières, la ville étant en zone surdotée, selon l'Agence régionale de santé. Elle n'a cependant pas hésité à démissionner de son poste à Lyon lorsque Martin a obtenu son affectation à la caserne de Sommières, épuisée par les conditions de travail à l'hôpital et les incohérences de l'administration. Et puis il était hors de question qu'ils se séparent.

Aussi a-t-elle saisi sa chance quand l'opportunité s'est présentée de travailler en libéral avec Marion et Fatou.

— Pas trop impressionnée ? lui demande la belle Africaine avec la finesse d'esprit qui la caractérise.

— Un peu. Je n'ai jamais vu autant de monde à une réception.

— Les Lazaret sont connus et appréciés dans la région. Et tu sais quoi ? Tu les as conquis. Regarde Martin… Jamais je ne l'ai vu aussi heureux !

Entouré de ses collègues de la caserne avec lesquels il plaisante, son mari adresse à Elsa un sourire complice qui la fait fondre.

— Qui résisterait ? relève Marion en soupirant d'admiration. Tu as une de ces chances, ma vieille.

— N'écoute pas cette jalouse, intervient Fatou. Toi et Martin, vous êtes faits l'un pour l'autre.

Fatou connaît les Lazaret depuis cinq ans. Simples patients au début, ils sont devenus des amis à la suite d'un voyage à Madagascar qu'avait organisé Gus dans le cadre de ses activités caritatives. Fatou gérait la logistique médicale d'une vaste campagne de vaccination contre la rougeole que l'association de Gus avait en partie financée pour le compte d'une ONG présente sur le terrain. Martin les accompagnait. L'infirmière avait noté l'implication totale du jeune homme. Seule une fille aussi généreuse et engagée qu'Elsa pouvait le séduire.

— Vous formez un très beau couple, l'assure Fatou avec du soleil dans la voix. Dommage que vous ne puissiez pas partir en voyage de noces…

— Partie remise à l'automne prochain, rectifie Elsa. En novembre, nous envisageons d'accompagner mon beau-père pour sa prochaine expédition à Mangatavra. Enfin, si vous n'y voyez pas d'objection, les filles !

— Tu plaisantes ? s'écrie la belle Africaine à la

peau d'ébène. On arrivera bien à s'arranger au cabinet. N'est-ce pas, Marion ?

— Oui, bien sûr. Mais les voyages de noces… C'est un peu ringard de nos jours, non ?

— Comme tu manques de romantisme ! lui reproche aussitôt Fatou.

— Admettons, concède Marion, mais une mission humanitaire dans un village malgache n'est pas vraiment une escapade en amoureux.

— Heureusement que tout le monde n'est pas comme toi.

— Avec Martin, on tient à faire ce voyage, renchérit Elsa. Quand Gus nous a proposé de l'accompagner, nous n'avons pas hésité une seconde.

Dès leur première rencontre, son beau-père avait suggéré à sa future belle-fille de rejoindre son association. Sans doute avait-il déjà cerné chez la jeune femme sa générosité naturelle. Il lui avait expliqué comment, avec d'autres bénévoles de la région, il aidait ce village malgache à ne pas sombrer dans la misère depuis les opérations de déforestation engagées par les sociétés minières qui, en exploitant le charbon à outrance, ont pollué la majeure partie des terres agricoles.

— C'est tout à votre honneur, mais je persiste à trouver votre démarche curieuse, lance Marion avant de s'éclipser.

— Ne fais pas attention, intervient Fatou. Les mariages la dépriment car ils la renvoient directement à l'échec de sa vie sentimentale. Il faut dire qu'elle n'a pas vraiment eu de chance avec les hommes. Mais je parle, je parle… Et j'accapare la mariée !

Son amie la serre contre son cœur.

— Sois heureuse, ma belle. Et profite de chaque instant. Tu le mérites.

— Promis. Merci.

Une nouvelle vie commence pour Elsa, et sous les meilleurs auspices. Elle s'en réjouit d'autant plus que l'homme qu'elle aime la dévore à présent des yeux. Les invités ont pris place autour du banquet et les conversations vont bon train. L'air est doux, la nuit à peine troublée par le chant des grillons. Des plages musicales ponctuent le dîner. Elsa ouvre le bal avec Martin sur une valse, comme il se doit, puis se laisse entraîner dans un rock endiablé par Gus qui peine à suivre le rythme et n'arrête pas de marcher sur les pieds de sa cavalière. Un carnage qui fait beaucoup rire Elsa. Elle l'abandonne dès le morceau terminé, avant d'être de nouveau réclamée tandis que le DJ lance une salsa. Tous les invités ont maintenant rejoint la piste de danse où l'ambiance est festive. Elsa est aux anges, elle vient d'épouser le plus charmant des hommes et cette soirée est la leur.

Vers 1 heure du matin, alors que les premiers convives prennent congé, les mariés abandonnent un instant leurs amis pour aller les saluer. Puis ils dansent un dernier slow. Elsa pose tendrement la tête sur l'épaule de Martin et se laisse bercer. Elle sent son souffle chaud caresser son visage et s'abandonne dans ses bras. Martin l'effleure de ses lèvres puis murmure à son oreille qu'ils peuvent s'échapper. Personne ne leur tiendra rigueur. Ils s'éclipsent discrètement et traversent la terrasse en direction de leur petit deux-pièces. Elsa est frappée par l'air songeur de son mari.

— Un baiser en échange de tes pensées.

— Je ne le mérite pas ! Pour tout te dire, je suis inquiet. Les gendarmes nous ont informés qu'un pyromane serait à l'origine des incendies de ces derniers jours. Espérons qu'ils le coinceront rapidement. Avec la canicule, la garrigue et les terrains agricoles sont archisecs ; en deux temps, trois mouvements, tout peut repartir. Et nous, on risque d'être dépassés par l'ampleur des départs de feu. Mais, pardon, ma fée, se reprend-il, je parle boulot. Comment me faire pardonner ?

— Viens par là. Je crois que j'ai une idée !

Elle lui prend la main et l'entraîne de l'autre côté de l'esplanade.

2

Couché sur le banc de musculation, Martin soulève de toutes ses forces les haltères, puis les maintient en hauteur quelques secondes, bras tendus, avant de les ramener à lui tout en retenant le poids à la descente. Il répète l'exercice plusieurs fois, jusqu'à ce que l'effort devienne intenable. Il peut le faire. Il *doit* le faire, et puise un regain d'énergie dans son mental d'acier. Il expire profondément, souffre les dents serrées. Il est au bord du renoncement mais son âme de sportif l'incite à pousser ses limites plus loin encore. Il est à bout de forces lorsqu'il parvient à la fin de sa série de développés-couchés. La barre, lestée de disques de fonte, retombe lourdement dans son logement.

— Bravo ! le félicite Flavien qui s'entraîne à ses côtés. Tu tiens une forme olympique.

— Oui. J'ai une pêche d'enfer en ce moment.

— Il faut croire que le mariage te réussit.

— Tu l'as dit ! Dire que demain il y aura un mois que nous sommes mariés.

— Déjà ? Le temps passe vite.

La séance terminée, les deux hommes se dirigent vers les vestiaires. Martin a du mal à retirer son tee-shirt qui colle sur son torse imprégné de sueur. Depuis qu'il est pompier, il veille à entretenir une bonne condition physique. Du reste, l'entraînement est obligatoire à la caserne. Régulièrement, des médecins contrôlent les aptitudes physiques du personnel et surveillent leur état de santé. Arrivé devant son casier, Martin boit à la gourde sa boisson énergisante tout en reprenant peu à peu sa respiration. Des gouttes de sueur perlent sur son front qu'il éponge avec une serviette.

— À la douche, lance Flavien. La pause est terminée. Retour à la réalité.

Les deux hommes se déshabillent dans les odeurs de déodorant et de savon. Nus, chaussés de leurs claquettes, ils s'avancent vers la pièce d'eau collective et se placent sous deux des six jets disponibles.

— Et pour fêter votre premier mois de mariage, demande encore Flavien, tu as prévu quelque chose ? Tu emmènes ta belle en week-end romantique ?

— Je suis de réserve.

— Encore ? C'était déjà le cas la semaine dernière, non ?

— Oui, mais cette fois, je me suis proposé. Avec la canicule des derniers jours, les départs de feu se multiplient et les équipes manquent de bénévoles.

— Et Elsa, qu'en dit-elle ? Tu es souvent sur le terrain ces derniers temps.

— Elle me connaît, mon Elsa, souffle Martin avec tendresse. Elle sait que je déteste rester inactif quand je peux être utile.

Flavien admet volontiers que le contexte actuel est particulier. Avec les fortes chaleurs qui se sont abattues sur le Gard depuis plusieurs semaines, les équipes sont sur le qui-vive. Un mégot jeté par la fenêtre d'une voiture, un tesson de verre qui traîne en plein soleil, sans parler des barbecues mal éteints, la moindre négligence s'avère dévastatrice.

— Dans le Sud, le manque de vigilance ne pardonne pas, lâche son collègue. Mais tu es un enfant du pays, tu connais ça par cœur.

Martin a grandi à Sommières où il est resté après le bac pour préparer son concours de sapeur-pompier. À l'issue d'une session de onze semaines consacrée aux matières générales, il a suivi une formation spécifique aux catastrophes naturelles et enchaîné plusieurs stages dans un centre de secours en eaux vives, SEV, comme on dit dans le jargon du métier – les sigles étant légion dans le corps des sapeurs-pompiers. Sa première affectation l'a envoyé sur les rives du Rhône, en proche banlieue lyonnaise, où il est resté plusieurs années, avant que cette opportunité de mutation ne le ramène à Sommières, une région particulièrement touchée par les feux mais aussi les crues.

Martin termine actuellement une remise à niveau de ses compétences dans ce domaine particulier. L'entraînement y est très différent de celui qu'il avait l'habitude de suivre à Lyon. À son arrivée à la caserne de Sommières, les gars se sont montrés prévenants et attentifs à son égard, notamment Flavien, son binôme en manœuvre, avec lequel il a vite sympathisé. Spécialiste de la nage en eaux vives, Martin prendra pleinement ses fonctions à la rentrée de septembre. Pour sa part, Flavien privilégie sa compagne et leurs deux enfants dès qu'il n'est plus en service. Il ne sort plus beaucoup mais ne s'en plaint pas. Comme lui, Martin aspire à une vie de famille. À 32 ans, il se voit bien dans sa nouvelle maison avec Elsa, des enfants… et même un chien.

— Samedi prochain, vous seriez partants pour un barbecue ? demande Flavien.

— Merci, c'est sympa, mais on fête l'anniversaire de mon père. Le week-end suivant, si tu veux.

— Ça ne sera pas possible, désolé, j'emmène Louane et les petits en vacances.

En tant que père de famille, Flavien a le droit de

poser une dizaine de jours consécutifs de congé durant l'été. Ayant des enfants en bas âge, il est prioritaire.

La sonnerie d'alerte interrompt soudain leur conversation.

— Intervention ! Intervention ! lance le standardiste de garde dans le haut-parleur.

Les deux pompiers sortent aussitôt de la douche et se pressent vers leurs casiers. Leurs gestes sont précis, méthodiques, leurs affaires déjà bien préparées. La rapidité est un facteur essentiel. Plus vite ils arrivent sur les lieux, plus les chances de sauver des personnes ou de circonscrire un sinistre sont élevées. Dans les coursives, ils enfilent leurs vestes d'uniforme. Leur chef de centre délivre l'ordre de mission : secours à personne en centre-ville. Dans la vie d'une caserne, plus de soixante pour cent des sorties concernent ce type d'intervention. Martin et Flavien sont réquisitionnés. L'ambulance rouge du SDIS 30, le groupement territorial Garrigues-Camargue, quitte aussitôt l'entrepôt sirène hurlante. C'est jour de marché et la circulation est ralentie. Le véhicule se fraye un passage parmi les voitures, remonte une rue à contresens et parvient sur les lieux moins de six minutes plus tard. La victime, une femme de 80 ans environ, est allongée au bord du trottoir, en état de semi-conscience. Deux personnes se trouvent auprès d'elle. Tandis que Flavien les interroge, Martin prend en charge la blessée.

— Madame, vous m'entendez ? s'enquiert-il. Bien. Restez avec nous pendant qu'on vous examine. S'il vous plaît, madame.

D'une voix douce mais ferme, il continue à lui parler afin qu'elle ne perde pas connaissance.

— Madame, vous savez quel jour nous sommes ? insiste-t-il.

L'octogénaire est réceptive et bredouille une vague

réponse. Martin la lui fait répéter plusieurs fois et elle revient lentement à elle. D'après le premier bilan, le pronostic vital n'est pas engagé. Probablement une chute de tension. Un simple malaise, mais qui demande un examen plus approfondi.

— Vous avez été victime d'une petite absence. Rien de grave, rassurez-vous, mais par précaution nous allons vous conduire à l'hôpital.

Flavien sort le brancard de l'ambulance. Dans un geste simultané, les deux pompiers soulèvent le corps de l'octogénaire puis la déposent avec précaution sur la civière qu'ils chargent dans le véhicule. Les quelques badauds qui s'étaient approchés s'écartent pour les laisser passer. Flavien prend place à l'avant tandis que Martin reste à l'arrière avec la blessée. Durant le trajet, il lui pose les questions d'usage afin de remplir la fiche d'intervention, puis il relève sa tension. Pas brillant. Le choc, probablement. Sur sa couche, la vieille dame réalise enfin ce qu'il lui arrive et s'en effraie.

— Soyez sans crainte, tout va bien, la rassure Martin.

Il lui prend la main et lui répète que son malaise n'est probablement pas grave. Mais des examens complémentaires seront nécessaires pour poser un diagnostic sûr.

— Vous êtes en sécurité. On va bien s'occuper de vous.

— Vous êtes gentil. Tout ce bazar pour si peu. Si vous saviez comme j'ai honte !

— Mais nous sommes là pour ça, madame. Ne vous faites aucun souci.

Rassurée, l'octogénaire sourit, plaisante même. Être secourue par un beau garçon n'est pas pour lui déplaire.

— Vous avez égayé ma journée, jeune homme.

Martin lui adresse un sourire bienveillant. L'ambulance est maintenant entrée dans l'enceinte de l'hôpital de Nîmes-Carémeau. Martin et Flavien confient leur patiente au personnel des urgences, transmettent le dossier au secrétariat pour l'enregistrement de l'entrée, puis rentrent aussitôt à la caserne. Cet après-midi, le chef de centre de secours de Sommières a programmé une révision de tous les engins, assortie d'un lavage en règle.

Après un déjeuner rapide au réfectoire, les hommes se rendent dans le hangar situé en sous-sol. La porte d'accès affiche l'oriflamme des sapeurs-pompiers avec ces mots dédiés spécifiquement au corps : « Courage et dévouement », des valeurs qui résument à elles seules la force de l'engagement de Martin et ses collègues. Servir, secourir… Par équipe de deux, les hommes se répartissent les tâches et commencent à nettoyer le matériel. Ils vérifient les dates de péremption des poches de chlorure de sodium, nettoient les masques et renouvellent les compresses utilisées lors des dernières interventions. Puis ils contrôlent soigneusement les bouteilles d'oxygène, le défibrillateur semi-automatique, les pompes de l'appareil respiratoire, à nouveau prêt à l'emploi. En situation d'urgence, ces précautions sauvent des vies.

— On s'occupe du CCF, décrète Martin dès qu'ils ont terminé.

Le camion-citerne feu est un véhicule monté sur d'énormes roues, capable de franchir un terrain accidenté ou de résister à un incendie grâce à une série de conduites d'eau équipées de diffuseurs qui arrosent l'engin en cas de contact avec les flammes. Sur le carnet de liaison, Martin note la prochaine révision, prévue à la fin du mois. Pourvu que l'atelier de mécanique ne l'immobilise pas trop longtemps. Avec la canicule, ils en ont besoin tous les jours.

Il est 15 heures, la relève arrive dans trente minutes. Martin a promis à Yvonne, la voisine de ses parents, de débarrasser la soupente du toit de sa maison de ce maudit nid de frélons qui viennent nicher là tous les ans. Il est sur le point de demander à Flavien son aide lorsque l'alarme se met à hurler. C'est un code rouge. Feu sur massif boisé. Assez conséquent, semble-t-il, puisque leur supérieur déploie tous ses hommes sur le terrain pour venir en renfort de l'équipe d'intervention de Lunel, la commune la plus proche de l'incendie. En sa qualité de chef d'agrès, Flavien prend place à l'avant du CCF qu'ils viennent de nettoyer. À ses côtés, le conducteur démarre tandis que Martin s'installe à l'arrière du camion-citerne avec un autre équipier. Ils quittent enfin la caserne. La sirène à deux tons perturbe la quiétude estivale à l'heure où tout le monde fait la sieste.

En plein été, les massifs forestiers et les garrigues sont placés sous haute surveillance. Vingt-sept patrouilles dites « Dangel », en référence à la marque des pick-up légers utilisés en intervention, et un avion d'observation sillonnent l'ensemble des zones à risque. L'objectif est d'occuper le terrain afin de prévenir et d'éteindre tout départ de feu. Les pompiers collaborent étroitement avec les gardes de l'Office national des forêts, vigies mobiles en liaison permanente avec les treize tours de guet installées sur l'ensemble du département et dont les champs de vision se recoupent.

Durant le trajet, des informations complémentaires apprennent aux occupants de la cabine que le feu se serait déclaré une demi-heure plus tôt en pleine garrigue, sur la route de Lunel. Une voix métallique à la radio précise que le site romain d'Ambrussum a été évacué, tout comme les rares habitations se trouvant dans la trajectoire des flammes. Les talkies délivrent d'autres messages dans une cacophonie qui requiert toute l'attention de leurs destinataires. Pour sa part, Martin note le dernier bulletin météo. Certains paramètres sont importants, comme la vitesse du vent et son orientation, ou le taux de sécheresse. Le PC de commandement donne ses consignes. La priorité étant d'épargner la vie des hommes, il est ordonné aux forces à terre de se positionner sous le vent et de se déplacer uniquement d'est en ouest. La route nationale, que les gendarmes viennent de fermer à cinq kilomètres de là, servira de pare-feu. Le poste central annonce aussi qu'un renfort aérien s'organise. Les yeux fixés sur la pendule du tableau de bord, Martin se prépare à affronter le pire.

Suivant les coordonnées GPS, le véhicule quitte la départementale à cinquante mètres de l'entrée d'une carrière, puis s'engage sur un chemin étroit et poussiéreux sinuant à travers une garrigue de chênes-lièges rabougris. La chaleur est extrême, le thermomètre dépasse les quarante-cinq degrés. Un record. Au détour d'une courbe, une colonne de fumée se dessine très nettement. Vu l'ampleur du panache et la couleur brune du nuage, les renforts aériens sont effectivement nécessaires.

— Un tanker et trois canadairs ont été lancés sur secteur, confirme le PC. Ils arrivent sur votre flanc gauche.

Le camion-citerne à bord duquel se trouve Martin rejoint le groupe d'intervention déjà en place, formé de trois engins similaires et d'un 4×4 léger. D'emblée, les conducteurs se positionnent en formation puisque le commandement a opté pour une tactique de combat offensive. Les forces à terre devront attaquer le feu au plus près et de tous côtés. Tous les véhicules disposent de citernes de grande contenance et sont dotés d'une pompe puissante qui alimente les lances. Avec ce matériel performant, les pompiers mobiles pourront pénétrer au cœur même de la garrigue. Dans le ciel, un hélicoptère de commandement intervient en complément des troupes au sol afin d'optimiser la coordination entre l'état-major et les différents acteurs sur le terrain. Flavien détermine une zone de repli en cas de complications, la propagation d'un feu de cette nature résultant de la combinaison du vent, de la végétation et du relief. À flanc de coteau, la progression est plus rapide en montée qu'en descente. Il établit le refuge dans une clairière en aval. D'un coup, le paysage se voile. La lumière disparaît.

— Le vent tourne, constate Martin. Nous allons nous trouver sous le foyer.

Flavien prend en considération l'observation de son binôme et en réfère sans attendre au commandement.

— Largage imminent sur le flanc gauche, répète la voix métallique dans le poste. Largage imminent. Maintenez les positions.

À peine le message diffusé, le Tracker qui les survole déverse six mille litres d'eau mélangés à un sel ignifugeant qui retarde la combustion des végétaux. La fumée s'épaissit soudain, avant de se dissiper, lorsque le vent change à nouveau de direction.

— Vent violent et instable, reprend le PC. Prudence absolue à toutes les patrouilles sur place.

Martin ajuste son masque sur le visage, vérifie l'attache du casque. Puis il enfile ses gants, serre les sangles aux poignets et saute du camion-citerne au signal de Flavien. De manière synchronisée, les hommes déroulent les lances. Sous la pression de l'eau, les muscles de leurs bras sont particulièrement sollicités.

Les flammes reculent, laissant derrière elles des cendres incandescentes. Martin s'en tient aux consignes de sécurité qu'il a revues en formation. En situation réelle, il n'a pas le droit à l'erreur. Porté par une décharge d'adrénaline, il dirige le jet d'eau vers un nouveau foyer.

— Repli immédiat, ordonne soudain Flavien à ses coéquipiers. Repli immédiat !

Attisé par de méchantes bourrasques, le feu a repris de vigueur sur le flanc droit. La marge de manœuvre de la formation est trop réduite, les hommes doivent se mettre à l'abri. Martin recule en maintenant sa lance pointée droit devant. Regroupés près du camion-citerne, ses collègues coupent la pression, enroulent précipitamment les tuyaux avant de se réfugier dans le CCF, conçu pour résister aux flammes. Une épaisse fumée envahit l'habitacle alors qu'ils s'engouffrent dans le véhicule.

— Fermez les portes et mettez vos masques à air, leur demande Flavien avec sang-froid. Je vous rappelle que la cabine du CCF est autoprotégée, nous sommes à l'abri du feu. Allez, les gars, on reste calmes. On garde l'ensemble de ses équipements de protection, on met les surpantalons et on économise l'air au maximum. Je déclenche la balise GPS et passe le message de détresse.

S'emparant de la radio, il décline son identité ainsi que sa position.

— Je vois un feu de pinède en propagation libre. Je demande renforts terrestres et aériens. Commandement fréquence sentier. Fréquence air-sol. Je poursuis reconnaissance. Bien reçu ? Parlez.

— Bien reçu, l'assure-t-on. Renfort en progression. Tenez bon !

Les flammes se rapprochent, menaçant à présent

le camion. Un mur de feu les encercle. Aucun itinéraire de fuite possible. Flavien se tourne alors vers le conducteur et lui demande d'enclencher le système de sécurité, avant d'adresser un nouvel appel à son commandement :

— SDIS 30, CCF de Sommières. URGENT ! URGENT ! URGENT !

Par ces mots, Flavien a lancé un message de détresse. Tous les postes alentour reçoivent le signal.

— Je demande largage aérien sur ma position. Répétez message.

— CCF de Sommières, bien reçu. Largage de sécurité en cours. Je répète, largage de sécurité en cours par les canadairs.

— Les gars, ils nous ont localisés, on vient à notre secours. On garde son calme, OK ?

À travers le vitrage renforcé du pare-brise, Martin, impressionné, regarde le mur de feu qui lèche à présent le camion.

3

Après s'être servi un café dans la petite cuisine attenante, Elsa rejoint ses collègues dans le bureau où elles se posent chaque matin avant d'entamer la journée. D'un air satisfait, Marion fait part de la rumeur qu'elle a apprise d'une patiente la veille au soir.

— Tu es sûre ? s'écrie Fatou.

— Je tiens ces informations de Marguerite Rozier, la femme du capitaine de gendarmerie qui a arrêté le pyromane.

Fatou se tourne alors vers Elsa.

— Et toi, t'en penses quoi, de cette histoire de pyromane ?

— Je confirme. Martin m'en avait touché deux mots le soir de notre mariage.

— Et depuis un mois la nouvelle n'a pas été divulguée ?

— Ils ne voulaient pas effrayer les gens, suppose Elsa. Quand les esprits s'échauffent, le travail des enquêteurs est toujours perturbé. Heureusement, le criminel est à présent sous les verrous.

— Pour combien de temps ? s'exclame Marion. Son avocat plaidera à coup sûr un trouble mental ou un truc dans le genre. Son client obtiendra une remise de peine et sortira sous liberté conditionnelle. Ces types devraient tous mourir brûlés dans les incendies qu'ils provoquent.

— Ne souhaite jamais ça, malheureuse ! s'indigne Fatou. Pas même à ton pire ennemi.

— Ah oui ? Tu penses aux victimes, à tous ces innocents qui perdent la vie, à leurs proches ou à leur maison qu'ils ont perdue à cause de ces fous furieux, sans oublier les hectares de nature ravagés pour des décennies ? Et les pompiers qui frôlent la mort à chaque intervention ? Sans parler du stress, de la fatigue qu'ils accumulent quand un détraqué allume cinq ou six départs de feu en une journée. Demande à Elsa, elle est bien placée pour le savoir.

Bien que la principale intéressée trouve la réaction de Marion disproportionnée, elle la rejoint cependant quant aux dangers du métier de pompier. Afin d'étayer son propos, elle affiche à l'écran de son Smartphone la photo d'un véhicule calciné, couvert de suie.

— C'est le camion dans lequel se trouvait Martin la semaine dernière.

Elsa revient sur l'événement que lui a raconté son mari, pris dans le piège des flammes. La chaleur montait dans l'habitacle, la fumée s'épaississait, les occupants de la cabine ne quittaient pas des yeux le niveau d'eau de la citerne. Leur survie en dépendait. L'autonomie du système de pulvérisation sur les vitres, la carrosserie et les pneus se limitait à quatre petites minutes seulement. Par chance, les canadairs sont arrivés et ont déversé le contenu de leurs réservoirs. Elsa salue au passage le courage des pilotes.

— Ils n'hésitent pas à descendre au plus près du brasier pour alléger la carlingue du poids de l'eau. Grâce à ce largage à faible altitude, les camions-citernes peuvent résister à la masse de liquide qui s'abat sur eux. Ce n'est pas le cas avec le feu. Après le passage du troisième bombardier, ils ont pu enfin s'extraire du brasier, sans autre dommage que des tôles noircies.

— Un miracle, admet Fatou en se levant.

Elle propose un autre café que les filles refusent poliment. Grande et plantureuse, la belle Africaine porte fièrement la quarantaine, avec un corps harmonieux et ferme, une peau cuivrée et un visage aux pommettes hautes. Tout, en elle, inspire une sensualité exotique.

— Dis donc, Elsa, reprend-elle un sourire malicieux aux lèvres, comment s'est passé ton week-end ? Vous fêtiez votre premier mois de mariage, non ?

Elsa éclate de rire. Qu'elle se rassure, tout était parfait, Martin s'est montré le plus merveilleux des maris. Il lui a fait la surprise de l'emmener pique-niquer sur la plage des Aresquiers, à moins d'une heure de Sommières. Ils sont arrivés au moment où les derniers touristes quittaient cette langue de sable entre mer et étangs, et ont admiré le magnifique coucher de soleil une coupe de champagne à la main. Elsa garde pour elle les détails du bain de minuit qui a suivi, de leurs baisers au goût salé, de leurs caresses. Elle se souvient de leurs corps alanguis sous une myriade d'étoiles, bercés par le ressac des vagues.

— Ah ! l'amour..., souffle Fatou, songeuse.

— Comme tu y vas ! Je dirai plutôt « enfin seuls », rectifie Marion. C'est vrai, après tout. Vous vivez sous le même toit que tes beaux-parents, ou c'est tout comme, et vous déjeunez presque tous les dimanches ensemble. Pour des jeunes mariés, j'imagine que cette situation devient pesante, à force.

— Ils ne sont pas envahissants, je t'assure. J'apprends à les connaître. Tout ça est si nouveau pour moi. J'espère seulement ne pas les décevoir.

— Décevoir qui ? s'exclame Fatou. Le clan Lazaret ?

— Oui.

— Stop ! Un : ton mari ne t'aurait pas épousée si ça avait été le cas. Deux : tu es heureuse avec Martin et ça, ma jolie, c'est le plus important. Trois : reste telle que tu es, et tout se passera bien. Et puis, entre nous, ajoute-t-elle avec malice, à part peut-être Ophélie, les Lazaret sont des gens plutôt cools. Tu aurais pu tomber plus mal ! J'ai appris à les connaître lors de ce voyage à Madagascar il y a deux ans. Là-bas, ils ont prouvé leur grande générosité, n'hésitant pas à donner de leur temps et de leur argent pour ces gens qui ne possèdent rien ou presque et qui nous ont pourtant reçus comme des rois. Et ces sourires ! Sur le plan humain, on a tous beaucoup appris, même moi qui, après quelques années passées en France, avais presque oublié d'où je venais. J'ai gardé un souvenir particulier d'une femme croisée sur le bord de la route alors que nous approchions de Mangatavra. Elle revenait des champs, son bébé emmailloté dans un *lamba* coloré, son panier rempli de manioc qu'elle tenait en équilibre sur la tête. Elle nous a fait un signe de bienvenue sur notre passage et nous a adressé un joli sourire. Elle m'a rappelé ma mère.

— Ils possèdent la richesse du cœur, ponctue Elsa.

— C'est exactement ça. Ce qui m'a frappée, continue Fatou, c'est tout ce monde, une vraie fourmilière, je me suis crue de retour au pays. Entre les petits qui couraient pour ne pas être en retard à l'école, munis de leurs ardoises, de leurs crayons et d'une gamelle de riz pour le déjeuner, et les plus grands qui ramenaient l'eau à la maison dans de gros jerricans en plastique, ou encore les hommes qui se rendaient à la mine de charbon pieds nus, respirant déjà la poussière… Eh bien, malgré leur condition précaire, ils gardaient le sourire et cette formidable joie de vivre qui rend leur quotidien plus supportable. Tout au long de mon séjour, je n'ai jamais vu un Malgache se plaindre. Je t'assure qu'on a des leçons à recevoir.

Marion rappelle les filles à l'ordre ; la pendule de la kitchenette affiche 7 h 12. L'heure tourne, les malades attendent. Elsa rince les tasses dans l'évier avant de préparer sa trousse d'intervention contenant le matériel de base, médicaments, seringues, stéthoscope, tensiomètre, ordonnancier, feuilles de maladie... Dix minutes plus tard, elle quitte le centre-ville de Sommières et prend la route d'Aubais. Au volant de sa petite Yaris Hybride, elle longe *La Desserte* sur sa gauche. C'est vraiment une belle maison, pense-t-elle alors qu'elle arrive à la hauteur de *Terre de garrigue* un peu plus loin sur sa droite, à la sortie de la commune. À cette heure de la journée, une lumière dorée poudre les collines avec leurs rangs de vignes ou d'oliviers. Parfois, au détour d'un virage, son regard s'attarde sur ce paysage si apaisant. Elsa ralentit à hauteur d'un pré où deux ânes broutent l'herbe sèche à l'ombre d'une pinède. Mentalement, elle note de prendre le sac de pain rassis qu'elle garde spécialement pour eux. Le propriétaire, un patient à qui elle a prodigué des soins le mois dernier, l'a autorisée à leur apporter de la nourriture de temps en temps. Elle s'arrêtera après sa pause de mi-journée, se dit-elle en poursuivant son chemin.

Avec l'été, de nombreux touristes ont recours aux infirmières. C'est le cas de l'un d'entre eux, en vacances au camping de Massereau, qui ne voit pas d'objection à ce qu'elle passe de bonne heure. Il a la jambe gauche plâtrée de la cuisse aux orteils et son immobilisation nécessite une série d'injections en prévention d'une phlébite, qu'il appréhende au plus haut point. Par ruse, Elsa le pique avant même qu'il ne s'en aperçoive. Sa deuxième visite l'emmène sur un chemin creusé d'ornières qui débouche sur un vieux mas isolé aux allures de ferme fortifiée. Les aboiements menaçants du chien ne sont guère engageants mais Elsa connaît ce gardien et elle sait qu'il deviendra un gentil toutou sitôt qu'elle aura passé le portail. La maîtresse des lieux, une femme âgée d'une soixantaine d'années, souffre d'une pathologie chronique et a besoin qu'on change sa poche de glucose. C'est surtout une personne seule, en manque de compagnie, avec laquelle Elsa consacre du temps pour lui parler, ou plus simplement l'écouter. En milieu rural, la proximité avec les malades prend une tout autre dimension par rapport à l'hôpital. L'aspect relationnel est primordial, la technique passe ensuite. C'est d'autant plus vrai avec les personnes en fin de vie. Il faut les laisser s'exprimer, qu'elles puissent libérer ce qu'elles ont sur le cœur. Bien souvent, les proches sont dans le déni, ou ils évitent la discussion par pudeur, passant à côté de l'essentiel. Elsa se souvient de cette patiente à l'agonie dont elle s'était occupée à son arrivée. Sa famille la veillait jour et nuit, tous volets fermés. Il n'y avait aucun échange avec la mourante. Pourtant, à ce moment ultime, le mal qui la rongeait n'était pas la maladie en elle-même. La patiente se savait condamnée, elle était résignée et plutôt sereine. Ce qui l'accablait, c'était de ne pas parvenir à dire adieu à ses enfants. Elle s'était confiée à Elsa qui, un jour, devant la famille incrédule, avait ouvert en grand les fenêtres pour laisser entrer l'air et la lumière dans la chambre. Elle était ensuite allée voir les proches. Certes, ils pensaient bien faire en laissant leur parente se reposer, mais ce n'était pas ce qu'elle attendait d'eux.

Après une demi-heure passée avec sa patiente, elle monte à Junas où plusieurs rendez-vous l'attendent. Encore faut-il qu'elle puisse se garer ! Plus aucun stationnement n'est disponible dans le centre de ce joli village aux maisons de pierres blondes. Les touristes ont pris possession des lieux, à en juger par les plaques d'immatriculation. Par chance, sa petite Toyota se glisse dans la seule place encore libre, devant le temple protestant. Un peu de marche la dégourdira. Elle prend sa trousse de soins et entame les deux premières visites, l'une pour un prélèvement d'urine, l'autre pour une prise de sang. Chez la troisième, sa dernière patiente, elle vérifie la tension, veille à ce que l'octogénaire prenne bien son traitement quotidien et lui rappelle de bien s'hydrater durant la journée. À l'extérieur, le soleil cogne déjà dans les ruelles désertes. Les nouveaux arrivants profitent de leur première grasse matinée. Tandis qu'elle regagne sa voiture, elle croise un homme distingué sortant de la boulangerie, les bras chargés de viennoiseries et de baguettes croustillantes. Il vient d'aiguiser son appétit mais elle résiste. Mieux vaut éviter le grignotage entre les repas.

À Congénies, la commune voisine où elle se rend ensuite, Elsa suit un enfant sous dialyse depuis plusieurs semaines déjà. La jeune femme est impressionnée par le courage de ce gamin qui trouve le moyen de plaisanter quand elle nettoie ses cathéters. Au cours de sa carrière, il lui est quelquefois arrivé de flancher devant l'injustice de la vie. Mais ce métier l'a endurcie, et avec l'expérience elle réalise que chaque malade n'appréhende pas le temps de la même manière. Chaque jour, chaque minute, chaque heure est un chemin vers la guérison… ou vers la mort. Après une fac de lettres qui ne l'a menée à rien, Elsa a choisi le métier d'infirmière, trois ans d'études à l'Institut de formation en soins infirmiers au CHU de Lyon où elle a été embauchée dès son diplôme d'État en poche, et maintenant Sommières. Un parcours qu'elle ne regrette pas.

Les rendez-vous se poursuivent, des nursings, quelques injections et une poche de stomie à brancher.

À l'heure du déjeuner, elle s'arrête encore chez un patient pour changer un pansement. Il est 14 heures passées lorsqu'elle termine sa tournée du matin. Une pause sera la bienvenue par cette chaleur. Le soleil est à son zénith, la température caniculaire et l'air étouffant. Elle rentre directement à Sommières, pressée de piquer une tête dans la piscine de *La Desserte* sans être dérangée. À l'heure de la sieste, sa belle-mère suit sa série favorite à la télé pendant que Gus dort à l'étage. À peine arrivée, elle enfile un maillot de bain, récupère une serviette, ses lunettes de soleil et un tube de crème solaire. Elle sort du réfrigérateur la salade composée qu'elle s'est préparée la veille pour picorer au bord du bassin. Quelle aubaine, cette piscine ! Afin de conserver le cachet de la maison, ses beaux-parents l'ont fait creuser entre les anciens quais qui desservaient la gare. Un long couloir de natation juste à l'emplacement des rails ! Elsa plonge et nage d'une traite jusqu'à l'autre bord. Une onde fraîche parcourt son corps. Un pur délice. Après quelques longueurs, elle sort de l'eau revigorée et déjeune à l'ombre d'un platane. Elle finit par s'assoupir. Lorsqu'elle rouvre les yeux, le soleil a tourné et lui pique la peau.

Un coup d'œil sur sa montre la rassure ; elle a encore le temps de prendre une douche avant de repartir en tournée. Elle noue son paréo autour de la taille et rentre à l'intérieur pour se préparer. Il est 17 heures lorsqu'elle quitte la maison. Elle décide de faire un saut au cabinet pour remplir la paperasse administrative en retard avant d'entamer ses visites du soir. Malgré le travail qui l'attend, elle n'a pas oublié d'emporter avec elle le sac de pain rassis qu'elle donnera aux ânes à son passage. Elle ira également rendre une petite visite chez une de ses « petites mamies », comme elle les appelle, pour bavarder un peu et l'aider à se coucher.

Bien que ce ne soit pas dans ses attributions, elle n'hésite pas à offrir parfois un peu de compagnie aux personnes âgées. Comment pourrait-elle se dérober ? Certaines sont seules, sans enfants ou petits-enfants pour veiller sur elles. Sa plus belle récompense est de quitter sa petite mamie sereine, bien installée dans son lit. Il lui arrive aussi de réconforter l'entourage d'un patient en fin de vie, des familles en grande détresse émotionnelle et parfois perdues. Elsa les aide à surmonter l'épreuve, apaise les tensions qui peuvent subvenir par sa présence chaleureuse et rassurante. Pour faire ce métier il faut aimer les gens et savoir prendre du temps, un luxe dont elle manque cruellement quand l'une de ses collègues doit s'absenter. Fini, alors, la bronzette autour de la piscine ou les petites pauses pour aller nourrir les ânes ! Aujourd'hui est une exception. Elle a vraiment besoin de décompresser un peu par cette chaleur. Elle terminera sa tournée plus tard, c'est tout. Marion ayant pris une semaine de congé, elle a récupéré une partie de ses patients dont cet horrible bonhomme chez qui elle se rend maintenant, Luciano Calabrese. Un vieux raciste, mauvais comme la gale, qui, bien évidemment, déteste Fatou. Le vieil homme habite Boisseron, un village situé en bordure du Vidourle.

Une désagréable sensation d'oppression saisit Elsa tandis qu'elle se gare dans la cour de la maison. Aucun charme. Pas de jardin, pas de fleurs, aucune fioriture. Suivant les directives de Marion, elle se dirige vers l'entrée. La porte est fermée mais le vieux laisse toujours une clé à l'extérieur pour les infirmières et l'aide-ménagère. Elle est cachée sous un vieux pot d'Anduze ébréché et sans aucune plante dedans. Dommage, pense Elsa, de se privver d'un semblant de vie dans cet endroit sinistre.

Elle pénètre dans la cuisine qui fait également office de salon. Une vieille table en formica trône au milieu de la pièce. De nombreuses boîtes de médicaments voisinent avec le matériel nécessaire au maintien à domicile d'une personne dépendante. La jeune femme consulte le carnet de liaison déposé en évidence sur le buffet avant de retrouver le vieil homme. Quelques marches séparent la cuisine du corridor encombré de cartons contenant des réserves de poches de perfusion. Luciano Calabrese ne quitte plus guère sa chambre, ce qui rend les soins plus compliqués. L'homme, décharné, le teint cireux, se contracte dans son lit en voyant Elsa.

— Qui êtes-vous ?

— Je suis Elsa, votre nouvelle infirmière. Je remplace Marion.

Perturbé dans ses habitudes, il s'agite.

— Pourquoi ce n'est pas Marion qui est venue ? Où est-elle ?

— Elle a pris des vacances, monsieur Calabrese. Calmez-vous, tout va bien se passer, je vous le promets. Vous voulez bien que je m'occupe de vous ?

Intimidé par ce nouveau visage, le vieil homme considère Elsa d'un air intrigué, avant d'accepter qu'elle s'approche de lui pour commencer le nursing. Contre toute attente, il se laisse faire sans manifester d'agressivité et elle peut procéder à sa toilette rapidement.

Il est presque 23 heures lorsqu'elle rentre chez elle. Martin somnole devant la télé, épuisé. Lui aussi a des journées surchargées avec l'afflux de touristes. Elsa n'a pas le courage de le réveiller. Malgré l'heure tardive, elle file à la cuisine pour grignoter un morceau. Un plateau est posé sur la table. Comme d'habitude, Martin lui a préparé un repas froid, jambon de pays et fromage de chèvre frais. Tout ce qu'elle aime. Elle sourit, appréciant l'attention. Mieux que quiconque, il sait qu'une infirmière ne compte pas ses heures si elle veut se consacrer pleinement à ses patients. Bientôt, la fatigue l'envahit. Elle ferait bien d'aller se coucher. Elle renonce au dessert, quelques figues fraîches que son adorable mari est sûrement allé cueillir en rentrant de la caserne. Elle se lève de table, débarrasse son plateau dans l'évier. Elle fera la vaisselle demain matin.

— Bonsoir, ma fée, murmure Martin, les yeux à peine ouverts.

— Mon pauvre Doudou, tu dors debout. Allons nous coucher.

Elle le prend par la taille et l'entraîne dans leur chambre.

— Demain, grasse matinée ! C'est Fatou qui assure. Dormir sans mettre le réveil… J'en rêve.

Elsa remarque la grimace ennuyée de son mari.

— Ne me dis pas que tu as un truc de prévu ?

Martin lui apprend que l'électricien l'a appelé en fin d'après-midi.

— Il débarque sur le chantier lundi matin.

— C'est plutôt une bonne nouvelle, non ? D'habitude, il faut toujours relancer les artisans. Pour une fois que l'un d'eux prend les devants !

— Tu as raison, sauf qu'il reste une cloison à abattre si on veut qu'il commence le travail. J'avoue qu'avec le boulot des derniers jours, je n'ai pas eu le temps de m'en occuper.

— Très bien. Je t'accompagne.

— Non, profite de ta matinée de libre pour dormir. Tu as besoin de récupérer. Tu me retrouveras plus tard.

— Non, je tiens à t'accompagner. Nous formons une équipe, non ?

— Oui, une merveilleuse équipe.

Il l'attire vers lui, l'embrasse, et bientôt ils s'endorment dans un même souffle.

Le lendemain, à peine arrivée à Villevieille, Elsa s'empresse d'ouvrir les fenêtres de la maison pour aérer. L'air est confiné et la chaleur étouffante. Dans la cuisine, de nombreux gravats jonchent le sol qu'elle entreprend de dégager. De son côté, Martin cale sa visière de protection, enfile ses gants et s'empare d'une massette. Il tâtonne un mur puis frappe un grand coup dessus. Un bruit sourd se répand dans la pièce, faisant trembler les vitres. Il cogne à nouveau, une partie cède, libérant un nuage de poussière. Martin s'empare d'un mouchoir avec lequel il s'essuie le visage avant de reprendre son travail de démolition. Il tape de toutes ses forces, des pans entiers tombent sur les vieux carreaux de ciment aux motifs géométriques. À force de lever l'outil, il ressent soudain une violente douleur à l'épaule droite. Il continue pourtant de frapper, jusqu'à ce que la douleur devienne insoutenable.

— Doudou ! Que t'arrive-t-il ?

Elsa se précipite vers lui.

— Ce n'est rien, j'ai dû me froisser un muscle, répond Martin en grimaçant. Bonté, ça fait un mal de chien !

— Voilà ce qui arrive quand on en fait trop. Allez, hop ! Je t'emmène à l'hôpital pour passer une radio.

Martin sait qu'il n'a pas le choix. Il n'aurait pas dû forcer ainsi. Quel idiot ! Si le muscle est déchiré, il devra se faire opérer, avec au moins trois semaines d'immobilisation à la clé. En tout état de cause, il ne pourra pas prendre sa garde à la caserne la semaine prochaine, ni continuer les travaux tant que le gros œuvre n'est pas terminé. Retard qui veut dire :

dépenses supplémentaires. Et l'électricien qui arrive lundi…

Tandis qu'il patiente dans la salle d'attente des urgences, Elsa, partie téléphoner à l'extérieur, revient avec un sourire triomphant aux lèvres. Elle a appelé sa belle-famille en renfort et tous sont prêts à retrousser leurs manches et à venir dès demain s'il le faut.

— Tu vois, tout s'arrange. Tu n'auras qu'à donner les ordres !

— Ma chérie… Je ferais quoi sans toi ?

— Sans les tiens tu veux dire ! Tu n'imagines pas la chance que tu as d'avoir une famille comme la tienne. Deux coups de fil, et tout a été réglé. Bon, c'est vrai qu'Ophélie et Paul se prennent parfois un peu le bec et que tes parents ont tendance à se chipoter, mais ils sont si généreux. Tout n'est pas parfait, mais c'est ce qui vous rend plus attachants encore.

— Comment ça, « pas parfait » ? Je croyais que nous n'avions aucun défaut…

— Tu vas vite en besogne ! Et la modestie, tu en fais quoi ? Je pourrais aussi te dire qu'à part Alice, j'ai rarement vu un Lazaret s'encombrer de démonstrations d'affection. Les effusions, c'est pas vraiment votre truc. Par pudeur, je présume ?

Martin éclate de rire, ravivant la douleur qui irradie son épaule. Il réfrène une grimace pour ne pas inquiéter Elsa. Mieux vaut se concentrer sur des pensées positives afin d'oublier la souffrance. L'interne de garde le reçoit en salle de consultation, d'où il ressort une heure plus tard avec une épaulière de maintien. Ils repartent aussitôt à la maison où Elsa lui ordonne de se reposer, le temps pour elle d'aller faire quelques courses pour le casse-croûte du lendemain avec tous les Lazaret.

Dès 9 heures, Ophélie, Kévin et leurs enfants débarquent sur le chantier, pratiquement en même temps que Paul. Gus, Martin et Elsa sont déjà là, en train d'établir le programme de la journée. Une fois les instructions données, la petite équipe se met aussitôt au travail, chacun s'appliquant à la tâche qui lui est dévolue. Paul se charge du mur à abattre avec Kévin et Gus, pendant qu'Elsa et Ophélie débarrassent les gravats. À midi, Martin sonne la pause déjeuner. Alice a préparé une terrine de légumes et du rôti froid. Elsa a amené du fromage, une salade de riz et des pêches. Assis au milieu des gravats, ils font le point sur les travaux qu'il leur reste à faire l'après-midi. Très vite, la conversation dérive sur *terre-degarrigue.com*, le site de vente en ligne que vient de lancer Ophélie. Celle-ci déplore le manque de chauffeurs. Elle ne peut pas honorer toutes les livraisons et demande à Paul s'il peut la dépanner dans la semaine, après son boulot. Mais il décline, prétextant d'autres impératifs. Ophélie lui reproche de ne pas vouloir l'aider. Personne ne relève. Fidèles à leurs habitudes, les Lazaret se confinent dans un mutisme poli de peur d'aborder frontalement les questions fâcheuses. Un malaise s'installe. Elsa est sur le point d'intervenir mais se retient pour ne pas envenimer les choses. Elle n'a pas à se mêler de cette affaire. En tant que pièce rapportée, son intervention pourrait être mal interprétée. Et puis, de quel droit se permettrait-elle de critiquer leur façon de vivre ?

4

Le samedi matin, jour de marché à Sommières, le cœur de la cité médiévale est fermé à la circulation. Ophélie gare son tout nouveau fourgon de livraison à l'extérieur de l'enceinte fortifiée, à l'ombre des platanes qui bordent la place de la République. Le clocher de l'église Saint-Pons sonne la demie de 8 heures lorsqu'elle traverse le passage piéton devant la poste. À cette heure, les touristes, toujours nombreux en cette mi-septembre, n'ont pas encore envahi le centre-ville. C'est parfait, se dit Ophélie. Ce calme avant la tempête lui laisse le temps de faire quelques courses supplémentaires. Sans traîner, toutefois, car il y a toujours du monde à la jardinerie en fin de semaine. D'un pas vif, elle franchit la porte du Bourguet et remonte la rue, veillant à ne pas se tordre une cheville sur les pavés. Elle aurait dû prévoir d'autres chaussures. Ces fichues sandales sont jolies, mais les semelles glissent et ralentissent sa marche.

Hier soir, le concessionnaire Citroën l'a prévenue que son nouvel utilitaire avait été livré. Pressée de le réceptionner, et parce que c'est le seul moment de la journée dont elle dispose, Ophélie l'a informé qu'elle passerait à la première heure. Son père était à ses côtés lorsqu'elle a reçu l'appel du commercial et il s'est gentiment proposé d'assurer la permanence à la jardinerie en attendant son retour. Ophélie a accepté son offre uniquement parce qu'elle n'avait pas le choix. Elle n'aime pas quand Gus s'éternise au magasin, et en règle générale elle préfère le tenir éloigné des employés. Après tout, c'est elle, la nouvelle dirigeante de *Terre de garrigue*, elle aussi qui a toute légitimité pour décider ce que bon lui semble, le plus difficile étant de s'imposer face à son père.

Depuis plusieurs semaines, outre les nouvelles règles de fonctionnement qu'elle a mises en place en interne, elle a épluché toutes les offres se présentant sur le marché de l'horticulture. Il est apparu que les accessoires haut de gamme constituaient une niche intéressante, sans concurrence directe avec les bibelots, pots, jarres et autres articles qui arrivent par containers entiers d'Asie, d'un goût souvent douteux mais à des prix extrêmement bas. Ophélie en est persuadée, elle doit repenser autrement l'entreprise si elle ne veut pas se faire manger par la concurrence. Sommières et les villages alentour comptent de belles propriétés, dotées de jardins ou de patios, et d'une clientèle potentiellement aisée. Après avoir sillonné la région, s'être renseignée auprès de la chambre des métiers, des offices de tourisme ou des mairies, visité des galeries d'art et des ateliers, elle a pu ainsi sélectionner quelques artisans et artistes qui, selon elle, incarnent le meilleur savoir-faire en artisanat local. Pour eux, elle a conçu un espace exclusif où ils pourront exposer leur production. C'est le cas entre autres de Romain Fabrégat, un céramiste talentueux dont l'atelier se trouve à Congénies. Elle a découvert son travail par hasard il y a six mois. Son père l'avait entraînée au vernissage d'une exposition au château de Villevieille et elle avait été attirée par l'éclat particulier d'une vasque en terre vernissée aux reflets jaune orangé. De son regard avisé, Ophélie avait vu là une opportunité de proposer à ses clients des œuvres d'artistes numérotées. Elle avait alors contacté le potier, et après un long échange au téléphone, ils avaient convenu de se rencontrer. Depuis, ils bataillaient l'un et l'autre pour trouver un créneau dans leurs emplois du temps respectifs. Par deux fois, Ophélie s'était même déplacée jusqu'à son atelier, mais elle avait trouvé porte close. Un voisin l'avait alors informée qu'il avait ouvert un espace de vente à Sommières, rue Antonin-Paris. Peut-être aura-t-elle plus de chance cette fois-ci ?

Arrivée à la hauteur de la boutique, Ophélie essuie discrètement la sueur qui perle sur son front. Elle ordonne ses cheveux coupés au carré, ce qui confère à son visage une sévérité supplémentaire, puis, d'un revers de la main, lisse sa jupe blanche et réajuste le col de son chemisier Lacoste. À 38 ans, Ophélie porte des tenues classiques, jamais de couleurs vives mais plutôt des camaïeux de gris et de beige, ou du bleu marine qu'elle affectionne particulièrement.

— Bonjour, lance-t-elle en entrant.

Un homme grand et mince, à l'épaisse tignasse brune, sort de l'arrière-boutique et vient à sa rencontre. Ophélie est d'emblée frappée par son regard. Un regard de braise, troublant contraste avec sa peau cuivrée. Beau gars, pense-t-elle. La trentaine, tout au plus.

— Vous êtes Romain Fabrégat, je suppose, demande-t-elle, soudain intimidée. Je… Je suis Ophélie Béal. Nous nous sommes parlé au téléphone.

— Oh, oui, bien sûr ! s'écrie-t-il avec de la chaleur dans la voix. Quel plaisir de vous rencontrer enfin !

Installée dans une ancienne écurie, la salle voûtée en pierres brutes du pays a été sablée. Un savant éclairage met en valeur les pièces proposées à la vente. Ophélie se dirige au fond du show-room, attirée par une poterie dont la forme rappelle un vase d'Anduze. Romain évoque la sensualité de la matière. Se plaçant derrière elle, il saisit sa main et la porte sur le pot vernissé. Elle sent ses doigts la guider à la découverte de l'objet, en caresse les lignes, les aspérités.

— Fermez les yeux, lui souffle l'artiste à l'oreille. Voilà, c'est bien. Maintenant, écoutez la terre vous raconter son histoire.

Ophélie se prête à l'expérience. Elle effleure les courbes, sent le grain régulier et lisse. Sa main s'arrête sur une partie plus rugueuse.

— Votre signature ?

Elle ouvre les yeux et pointe de l'index la marque incrustée dans l'argile, en bas de la poterie.

— Une libellule stylisée. Mon emblème, précise-t-il. À mes yeux, elle incarne la grâce dans la langueur de l'été. Les siestes brûlantes au bord de l'eau, les corps qui gémissent et transpirent...

— Vous avez l'imagination fertile ! dit Ophélie, soudain gênée.

— Pas autant que vous. Vous allez enfin m'expliquer votre projet. J'avoue que vous m'avez intrigué.

Ophélie le dévisage, osant maintenant sonder son regard sombre.

— Très bien. Au risque de vous paraître terre à terre, ou insensible à l'art, comme vous voulez, permettez-moi de vous dire que vous avez énormément de talent. J'aimerais vraiment vous faire connaître au-delà de Sommières. Et avec votre jolie frimousse, je parie que vous allez séduire toute ma clientèle féminine !

— Ça ne marchera jamais.

— Pourquoi ? lance-t-elle un peu vivement, regrettant son audace.

Faussement abusé, l'artiste poursuit sur le registre de l'humour.

— Je ne plais pas aux femmes... Mais puisque vous êtes venue jusqu'à moi, c'est que tout n'est pas perdu. Bon, donnez-moi un challenge, j'adore relever des défis.

À présent détendue, Ophélie lui sourit.

— Romain, créez-moi une série de vases déclinés à partir d'un modèle de votre choix. Chaque pièce sera numérotée et conservera ainsi son caractère unique.

L'artiste la fixe un instant, de cet air rieur dont il ne semble jamais se départir.

— Ne bougez pas, je reviens.

Il disparaît un instant dans l'arrière-boutique et revient avec son Smartphone. Il ouvre un fichier et fait défiler des photos sur son écran, s'arrête sur un cliché.

— Regardez, dit-il en tendant son téléphone à Ophélie. Il s'agit d'une série de six jarres. Hélas, elles sont trop imposantes pour que je puisse les exposer ici.

— C'est exactement ce que je cherchais ! J'avais déjà repéré l'une de ces pièces au château de Villevieille. C'est d'ailleurs à l'issue de cette exposition que je vous ai contacté.

— Mais qu'avez-vous l'intention de faire, exactement ?

— Au téléphone, je vous ai expliqué dans les grandes lignes comment je comptais développer la jardinerie familiale que je dirige aujourd'hui. Il me faut innover si je veux maintenir l'activité. *Terre de garrigue* s'en sort plutôt bien mais la concurrence est rude. Alors voilà, je propose de mettre à votre disposition un espace exclusif. On signe une attestation de dépôt et je m'engage à promouvoir votre travail.

— Sans contrepartie ?

— Chacun pourrait y trouver son compte, non ? Et puis… vous m'êtes sympathique !

— Écoutez, je suis ravi. Une jardinerie… Quoi de mieux pour mettre en valeur mes jarres ? Comment vous remercier ? Et si j'organisais une petite réception pour l'occasion ? J'ai quelques fidèles clients qui eux-mêmes ont des amis qui… Bref, je pourrais amener du monde. Ce serait une belle opportunité de faire découvrir les lieux. Je m'occuperais de tout, évidemment, et bien sûr je prendrais les frais à ma charge. Boissons, petits fours…

— Vraiment ?

— Je vous dois au moins ça. Il va falloir aussi que je m'organise pour le transport des pièces. Elles sont volumineuses et ma voiture ne sera pas suffisante. Certes, je pourrais faire plusieurs voyages, mais ce n'est pas l'idéal. Si cela est possible, j'aimerais aussi pouvoir visiter l'espace. Cela me permettrait de réfléchir à l'agencement.

— Mercredi prochain dans la matinée, ça vous irait ? Je suis relativement tranquille ce jour-là. Je le réserve en principe pour mes enfants. Quant au transport des objets, ne vous inquiétez pas, l'utilitaire de la jardinerie fera très bien l'affaire.

— Formidable ! On se voit donc mercredi.

Ophélie est ravie de ce partenariat, d'autant que Romain semble ne pas être de ces artistes qui se prennent au sérieux. Ils scellent leur accord d'une poignée de main. Elle ne s'attarde pas, l'heure tourne et elle voudrait faire quelques emplettes avant de rentrer. Les jumeaux adorent les melons et Kévin a besoin de chaussettes neuves. En chemin, elle repense au potier. Cette rencontre l'a mise d'humeur joyeuse. Cet homme a décidément beaucoup de charisme.

Le centre-ville est déjà noir de monde lorsqu'elle

arrive sur la place du marché. Ce rendez-vous hebdomadaire existe depuis le Moyen Âge. Le pont, l'un des rares encore habités en Europe, a vu défiler devant ses arches toutes sortes de commerces, du rémouleur au camelot en passant par le marchand des quatre-saisons. Aujourd'hui, il n'est pas rare d'y croiser des vendeurs de coques de téléphones *made in China* et autres gadgets de même acabit. Ophélie s'arrête devant l'étal de son fromager favori – son épouse est une fidèle cliente de la jardinerie – et achète quelques pélardons, ces délicieux petits fromages de chèvre cévenols. Elle file un peu plus loin chez le boulanger et prend un pain aux figues. Il lui reste à faire un crochet par la cave. Étienne a d'excellents costières-de-nîmes en réserve. Elle ramènera aussi un pic-saint-loup coteaux-du-languedoc. Ce soir, elle aimerait faire plaisir à Kévin en lui préparant un bon dîner. Depuis quand n'a-t-elle pas partagé un peu d'intimité avec son mari ? Elle se sent soudain honteuse. Il est vraiment temps d'y remédier.

Déjà passablement en retard, elle ne peut s'attarder davantage. Elle regagne son utilitaire, pose ses emplettes sur le siège passager, s'installe au volant et boucle sa ceinture. Elle peine à démarrer, peu habituée aux commandes du tableau de bord qu'elle n'a pas encore eu le temps d'étudier. C'est la première fois qu'elle conduit un véhicule électrique. L'approche est déroutante mais elle devrait s'adapter. De toute façon, elle n'a pas vraiment le choix. Comme son père le lui a inculqué, elle ne se laissera jamais doubler par la technologie. « Vous dépassez la vitesse autorisée », prévient la voix électronique de l'ordinateur de bord tandis qu'elle sort de Sommières en direction d'Aubais. Disciplinée, Ophélie lève le pied. Elle longe à présent la maison de ses parents. D'un bref regard sur la gauche, elle aperçoit Maya, le setter irlandais de Gus, assise devant le portail et attendant désespérément son maître. En période de chasse, la chienne à la robe de feu n'a d'yeux que pour lui. Juste en face, un panneau de signalisation annonce l'entrée de la jardinerie cent mètres plus loin. Ophélie a dû batailler ferme auprès de la municipalité pour obtenir l'autorisation de l'installer à cet endroit. Planté sur le talus qui borde la chaussée, il est visible de loin. Elle est fière de son nouveau logo dont elle a imaginé le graphisme : *Terre de garrigue* en lettres stylisées, deux cyprès, le tout sur un fond ocre qui rappelle la Terre de Sommières. Elle enclenche son clignotant, ralentit avant d'entrer sur le parking de la jardinerie où quelques voitures sont déjà garées.

Gus et Marcel, le plus ancien employé de l'entreprise, l'attendent devant la serre. Elle sait qu'ils trouvent l'achat de ce fourgon extravagant, tout comme cette campagne de pub qu'elle vient de commander. Mais, pour elle, ces dépenses sont amplement justifiées. Elle n'a pas d'autre choix que d'investir si elle veut attirer de nouveaux clients. Elle traverse la cour au pas de charge. Des piles de colis récemment livrés s'entassent devant l'entrée du magasin. Il va falloir mettre tout ça en rayon, et *fissa*. Tout le monde est débordé, une partie du personnel est encore en vacances, elle-même n'a pris que quinze jours début août. Avec Kévin et les enfants, ils sont allés en Bretagne. À leur retour, elle ne pensait pas se retrouver dévalisée à ce point et elle a dû se réapprovisionner en urgence. À croire que tous les propriétaires des résidences secondaires des environs s'étaient donné le mot ! Et là, les livraisons sont arrivées en même temps et elle n'a pas encore eu la possibilité de les traiter. Pour une fois, elle a réquisitionné son père.

— Dis-moi, ma fille, lance-t-il, avec la montagne de boulot que tu as en ce moment, tu penses vraiment que tu pourras nous filer un coup de main pour le barbecue ? Si ce n'est pas possible, je m'organiserai autrement. Ce n'est pas grave.

Chaque année, Gus mobilise sa famille pour préparer un grand pique-nique qui lui permet de lever des fonds destinés au village malgache de Mangatavra dont il s'occupe avec son association. Ce rendez-vous marque aussi la fin de la saison estivale.

— Bien sûr que je serai là. Quelle question !

Depuis toujours, Ophélie et sa mère gèrent l'intendance. Pourquoi en serait-il autrement cette année ? À moins qu'il n'ait déjà pensé à Elsa pour la remplacer. Elle préfère chasser cette idée de son esprit.

— L'affaire est close, répond-elle un peu brusquement, et puis on perd du temps avec ces bavardages inutiles. Bon, je te laisse avec Marcel, je dois ouvrir la caisse.

Regrettant son agressivité, elle sourit à son père. Il lui adresse un petit signe de la main lui signifiant de ne pas s'en faire. Ophélie file à l'accueil tout en surveillant du coin de l'œil une livraison de plantes d'intérieur particulièrement fragiles. Elle réalise que Marcel a bien baissé et qu'il est peut-être temps de faire valoir ses droits à la retraite. Jusque-là, il a toujours refusé de lever le pied et elle n'a pas eu le cœur à le pousser vers la sortie. Marcel est un vieux copain de son père et, à sa façon, il a contribué au succès de la jardinerie. À l'origine, *Terre de garrigue* appartenait aux parents d'Alice. Ils avaient acquis les terres pour trois fois rien. Personne ne voulait de ces arpents rocheux. À force d'un travail acharné, ils ont su les mettre en valeur avec l'aide de Marcel et de Gus, alors simple employé. C'est lui qui a eu l'idée de diversifier l'activité en ouvrant un magasin. Un trait de génie ! Au fil des années, l'enseigne s'est agrandie pour devenir une alternative de qualité face aux grandes surfaces concurrentes qui commençaient à s'installer dans les environs.

Un roll de marchandises en équilibre instable poussé par Marcel manque de se renverser. Ophélie demande à Stéphanie, sa jeune vendeuse, de la remplacer en caisse et se précipite vers le vieil homme pour l'aider à désengorger la zone de stockage. De justesse, elle rattrape un bidon d'acide nitrique. Pour un peu, il allait tomber sur ce pauvre Marcel. Sa maladresse devient problématique. Il est temps qu'elle mette son père au courant de ses intentions. Elle le rejoint dans l'aile la plus ancienne de la pépinière. Le bâtiment est en mauvais état. Par endroits, des morceaux de verre menacent de tomber du toit. Par sécurité, elle a fait interdire l'accès au public, mais elle compte bien rénover ce lieu. Pour l'heure, les mille pieds de chrysanthèmes qu'elle a plantés en prévision de la Toussaint poussent tranquillement. Une production à laquelle père et fille accordent une attention particulière. Comme le souhaitait Gus avant son départ en retraite, Ophélie a en effet relevé le défi de basculer l'exploitation en culture bio, ce qui entraîne des contraintes supplémentaires.

— L'avenir de notre métier passe par là. Si tu n'innoves pas…

— … tu coules. Je sais, papa, tu me l'as mille fois répété. Mais de ce côté-là, je crois ne pas t'avoir déçu, non ?

Ophélie n'a pas hésité à passer au numérique. Il y a deux mois, elle a fait appel à un webmaster qui a conçu un site Internet fonctionnel et ludique. Le service de vente en ligne devrait être bientôt opérationnel. Elle annonce à son père que les livraisons à domicile seront gratuites dans un périmètre de cinquante kilomètres.

— Gratuites ? À mon avis, tu commets une erreur.

— Les visiteurs du site y verront tout de suite un avantage. Je n'ai pas le choix si je veux lancer l'activité. Et puis avec le nouveau fourgon, les coûts seront limités.

— Et qui va assurer ces livraisons, ma fille ? Pas toi. Le temps, tu n'en as pas. Tu vas devoir embaucher quelqu'un. Alors non, les coûts ne seront pas dérisoires. Demande au moins une participation minimum.

— Je vais y réfléchir. En fait, c'est plutôt Marcel qui me préoccupe. Il accumule les bourdes depuis quelques mois et j'envisage sérieusement de le remplacer. Il peut prétendre à la retraite. Je lui en ai déjà parlé mais il refuse. J'aimerais que tu lui en touches un mot. Toi, il t'écoutera.

— Ça, ma petite fille, ne compte pas sur moi. La jardinerie, c'est sa raison de vivre. Si tu lui supprimes son boulot, il se laissera dépérir. Débrouille-toi. Après tout, c'est toi la patronne. Si tu as le cœur à le pousser dehors, libre à toi de le virer.

Et voilà ! Un chantage affectif de plus ! Tout ce qu'elle déteste. Patronne ? Avec son père toujours sur ses talons elle n'a pas de réel pouvoir. Il lui est impossible de lancer des projets sans qu'il y mette son grain de sel. Elle en a assez de cette direction à la collégiale. Elle voudrait lui balancer tout ce qu'elle a sur le cœur mais les mots ne sortent pas. Il y aurait tant à dire, pourtant. Tant à rattraper…

— Puisque tu es d'accord, l'affaire est close, conclut Gus.

Prise de court, elle n'insiste pas. Mais elle ne laissera pas tomber. Elle en parlera à Kévin tout à l'heure. Lui aura peut-être une idée. Contrariée, elle rejoint sa vendeuse en caisse. La pauvre est débordée. Les clients patientent sur deux files quand d'autres attendent d'être servis. En une quinzaine de minutes, le retard est absorbé et Ophélie profite d'une accalmie pour filer au bureau afin d'enregistrer les bons de livraison. Elle entre les données dans son ordinateur, quand son attention se porte sur les différentes caméras de vidéosurveillance.

— Qu'est-ce qu'il fait là ? peste-t-elle.

Elle a reconnu la silhouette de son père qui se balade dans la serre. Elle laisse tomber la paperasse et observe son manège. Il s'est arrêté devant le secteur des orchidées et semble inspecter le feuillage. Elle le voit refermer les voiles d'ombrage qui filtrent la lumière sous le plafond de verre. Il s'avance maintenant dans l'allée, dépasse le rideau de ficus, longe la zone des cactus. Ophélie continue de suivre sa progression sur les écrans. Sur une table horticole, il s'attarde devant une rampe de brumificateurs. Il a dû repérer un problème. Probablement des buses obstruées par manque d'acide nitrique dans l'eau. Si c'est le cas, ce n'est pas bon pour les vivaces. Elle s'attend déjà à ce que son père lui fasse tout un laïus et cela l'agace. Il déambule maintenant dans les rayons de la boutique, déplace quelques pots. Sans doute la tête de gondole n'est-elle pas à son goût, ou alors mal achalandée. Il ne peut pas s'empêcher de mettre son nez partout.

— Cette fois, ça suffit ! siffle-t-elle, excédée.

Elle se lève d'un bond et le rejoint au magasin. Elle le trouve en train de déplier un boutis entre les piles bien ordonnées.

— Papa ? Puis-je savoir ce que tu fais ?

Elle porte sur lui un regard brillant de colère.

— Tu devrais donner un peu plus de vie à tes rayons.

— Merci du conseil, répond-elle en le prenant par le bras pour l'entraîner vers la sortie. Je crois que maman t'attend. Vous ne deviez pas aller faire des courses à l'hyper ?

— Bonté divine ! J'avais complètement oublié. Ta mère va me tuer.

Avec soulagement, Ophélie voit son père reprendre le chemin de *La Desserte*. Elle va enfin pouvoir s'occuper des clients qui commencent à affluer. La matinée passe à la vitesse de l'éclair. Il est 12 h 30 lorsqu'elle quitte la jardinerie. Kévin est sûrement rentré à la maison. Généralement, c'est lui qui prépare le repas afin qu'elle puisse souffler durant la pause déjeuner. Il s'affaire dans la cuisine lorsqu'elle arrive. Elle pose sur le plan de travail le fromage et le vin qu'elle a achetés le matin sur le marché, et sans attendre évoque la discussion qu'elle a eue avec son père au sujet de Marcel.

— J'ai été stupide, tempête-t-elle. J'aurais dû réagir quand le bidon est tombé. J'ai raté une opportunité en or de convoquer Marcel. J'avais de bonnes raisons, après tout.

— Sois plus indulgente avec toi-même.

— J'ai toujours fermé le bec devant papa. Je suis incapable de l'affronter.

Ophélie est considérée comme l'enfant sage de la famille, celle qu'on félicite pour sa conduite exemplaire mais pas celle qu'on admire. Elle n'a eu de cesse de jouer des coudes pour qu'on la remarque. Seule fille au milieu de deux garçons, cette position était inconfortable au sein de la fratrie. Dès le départ, ses parents, son père surtout, la destinaient à devenir une épouse modèle tandis que les garçons se partageraient l'entreprise familiale. Seulement les choses ne se sont pas passées comme Gus l'escomptait. D'un côté, Martin aspirait à sauver le monde et cherchait une autre voie, de l'autre, Paul s'enlisait dans des plans foireux. Son père a dû se résoudre à la nommer à la tête de *Terre de garrigue* et elle a accepté par devoir. Elle en paye le prix, finalement, avec une montagne de responsabilités sur la tête qu'elle doit surmonter seule puisque Martin, par facilité, s'en remet à ses décisions, et que Paul s'en désintéresse totalement. D'une certaine façon, elle attend de ses frangins une reconnaissance qui ne viendra jamais. Elle éprouve soudain un profond abattement. Son père a toujours été sévère avec elle et indulgent avec ses fils, avec Paul surtout. Mais comment peut-il manquer à ce point de discernement ? Elle a bien vu que son frère l'emberlificote. Depuis un moment, à chaque fois qu'il passe à *La Desserte*, il repart avec un chèque. Pour la première fois, elle en fait part à son mari.

— Je suis inquiète, Kévin. C'est quoi, ce manège ? Et si Paul croquait les économies des parents ? En tant que comptable, tu devrais avoir accès facilement à ses comptes, non ? Et tant que tu y es, j'aimerais bien que tu vérifies ceux de papa.

Penché au-dessus de l'évier, Kévin termine de rincer la salade. Il a disposé sur une assiette les pélardons qu'Ophélie a ramenés du marché et a ouvert une bouteille de vin. L'air soucieux, il sort deux verres à dégustation d'un placard et rejoint Ophélie à table. Visiblement, ce qu'elle vient de lui demander l'a perturbé.

— Allez, oublie ça et trinquons, lance-t-il. Ça ne nous arrive pas souvent de prendre une vraie pause déjeuner. Tu rentres tard et on mange toujours sur le pouce. La plupart du temps, d'ailleurs, j'ai déjà débarrassé mon assiette quand tu arrives. Écoute, je vais voir ce que je peux faire concernant les comptes de ton père, mais je t'avoue que ça me gêne. Quant à ceux de Paul, non, je ne peux pas y avoir accès.

Ophélie est déçue. Kévin ne semble pas prendre cette histoire au sérieux. Peut-être a-t-il raison, après tout, elle se fait du mauvais sang pour rien. Elle lui adresse un sourire désabusé, entre indifférence et soulagement, ne sachant pas si elle doit se réjouir d'un tel détachement. Ce qu'elle vient de révéler n'est pourtant pas anodin.

5

Trop, c'est trop ! Et cette fois, Ophélie ne compte pas garder le silence. Depuis que son mari lui a appris ce matin que Paul a bénéficié d'un important versement de la part de ses parents, elle rumine sa rancœur. Bien sûr, elle n'a rien laissé paraître au cours de ce long déjeuner dominical organisé en l'honneur d'Elsa dont c'est l'anniversaire.

Elle cache son amertume derrière un sourire affable et commence à débarrasser la table. Faute d'avoir trouvé un moment pour s'entretenir avec son père, elle décide d'en découdre directement avec Paul. Reste à trouver le moyen de lui parler en aparté. Elle ne tient pas à contrarier sa mère qui n'est peut-être pas au courant de cette affaire. En tout état de cause, elle ne voudrait pas la blesser, ni son père d'ailleurs, malgré tous ses défauts. Elle est profondément attachée à ses parents et cherche même à leur ressembler, parfois, mais elle a conscience que la copie n'égalera jamais le modèle et cela la désole. À force d'encaisser les coups sans réagir, sa vie est devenue étouffante.

Pressée de s'isoler, elle file à la cuisine avec une pile d'assiettes sales. La pièce est séparée de la salle à manger par un ancien guichet de bois joliment travaillé. Il date de la création des tout premiers chemins de fer, si on se réfère à l'année qui est gravée dans le chêne : 1889. Ses parents l'ont déniché dans une brocante des environs, comme la plupart des objets qui meublent la maison. Alice et Gus ont d'ailleurs trouvé plusieurs autres pièces issues de l'univers du rail, comme les feux de signalisation, les lampes de quai et les bancs qui agrémentent la vaste esplanade devant *La Desserte*. Ici, tout est grand. Un luxe dont a profité Ophélie sans même réaliser sa chance. Lorsqu'elle était enfant, sa famille occupait uniquement le rez-de-chaussée. Les pièces à vivre d'un côté, les chambres de l'autre. L'étage, aménagé au départ pour les amis ou les cousins de passage l'été, a peu à peu été colonisé par Ophélie et ses frères lorsque, adolescents, ils ont réclamé des chambres plus spacieuses. Les parents ont consenti à faire des travaux d'aménagement à condition que chacun gère son propre chantier. Martin et elle ont respecté le marché. Paul, plus rusé et déjà fainéant, a attendu qu'on le fasse à sa place. Ce qui n'a pas manqué d'arriver. À force de protéger leur petit dernier, Gus et Alice ont tout simplement oublié de le responsabiliser. Mais son frère ne perd rien pour attendre… Cette somme reçue des parents mérite une explication.

Elsa et sa mère l'ont rejointe à la cuisine avec le reste de la vaisselle. Alice met un tablier et commence à laver les verres dans l'évier tandis qu'Elsa termine de remplir le lave-vaisselle.

— Tu entends ce que je te dis, Ophélie ? demande sa mère. Ta gardiane était une vraie merveille.

Sa belle-sœur renchérit et la remercie chaleureusement.

— Vous allez rire, mais c'est la première fois qu'on me fait une surprise pour mon anniversaire et que je le passe avec autant de monde.

— En famille, souligne Alice, avant de reprendre d'une voix pétulante : chez nous, dès qu'on a l'occasion de trinquer, on ne se prive pas.

— Enfin, maman ! réagit Ophélie, gênée. Elsa va finir par croire que nous sommes des alcoolos.

— Tout de suite les grands mots ! Ma fille, tu es trop sérieuse. Tu sauras, Elsa, que si nous apprécions de boire un petit coup de temps en temps, ça ne va pas plus loin. Il n'y a rien de mal à cela. Et puis si quelqu'un est pompette, il peut s'isoler pour faire un petit roupillon. La maison est grande.

— Comme un hall de gare. Merci, on connaît le refrain, soupire Ophélie en levant les yeux.

Attirée par l'agitation, Maya déboule dans la cuisine et lui file entre les jambes.

— Cette chienne est sans cesse dans nos pattes ! s'énerve-t-elle en la repoussant du pied. Quand ce n'est pas elle, c'est le chat… C'est bien pour ça que je n'ai pas d'animaux. Allez, ouste, dégage de là.

— Pourquoi tu t'en prends ainsi à cette pauvre bête ? lui reproche Alice. Elle n'y est pour rien si tu es de mauvaise humeur.

À l'origine, Maya était la chienne des enfants d'Ophélie. Ils avaient harcelé leur mère pour avoir un animal et Ophélie avait cédé à condition qu'ils aillent la promener, la brossent de temps en temps et nettoient sa gamelle tous les jours. Une petite boule de poils bien mignonne était ainsi arrivée à la maison. Mais, bien vite, les enfants se sont lassés de leurs obligations et ont fini par ne plus respecter les règles. Ophélie s'était fait piéger. Ne voulant pas s'imposer de contraintes supplémentaires, elle n'avait pas eu d'autre choix que de mettre Maya en pension à *La Desserte*. Officiellement parce qu'il n'y avait pas assez d'espace autour de la maison pour qu'elle puisse s'ébattre. C'est en tout cas ce que Gus a répété à qui voulait l'entendre, ravi de son côté d'accueillir Maya qui serait sans aucun doute une meilleure gardienne que leur chat Grassouillon, un paresseux qui passe son temps à dormir, si d'aventure des voleurs avaient la mauvaise idée de pénétrer dans la maison.

Comme si elle avait compris qu'on parlait d'elle, Maya pousse un petit grognement et s'assoit devant Alice qui pose doucement sa main sur son pelage pour la caresser. Ophélie se sent soudain misérable. Pourquoi a-t-elle réagi ainsi ? Sa mère a raison. Pour donner le change, elle se force à sourire.

— Vous devriez tous partir avant que le temps ne se gâte vraiment, suggère Alice. Je ne vous chasse pas, mes enfants, mais la météo prévoit de violents orages d'ici à la fin de la journée. Notez bien, je préfère que ce soit cette semaine plutôt que la prochaine. Avec un peu de chance, il ne pleuvra pas pour le barbecue.

— Je ne voudrais pas t'inquiéter, maman, mais d'après les prévisions météo, il faut s'attendre à ce qu'on ait un épisode cévenol. Je ne suis pas sûre que vous pourrez maintenir votre raout.

— Écoute, nous verrons bien.

— Vous pensez vraiment qu'il y a un risque d'inondation ? Les crues sont fréquentes et dangereuses ici, s'inquiète Elsa.

— Dangereuses ? répète Ophélie. C'est un euphémisme. En deux jours il peut tomber l'équivalent de plusieurs mois de précipitations. Les routes sont coupées, les maisons inondées. Ça arrive souvent à la fin de l'été, quand la masse d'air froid venue des Cévennes se heurte à l'atmosphère chaude de la mer, comme c'est le cas cette année. Déluge garanti.

— Et le fait n'est pas nouveau, renchérit Alice. Les Romains connaissaient déjà ce phénomène. Aujourd'hui, c'est l'urbanisation qui est à l'origine de tous ces dégâts. Contrairement aux Anciens, on a construit n'importe où et n'importe comment. Les gens ont supprimé les jardins en restanques qui retenaient l'eau en amont. On a goudronné les terres, détourné des rivières. En procédant à des recalibrages on a cru pallier tout risque de crue. Tu parles ! Même l'écoulement naturel des eaux de pluie jusqu'à la mer est perturbé. Aujourd'hui, les lotissements poussent comme des champignons dans des zones inondables. À croire que les communes du coin ont oublié la crue exceptionnelle de 2002. Huit mètres de haut. Au niveau du pont romain, l'eau passait par-dessus le parapet. Tu te souviens, Ophélie ? Et pourtant, cette catastrophe n'a pas empêché un promoteur de construire un immeuble de quatre-vingts logements dans le lit du Vidourle.

Ophélie confirme d'un signe de tête.

— À force de voir des scènes d'inondation passer en boucle à la télé, poursuit Alice, les gens ont banalisé le phénomène. Le monde marche vraiment sur la tête. Parfois, je me sens totalement dépassée.

— Mais comment la mairie a-t-elle pu délivrer un permis de construire à cet endroit ? s'étonne Elsa.

— Parce qu'il faut bien loger les gens, répond Ophélie. Dans le cas de cette résidence, les architectes ont bien pris en compte le risque inondation. Officiellement, leur cahier des charges a suivi les recommandations préconisées par la Sécurité civile. L'édifice repose sur des piles de fondation prévues pour retenir les troncs d'arbres et les carcasses charriés par les eaux en cas de fortes crues.

— C'est bien pensé, réagit Elsa.

— Oui. Mais quelle laideur !

— Avant de partir, prends donc des confitures, Ophélie. De la mûre sauvage. Cette année, elles ont bien donné. Et Kévin en raffole.

Alice sort six pots du vaisselier et les dépose dans

une cagette avec quelques parts de gâteau. Elle insiste pour que sa fille emporte aussi une portion de gratin dauphinois.

— Tu auras juste à le réchauffer au four.

— Je crois que ce soir, on se passera de dîner. Régime ! Surtout après le repas qu'on vient d'engloutir. Il ne manquerait plus que je tombe malade. Ce n'est pas le moment, avec tout le boulot à la jardinerie.

— Ce serait pourtant bien que tu puisses un peu lever le pied. Depuis votre retour de Bretagne, tu n'as pas pris un seul jour de congé. Pense à te reposer. D'ailleurs, si tu veux, laisse-nous les enfants pour cette nuit, ils seront ravis. Et nous aussi. Avec Kévin, vous pourrez souffler un peu. Ça vous arrive si rarement de vous retrouver en tête à tête tous les deux.

Alice sait, pour l'avoir vécu, qu'avec trois jeunes enfants et une entreprise à gérer, il est difficile de tout concilier. Sa fille a tendance à oublier son bien-être, et par-delà celui de son mari. Touchée, Ophélie accepte la proposition de sa mère. Après tout, pourquoi pas ? Cela fait longtemps qu'une telle opportunité ne s'est pas présentée. À défaut d'un retour de flamme, cette soirée avec Kévin leur offrira un moment d'intimité.

— Merci, maman, c'est gentil.

— Ah, autre chose avant que tu ne t'en ailles, la retient Alice. Ton père m'a dit que tu avais des problèmes à la jardinerie. C'est vrai ?

— Mais qu'est-ce que tu racontes ?

— Il est très inquiet à propos de ton affaire de livraison à domicile. Tu as trouvé un chauffeur pour assurer les transports ?

Ophélie ronge son frein. Elle n'a pas du tout envie d'aborder le sujet entre deux portes. Mais sa mère insiste.

— Ton père pense qu'il serait judicieux d'exiger un

minimum d'achat avant d'offrir la gratuité des livraisons. Tu réduirais les coûts. C'est plutôt une bonne idée, tu ne trouves pas ?

— Maman, je cherche à attirer une nouvelle clientèle. Les gens sont sensibles aux offres qui sont proposées sur le marché. Sur les sites de vente en ligne, si tu veux te démarquer de la concurrence il faut proposer la gratuité des livraisons. C'est indispensable. Au risque de paraître dure, j'aimerais que papa traîne un peu moins souvent dans les allées de la jardinerie. J'ai l'impression d'être surveillée en permanence et je le vis très mal. Quoi que je fasse, rien n'est jamais assez bien à ses yeux. C'est sûr, je ne bénéficie pas du prestige de Martin ou de la créativité de Paul, ni même de ta liberté de parole, Elsa.

— Ne te sous-estime pas, ma grande. Je reconnais bien là ton père, quand lui-même devait se défendre contre les préjugés de mes parents. Dans un sens, tu tiens beaucoup de lui. Vous êtes aussi têtus l'un que l'autre. Mêmes traits de caractère, même niveau d'exigence sur le plan professionnel. Vous êtes nés du même bois. Gus est très fier que son œuvre perdure grâce à toi.

— Peut-être, maman, mais il a parfois de curieux comportements. Comment veux-tu que je m'impose face aux employés quand il passe son temps à me contredire en leur présence ? Il brouille le message.

— Tu as raison, admet Alice. Je lui en parlerai. Mais tu dois aussi te souvenir que si ton père est un peu trop souvent dans tes pattes, c'est parce qu'il t'aime infiniment. Seulement, il ne sait pas comment te le dire. Ça va s'arranger.

— Moi, j'aurais donné cher pour avoir un père, intervient Elsa, quitte à l'avoir sur le dos. Le mien, de père, a pris la poudre d'escampette avant ma naissance.

— Maman ! Maman ! s'écrient les jumeaux qui

déboulent dans la cuisine. On peut regarder un film à la télé ?

Ils ont l'air si heureux qu'Ophélie n'a pas le cœur de refuser. Fous de joie, ils l'embrassent furtivement, ressortent aussitôt et s'engouffrent dans l'escalier qui mène au premier étage, où Gus a aménagé un petit salon-télé. La pièce servait autrefois de poste d'aiguillage, en témoigne l'écran lumineux resté accroché au mur, où l'on pouvait visionner le trafic sur les voies. Deux banquettes de wagon en moleskine marron ont également trouvé place de part et d'autre de la fenêtre qui donne sur le jardin et la piscine.

— Les enfants se sont bien amusés, aujourd'hui, reconnaît Ophélie.

— Grâce à Paul, précise Alice. Ils ont adoré leur partie de ballon avant le déjeuner. Ton frère aime bien passer du temps avec eux. Je suis certaine qu'il sera un bon père.

— Si tu le dis, maman…

— Allez, il est temps de partir, l'heure tourne. Et ne te fais pas de souci pour les petits. Ils seront bien, ici, à l'abri avec nous.

Ophélie et Elsa remercient Alice pour le déjeuner et rejoignent les hommes à la salle à manger. Sur le seuil, Ophélie entend son jeune frère demander à Kévin de le raccompagner chez lui à Nîmes. Quand va-t-il enfin passer son permis et cesser de dépendre des autres ? Une chance qu'elle et Kévin aient pris les deux voitures pour venir à *La Desserte* ce matin. Une petite mise au point s'impose.

— Paul, je peux te parler un instant, s'il te plaît ? Je préférerais en privé, si ça ne t'ennuie pas.

Surpris, Paul la suit jusque dans le couloir de l'entrée. Ophélie entre d'emblée dans le vif du sujet.

— As-tu demandé de l'argent aux parents, récemment ?

— Oui. Pourquoi tu me poses cette question ? Rassure-toi, je les rembourserai.

— J'ai du mal à te croire.

— Je pars travailler six mois chez Disney, à Los Angeles. Au département des effets spéciaux. Quand le bureau de Paris m'a appelé, je suis tombé à la renverse.

— Tu te payes ma tête ?

— Non, non, je t'assure. Ils ont repéré mon travail. Je pars demain à la première heure. Je prends le premier avion pour Paris afin de pouvoir choper le vol de Los Angeles qui part à 13 heures de Roissy.

— Demain ? Et tu comptais m'en parler quand ? Les autres sont au courant ?

— Oui, je les ai informés tout à l'heure, quand tu étais à la cuisine.

— Donc, si je comprends bien, je suis la dernière à apprendre la nouvelle…

Paul s'avance vers elle et l'embrasse sur les deux joues.

— C'est bon, frangine, tu le sais maintenant. Sois cool, pour une fois. Réjouis-toi pour moi. C'est la chance de ma vie !

Ophélie connaît les plans foireux de son frère et ne peut s'empêcher de douter.

— Ça veut dire aussi que tu ne seras pas présent au barbecue de samedi prochain ?

— En effet.

— Jamais d'interdit, jamais de compromis. Tu as la belle vie, frangin.

— On a la vie qu'on se choisit, sœurette. Rien ni personne ne t'oblige à suivre le chemin que les parents ont tracé pour toi. Tu le fais parce que tu en as envie, c'est tout. Accepte cette vérité et cesse de me jeter ma liberté à la figure toutes les cinq minutes. Et puis la distance n'a jamais éloigné les gens qui s'aiment. En revanche, les silences, oui…

Pour une fois, Ophélie ne peut pas lui donner tort, mais elle se garde bien de le lui dire. Son frère aurait-il mûri subitement ?

Comme prévu par la météo, le temps a viré à la pluie qui tombe dru depuis quelques minutes. Des éclairs zèbrent le ciel qui s'est couvert de nuages.

— L'orage n'est pas encore sur nous mais il vaudrait mieux vous dépêcher, insiste Alice. Paul, appelle-moi dès que vous arriverez à Nîmes. Et tu diras à Kévin de faire attention sur la route au retour.

Elsa et Martin s'apprêtent à partir. Elsa annonce qu'elle doit remplacer Marion au pied levé. Cette dernière vient de l'appeler, elle a un empêchement et ne peut pas prendre sa tournée du soir. De son côté, Martin a été demandé en renfort au cas où les pluies s'intensifient dans les prochaines heures. La préfecture a lancé une alerte orange, ce qui n'augure rien de bon. Il en profite pour rappeler à tous les consignes de sécurité à respecter : ne pas s'engager sur une route inondée, un pont, une digue ou un passage à gué. S'éloigner le plus possible des cours d'eau et garder sa radio branchée pour suivre les bulletins météo et les infos sur l'état des routes.

— Allez, ouste ! Tout le monde dehors, s'énerve Alice. Plus vite vous partirez, plus vite vous serez à l'abri. Toi aussi, Ophélie. Ne t'inquiète pas pour les enfants, on est là.

Elsa et Martin filent se changer tandis que Kévin et Paul s'engouffrent dans la voiture. Ophélie se dit qu'elle a de la chance, elle sera vite chez elle, Aubais n'étant qu'à quelques kilomètres de Sommières. Elle rêve de se détendre dans un bain parfumé et de lire ce roman qu'elle n'a pas encore ouvert. Elle fait un dernier petit signe à sa mère par la vitre et franchit le portail en dernier. Sur la route, elle est gênée par les paquets d'eau qui se déversent maintenant sur son pare-brise. C'est à peine si elle voit son chemin ! Le tonnerre n'arrête pas de gronder dans le ciel déchiré par les éclairs. La foudre a frappé tout près. Au détour d'un virage, elle distingue quelque chose en travers de la chaussée et freine. Un arbre est couché sur toute la largeur, obstruant le passage. Impossible de le contourner. Elle doit rebrousser chemin et repasser par Sommières pour prendre la route de Villevieille, rejoindre Calvisson et enfin Aubais, ce qui rallonge le parcours. Accrochée à son volant, elle redouble de prudence. La situation ne s'améliore pas, de larges flaques recouvrent à présent la route. Dans le centre-ville, les haut-parleurs rappellent les consignes de sécurité. La population doit se mettre à l'abri. « Colmatez toutes les portes et les fenêtres. Coupez le gaz et l'électricité. N'utilisez pas les ascenseurs. Mettez vos meubles en hauteur. »

Une inondation se prépare. Au niveau du pont romain, dont on attribue la construction à l'empereur Tibère au Ier siècle de notre ère, le Vidourle enfle dangereusement. Le niveau de l'eau a presque atteint le haut des arches. Pourvu que le pont résiste… Ophélie longe le lit du fleuve dont les flots sont chargés de boue. Les eaux de ruissellement envahissent les bas-côtés, débordent sur la départementale. Redoutant les aquaplanings, elle conduit au pas. Dans la montée de Villevieille, un véritable torrent traverse la chaussée. Elle ne peut pas l'éviter. *In extremis*, elle parvient à maintenir sa trajectoire. Pourvu qu'elle puisse rentrer chez elle sans encombre… Au sommet de la côte, elle s'engage sur une ligne droite qui traverse la garrigue noyée sous les trombes d'eau. Une voiture semble coincée au bord de la chaussée, les roues sont enlisées dans le fossé. Sans hésiter, Ophélie s'arrête, enclenche ses feux de détresse et sort pour porter secours aux passagers du véhicule immobilisé. Il n'y a personne à bord, pas plus aux alentours. Que s'est-il passé ? Où est le conducteur ? Elle tente de signaler la Ford en détresse à la gendarmerie mais la communication ne passe pas en raison de l'épaisse couverture nuageuse. Elle appellera depuis chez elle si par chance son téléphone fixe n'est pas coupé…

À la sortie d'Aubais, elle prend la direction d'Aigues-Vives, roule sur quelques centaines de mètres et s'engage à droite, sur le Chemin des Pins. Ophélie aperçoit enfin le portail qui, par chance, est ouvert. Elle gare sa voiture devant le garage et court dans le salon, s'empare du combiné du téléphone posé sur son socle. Par miracle, les communications ne sont pas coupées. La gendarmerie de Sommières répond à la première sonnerie. Elle leur signale la voiture accidentée et raccroche aussitôt, rappelle dans la foulée ses parents pour les rassurer. Tout va bien, elle est en sécurité à la maison. Elle file ensuite à la buanderie pour mettre à sécher sa veste, quand la sonnerie de son portable retentit.

— C'est Marcel, à la jardinerie. Viens vite, c'est la panique. La serre est inondée. Pas étonnant, vu l'état du toit. Une vraie passoire. L'eau est en train de monter.

Catastrophée, Ophélie ne prend même pas le temps de se changer et repart sur-le-champ pour sauver ce qui peut l'être encore. Ses plants de chrysanthèmes risquent d'être anéantis, et avec eux l'avenir de *Terre de garrigue*.

6

Elsa ne distingue pratiquement plus la route tant les essuie-glaces peinent à chasser les trombes d'eau qui s'abattent sur le pare-brise. Feux allumés, elle roule au pas sur la chaussée devenue glissante. À l'entrée de Sommières, à l'approche de l'épingle à cheveux qui précède le quai Griolet, le stress la gagne. Sa petite Yaris part en aquaplaning mais elle parvient à garder le contrôle du véhicule. Ne surtout pas paniquer, tout ira bien. Avec une extrême vigilance, elle négocie la courbe puis remonte le quai jusqu'au pont romain. Elle rétrograde, tout en priant le Ciel de ne pas caler. Elle sait qu'il lui serait alors impossible de redémarrer. Un peu plus loin, à l'embranchement vers l'autre rive, le feu tricolore clignote à l'orange. Deux gendarmes s'apprêtent à fermer l'accès au pont. Arrivée à leur hauteur, Elsa descend sa vitre.

— Pardon, messieurs, puis-je encore passer ?

L'agent en faction remarque la vignette apposée à l'angle droit du pare-brise, le caducée des infirmières dont la symbolique s'inspire de la mythologie grecque, un bâton d'olivier, signe de vie, autour duquel s'enroule le serpent d'Asclépios, dieu de la médecine.

— Oui, mais faites vite. On va barrer la route. Et tâchez de vous mettre à l'abri dès que vous le pourrez.

— Je dois absolument voir un patient à Boisseron. Je ne peux pas l'abandonner !

— Prudence, alors. Une fois sur place, je vous déconseille de repartir. L'ordre va bientôt être donné de ne plus sortir. Tous les ponts sur le Vidourle vont être fermés jusqu'à Lunel. L'évolution de la situation sera communiquée toutes les heures par des bulletins météo.

— Entendu, monsieur l'agent. Merci. Bon courage.

Avec une certaine appréhension, elle traverse le Vidourle. Les eaux boueuses du fleuve côtier charrient de nombreuses branches d'arbres. Un des bancs installés le long de la berge a été arraché de son socle et emporté par le courant. Un frisson parcourt la jeune infirmière. Impossible de renoncer, Luciano Calabrese a besoin de son traitement. La perspective de rester cloîtrée chez ce patient le temps que l'orage se calme et que les routes soient dégagées ne l'enchante guère, mais elle n'a pas le choix. Dès son arrivée, elle préviendra Martin et ses parents. Elle ne voudrait pas qu'ils s'inquiètent pour rien. Elle parvient sur l'autre rive sans encombre. La pluie redouble d'intensité tandis qu'elle sort de l'agglomération et s'engage sur la route de Montpellier. La lumière s'est assombrie et les phares des rares véhicules qu'elle croise encore l'éblouissent. La jeune femme n'est guère rassurée mais elle refuse de laisser la peur la dominer. « Courage », se répète-t-elle durant les trois derniers mais interminables kilomètres qu'il lui reste à parcourir. Une véritable expédition.

Arrivée à Boisseron, un chien déboule sur la chaussée et Elsa l'évite de justesse. La Yaris se déporte légèrement mais retrouve rapidement sa trajectoire. Accrochée à son volant, elle se remet à peine de sa frayeur quand un autre obstacle se profile. Une large flaque recouvre le chemin cabossé qui mène chez Luciano Calabrese. L'infirmière hésite un instant, avant de finalement s'élancer. Mais, à mi-parcours, sa voiture s'immobilise. Impossible d'avancer ; la Yaris patine dans la boue, enlisée dans une ornière. Quelle poisse ! Elsa n'a pas oublié ce que Martin lui a dit un jour : en cas d'inondation, un véhicule ne constitue pas un refuge mais peut devenir au contraire un sarcophage pour le passager prisonnier dans l'habitacle. Une petite citadine comme la sienne, immobilisée de surcroît, ne résisterait pas dans quatre-vingts centimètres d'eau. Sans parler de la force des courants et de la pression exercée par l'eau sur les portières qui rendraient leur ouverture impossible.

La maison n'étant plus très loin, Elsa décide de continuer à pied. Elle saisit son parapluie et sa trousse de soins sur le siège arrière, sort de la voiture en essayant d'éviter la flaque. Elle avance difficilement, c'est à peine si elle distingue le sol sous ses pas. Son parapluie ne résiste pas longtemps au vent et se retourne. Ses vêtements sont trempés et lui collent à la peau. Le trajet lui semble plus long que dans ses souvenirs. A-t-elle pris la bonne direction ? Un instant, elle se croit perdue, quand elle aperçoit une masse sombre à travers le rideau d'eau. Elle a mal évalué la distance quand elle a abandonné sa voiture, pensant la maison plus proche. Pressée d'arriver, elle coupe à travers la vigne. La boue colle aux semelles de ses chaussures, rendant sa progression difficile. Encore un effort…

Fourbue, elle atteint enfin le mas. La porte est verrouillée. Plutôt curieux ; il avait été convenu avec l'aide-ménagère qu'elle la laisserait ouverte en partant. Elsa a un mauvais pressentiment. Dans un premier réflexe, elle soulève la poterie pour récupérer la clé de secours. Elle n'est plus à sa place. Elle a disparu !

— Monsieur Calabrese ! s'écrie-t-elle. Monsieur Calabrese ?

Elle frappe avec le heurtoir, tambourine. Le vieil homme ne répond pas. Pourvu qu'il ne lui soit rien arrivé. Inquiète, elle contourne la maison, s'arrête devant la fenêtre de la cuisine et colle son visage contre le carreau. Elle distingue à peine les meubles, la pièce est plongée dans la pénombre. L'orage a repris de la vigueur. Elle envisage d'aller chercher de l'aide, quand un éclair déchire le ciel. Elle aperçoit alors la silhouette du vieil homme au fond de la cuisine. Il est d'une pâleur terrifiante, immobile dans son fauteuil. Que fait-il là ? Il devrait être dans sa chambre. Pourquoi l'aide-ménagère ne l'a-t-elle pas recouché après son dîner ?

La fenêtre est trop haute, Elsa doit trouver un autre accès. Saisie d'un mauvais pressentiment, elle contourne la maison. Le jardin est envahi par les herbes folles. Elle tente d'ouvrir la porte-fenêtre, en vain. Elle n'a plus le choix. Elle soulève sa trousse et la frappe violemment contre la vitre qui se brise. Avec précaution, elle passe sa main à l'intérieur et tourne la poignée. Elle se précipite aussitôt dans la cuisine. Le vieil homme n'est plus dans son fauteuil !

— Monsieur Calabrese, crie-t-elle car il est sourd. C'est moi, Elsa, la remplaçante de votre infirmière. Monsieur Calabrese, vous m'entendez ?

Elle parcourt la pièce du regard, s'attendant à le retrouver inanimé au sol. Elle cherche l'interrupteur, allume. Personne… Ce n'est pas normal. À pas feutrés, elle sort de la cuisine et s'avance dans le corridor. Un bruit métallique résonne derrière elle. Lentement, elle se retourne… et se fige. Le vieil homme est face à elle, comme apeuré. Il tient à peine sur ses jambes, il a un fusil de chasse à la main, le canon pointé sur le visage d'Elsa qui se met à trembler. Elle ne sait pas si c'est de peur ou de froid. Elle puise dans ses dernières réserves pour trouver le courage de l'affronter.

— Monsieur Calabrese, je suis Elsa, votre infirmière. Vous vous souvenez de moi ? Je me suis occupée de vous il y a quelques semaines. Monsieur Calabrese ?

Son assaillant ne semble pas réagir. Elle s'avance vers lui, certainement un peu trop vite car le vieil homme a un mouvement de recul. Dans sa panique, le coup part. Heureusement, dans le vide. Il semble le premier surpris. Elsa ne perd pas son sang-froid. Le plus calmement possible, elle tente de nouer le dialogue.

— Monsieur Calabrese, je remplace Marion. Vous me reconnaissez ? Elle n'a pas pu venir.

Encore sous le choc, le pauvre homme affiche une profonde détresse. À bout de forces, il baisse la garde et laisse tomber son fusil. Elsa s'en empare et le repose doucement à côté d'elle. Puis elle saisit le bras de son patient et tâte son pouls. Il bat à toute vitesse, sans doute une crise de tachycardie. Elle le rassure, tout va bien, elle est là pour s'occuper de lui. Elle lui prend la main et l'emmène dans sa chambre où elle l'aide à s'asseoir sur le lit. Inutile de lui demander des explications pour l'instant. Il semble traumatisé. Et puis elle sait bien qu'un ancien chasseur ne se sépare jamais de son arme. Il a eu peur, tout simplement. Il a voulu se protéger.

— Monsieur Calabrese, votre aide-ménagère n'est pas passée, ce soir ?

— Non, bougonne-t-il, sortant de sa torpeur avant de s'agiter à nouveau.

Que craint-il ? Elsa voudrait comprendre mais les propos qu'il lui tient sont confus. Alors, elle cherche à le rassurer et réchauffe ses mains gelées en les frottant dans les siennes, ce qui semble le calmer un peu.

Avec douceur, elle commence sa toilette, lui prodigue les soins d'hygiène habituels et le couche.

— Avez-vous faim, monsieur Calabrese ?

— Un peu.

— Que diriez-vous d'une assiette de potage ?

Le visage du vieil homme s'illumine soudain. Toute velléité de se défendre disparaît et une singulière expression enfantine marque son regard.

— Ce serait drôlement gentil.

— À la bonne heure, monsieur Calabrese. Je m'en occupe. Êtes-vous d'accord ?

— Oui, merci.

Dans la cuisine, Elsa réchauffe une portion de soupe au pistou qu'elle a récupérée dans le réfrigérateur avant de retourner dans la chambre.

— Vous en voulez ? lui propose-t-il gentiment en lui tendant sa cuillère.

— C'est adorable de votre part, mais j'ai trop mangé à midi. Avec ma famille, on a fêté mon anniversaire.

— Ah..., lâche-t-il. Alors, bon anniversaire.

Il porte la cuillère à sa bouche, heureux de cette compagnie inattendue et sans doute soulagé que l'orage ait retenu l'infirmière chez lui. Ses petites misères semblent oubliées. Ses réactions sont lentes. Il suit la conversation mais marque quelques signes de fatigue. Elsa ne l'oblige pas à finir le potage. L'octogénaire tombe de sommeil et peine à garder les yeux ouverts.

— Je vais débarrasser, monsieur Calabrese. Vous voulez dormir, n'est-ce pas ?

Le vieil homme se contente de dodeliner de la tête. Elsa éloigne la table à roulettes du lit puis dénoue la serviette de son cou. Dans un ultime effort, il lui déclare d'un ton presque solennel :

— Je suis bien. Non, mieux que ça, je suis heureux, précise-t-il, enfin paisible, bien calé dans son lit.

Son esprit vagabonde.

— Je me souviens d'un soir d'orage comme celui-là, c'était pendant la guerre. En juin 1943, ou 1944. J'avais une dizaine d'années. Mon père avait décidé de donner un bal à la Saint-Jean dans sa grange. À cette époque, il fallait être vraiment inconscient pour envisager une telle chose. Les rassemblements étaient interdits et les Boches mettaient le feu aux fermes pour moins que ça. Mais ça n'effrayait pas mon père. Il disait qu'il valait mieux vivre une minute en souriant que de passer son existence en pleurant. J'ai suivi son conseil, vous savez, et j'ai eu une belle vie malgré mes misères. Alors, jeune fille, si vous voulez mon avis, croquez-la à pleines dents, la vie. Quand on cesse de rêver, on meurt à petit feu. N'abandonnez jamais vos rêves.

Elsa sourit à cet homme qui pourrait être son grand-père. Elle découvre en lui une personne blessée, sans famille, et qui, sans doute, s'est bâtie toute seule. Par la fenêtre, les éclairs illuminent la pièce.

— Ce sera ma dernière…

— Votre dernière quoi ?

— Ma dernière crue.

— Qu'en savez-vous ?

— Je le sens. Elle arrive, prophétise-t-il. Je partirai avec elle, vous verrez.

— Bah ! Ne dites pas de sottises !

Elsa essaie de ne pas montrer son inquiétude. C'est qu'il lui flanque la trouille avec ses prémonitions. À l'extérieur, l'orage n'a pas faibli. Le vent balaie les feuilles du palmier à côté de l'entrée. L'arbre est plus haut que la maison, pourvu qu'il ne tombe pas, pense Elsa. Les volets de la chambre claquent au vent. Le temps d'attacher les montants aux crochets sur le mur extérieur, et la voilà de nouveau trempée. L'eau se déverse à seaux sur le toit. La charpente craque, diffuse des bruits secs qui résonnent dans toute la maison. À l'intérieur, si l'énorme poutre qui traverse le plafond de part en part rassure Elsa, le bruit des canalisations dans la salle de bains l'inquiète. Le lavabo régurgite l'eau, libérant des odeurs nauséabondes. Elsa bouche le siphon à l'aide de l'écouvillon ; au moins, ils ne seront pas incommodés par les remontées d'égout.

Lorsqu'elle revient auprès de son patient, il s'est endormi profondément. Il a le teint cireux. S'il n'y avait pas ses ronflements qui trahissent une apnée du sommeil, on pourrait croire qu'il repose dans un linceul. Avec précaution, Elsa ajuste le masque respiratoire sur son visage puis branche le PPC, l'appareil de pression positive continue. Posé sur la table de nuit, le module de télé-observance contrôle les inspirations, mesure les expirations. Elsa éteint la lampe de chevet, s'assoit un instant à côté du vieil homme. Elle lui prend la main et la caresse, soudain touchée par ce colosse aux pieds d'argile. Dans un élan de tendresse, elle se penche au-dessus de son visage et dépose un baiser sur son front. Tournant le dos à la porte, elle ne voit pas l'eau qui s'infiltre par-dessous. Une flaque se forme bientôt, s'étend lentement et atteint le lit médicalisé, se rapprochant du câble qui relie le moteur du respirateur à la prise électrique…

7

19 heures. La caserne de Sommières est en effervescence. C'est le moment des transmissions entre l'équipe de jour et celle de nuit. En majorité des pompiers volontaires, des gars motivés et entraînés pour seconder leurs collègues professionnels. Martin a repris du service. Il ressent encore une douleur à son épaule mais il était hors de question pour lui de prolonger son arrêt de maladie et de rester tranquillement à la maison en laissant ses collègues se démener tout seuls ! Il ne s'est pas engagé dans le corps des pompiers pour rester sur le banc de touche. Outre ses compétences en sauvetage en eaux vives, il est familier du terrain pour l'avoir parcouru de long en large dans son enfance. Il en connaît tous les reliefs, les zones dangereuses, les carrières à flanc de roche, la moindre retenue d'eau creusée par le Vidourle où échoue tout ce que le fleuve peut trimbaler en cas de crue. Loin d'être toutes sécurisées, ces zones sont régulièrement le cadre d'accidents.

Le capitaine de brigade distribue les ordres de mission. Martin est affecté au poste de stationnaire. Rester au standard ne l'emballe guère mais il respecte les consignes. Le téléphone n'arrête pas de sonner. Son casque rivé sur la tête, il remplit les fiches d'intervention. À chaque signalement justifiant une sortie, un véhicule est dépêché. Les patrouilles communiquent régulièrement avec le central par radio. Martin se trouve au cœur du système lorsque l'info tombe : le siège du Service départemental d'incendie et de secours de Nîmes a lancé une alerte maximale.

20 h 22. Toutes les cellules sur zone sont activées. L'inondation est imminente. À plus de mille cinq cents mètres cubes de débit seconde, cette crue promet d'être aussi sérieuse que celle de septembre 2002. Le débit avait alors atteint plus de deux mille cinq cents mètres cubes seconde, avec une hauteur d'eau de plusieurs mètres au-dessus du niveau habituel. Les populations des zones potentiellement inondables doivent déjà avoir quitté les lieux mais il y a toujours des récalcitrants, voire des inconscients qui trouvent de bonnes raisons pour rester sur place. Il faut les évacuer. La sirène retentit. Les hommes s'activent. « Départ équipe nautique pour habitants immergés sur la commune de Sommières, ordonne la voix dans le haut-parleur. Je répète : départ équipe nautique pour habitants immergés. »

Pour constituer sa dernière équipe d'intervention sur site, le capitaine Fabrice Reyes désigne Martin pour remplacer un volontaire retardataire, tandis qu'une jeune recrue prend sa place au standard. En survêt, l'adjudant Lazaret court dans les travées, s'empare de son équipement au vestiaire, casque, chaussures à semelles antidérapantes, gilet de flottaison, ainsi que le matériel nécessaire à ce genre d'intervention tel que les longes ou les gilets de sauvetage pour les sinistrés. Il s'habille dans le VPHR, le véhicule polyvalent hors route, un curieux engin haut sur pneus, capable de s'aventurer dans des zones boueuses ou de traverser le lit d'une rivière. Solidement équipé d'un pare-buffle à l'avant, il comporte également des grilles ajourées qui protègent les phares et les vitres du camion, sortes de meurtrières horizontales étroites et basses.

20 h 28. Le VPHR quitte la caserne. Un appel indique aux pompiers le lieu précis de leur intervention, un petit lotissement à la sortie de la ville, sur des terrains situés non loin des berges du Vidourle. Le véhicule fonce à vive allure au son de la sirène à deux tons. Les serres de la jardinerie ne sont pas loin. Martin espère que son père et sa sœur suivront scrupuleusement les consignes de sécurité. Il n'est guère rassuré. L'engin tout-terrain fend le rideau de pluie. Des lames d'eau s'abattent dans le massif des Cévennes dont on devine au loin les contreforts. En quelques heures, il peut tomber dans la région l'équivalent de plusieurs mois de précipitations. Des torrents jaillissent d'entre les pierres, courent dans les plis des vallons, se déversent avec fracas dans les affluents du Vidourle. La crue de septembre 2002 a laissé un profond traumatisme dans la population. Un décès et des millions d'euros de dégâts matériels. Une tragédie. Plus jamais ça.

20 h 34. À Quissac, en amont de Sommières, une digue cède sous la pression de l'eau. Une vague enfle et déferle dans le lit du Vidourle dans un bruit assourdissant. Inconscients du danger, certains courent le long de la rive, portable en main, partageant la scène en direct sur les réseaux sociaux. Les images arrivent au central qui déclenche aussitôt une alerte rouge destinée au personnel sur site. Tous les hommes ont ordre de s'abriter, un raz-de-marée est à redouter. À Sommières, la mairie a activé la cellule de gestion de crise des aléas climatiques. Élus et agents de service consultent en permanence le site de vigilance des crues du ministère de l'Écologie, réactualisé en temps réel. À chaque bulletin, les haut-parleurs diffusent

aux habitants des informations pratiques et font état de l'évolution de la crue, telle que le niveau de l'eau sous le pont romain de Sommières ou, en amont, ceux de Quissac et Vic-le-Fesq. La population se prépare au pire, les yeux rivés sur le lit du fleuve. Dans les boutiques du centre historique, les commerçants ont placé toutes les marchandises en hauteur et coupé l'électricité et l'eau. Sous les arches aménagées du pont, les garages et autres entrepôts ont été vidés de leur contenu. La police municipale a fait retirer les véhicules stationnés sur la place du marché, les quais, la basse esplanade, les parkings situés sur l'autre rive, autour de la place des Aires, et d'une manière générale sur tous les points bas de la ville. La petite cité médiévale est en état de siège, tout le monde retient son souffle. À défaut de pouvoir dompter le Vidourle, les Sommiérois ont intégré dans leur esprit et leur quotidien les caprices du fleuve, au même titre que d'autres ont intégré les risques liés à la pollution ou la présence d'une industrie classée dangereuse aux abords d'une commune.

20 h 40. La sirène retentit. Le Vidourle va sortir de son lit. D'ici peu l'eau envahira les ruelles, les rez-de-chaussée des maisons, et il sera impossible de se déplacer autrement qu'en barque. « Alerte ! Alerte ! » martèlent maintenant les haut-parleurs. Trois minutes plus tard, l'inévitable se produit : sous le ciel plombé par les épais nuages, l'eau arrive sur la commune. La déferlante emporte tout sur son passage, rien ne résiste à la puissance des flots. Sur les quais, l'eau a déjà atteint plus d'un mètre de haut. Aux fenêtres des maisons construites en bordure du fleuve, des témoins assistent, impuissants, à la dérive d'un camping-car emporté dans les eaux bouillonnantes. Tel un fétu de paille, il est projeté contre le tablier du pont de Tibère,

avant que la carcasse ne sombre dans le fleuve. En quelques secondes seulement, un amas inouï de branchages, de troncs d'arbres, de tôles froissées et toutes sortes d'objets hétéroclites s'entassent sous le pont romain. Pour l'instant, le vénérable ouvrage résiste. Mais pour combien de temps ?

20 h 46. Vêtus d'une combinaison en néoprène qui résiste au froid jusqu'à moins un degré, Martin, Flavien et d'autres pompiers du secours en eaux vives viennent en aide aux premières victimes qu'ils croisent en chemin. En tant que chef d'agrès sur cette mission, Martin réclame un survol du Vidourle par hélicoptère afin de synchroniser un sauvetage par embarcation. L'ordre de mission est envoyé. Le Dragon 30 de la Sécurité civile décolle aussitôt. En quelques minutes, tous les moyens héliportés disponibles survolent le site. Le bruit des rotors se mêle à celui du déluge. De quoi redonner espoir à tous ces malheureux pris en otages sur les toits de leurs habitations. Les violentes rafales de vent et l'orage qui ne faiblit pas rendent les manœuvres difficiles. Le pilote réussit néanmoins à maintenir l'appareil en position stationnaire, son puissant projecteur braqué sur le Zodiac de sauvetage. À son bord, Martin et son équipe s'approchent des maisons immergées. Pieds dans l'eau, les derniers habitants se sont réfugiés à l'étage.

— Montez, madame, lance Martin à une femme, juchée sur une balustrade. N'ayez pas peur, nous vous tenons.

— Hors de question ! refuse celle-ci, paniquée. Si je tombe à l'eau ?

— Nous sommes là, il ne vous arrivera rien.

— Oui, mais si on tombe *tous* à l'eau ?

— Ça n'arrivera pas, madame. Vous avez ma parole.

— Comment pouvez-vous être aussi affirmatif ? Non, non. Je préfère rester ici.

Martin parlemente avec douceur et fermeté. La frayeur est imprimée sur le visage de la petite rousse qui reste comme statufiée, à cheval sur la balustrade. Au risque de déséquilibrer l'embarcation, Martin ne peut pas se hisser davantage. Il mettrait en péril tous les hommes à bord. Alors il improvise une autre stratégie afin de pousser la petite dame à sauter dans le Zodiac.

— OK ! Alors si vous tombez à l'eau, un petit conseil : laissez-vous flotter en position allongée les pieds en avant et aidez-vous de vos bras pour atteindre la berge.

Autant dire mission impossible. Malgré l'électrochoc, elle ne réagit pas. Martin tente une autre ruse.

— Attention ! Là, derrière vous !

La femme se retourne et perd l'équilibre. Martin la rattrape de justesse et l'attire contre lui. Il l'installe au centre du Zodiac tandis que Flavien dépose sur ses épaules une couverture de survie. En état de choc, elle bredouille de vagues remerciements. Martin comprend qu'elle n'a pas besoin de soins particuliers, seulement du réconfort après la frayeur qu'elle vient de vivre. Sur la terre ferme, les sinistrés sont acheminés par des bénévoles vers la salle polyvalente mise à disposition par la mairie, refuge providentiel pour les nombreux habitants pris au piège de ce nouvel épisode cévenol. Cette fois-ci d'une ampleur inouïe.

20 h 53. La surverse annoncée s'abat sur la ville telle une lame de fond. Une fois de plus, l'eau balaie tout sur son passage, voitures, arbres… Plusieurs maisons sont détruites par la force de l'eau. Le fleuve redessine les berges, la nature reprend ses droits… Martin et ses hommes ne peuvent pas s'attarder ; le central diffuse

déjà un autre appel. « Personne en détresse en aval du pont romain. Je répète : un témoin signale une personne en détresse en contrebas de l'*Auberge du pont romain.* » Trois pompiers attellent le Zodiac à la remorque du camion tout-terrain qui s'élance sous la pluie battante, sirène hurlante.

21 heures. Rive droite, le convoi ralentit à hauteur de l'auberge située sur la berge opposée. Le 4×4 de franchissement s'approche lentement de la rive, s'engage dans l'eau puis s'arrête à une vingtaine de mètres du lieu où a été repérée la personne en détresse. Plus loin, le terrain est pentu et le véhicule risquerait d'être emporté par le courant. Martin connaît bien cette retenue d'eau aux abords de laquelle s'installe un centre de canoë-kayak en saison estivale. Au milieu du tumulte, il entend les cris désespérés d'une femme. Elle est agrippée au seul tronc d'arbre encore debout, une souche en bordure de berge. Elle a perdu des forces et risque d'être entraînée par le courant. Les secours s'organisent. Les hommes sortent l'embarcation du véhicule tout-terrain tandis qu'au-dessus d'eux, le Dragon 30 survole le périmètre. Parvenu à quelques mètres de la victime, Martin reconnaît Marion, l'infirmière. Que lui est-il arrivé ? À la lueur du projecteur braqué sur elle, il remarque des ecchymoses sur ses bras, elle a le visage tuméfié, les traits figés par la terreur.

21 h 08. Martin s'avance vers la jeune femme, Flavien est derrière lui. Au moment où ils arrivent à sa hauteur, un tourbillon les emporte tous les trois dans les flots déchaînés du fleuve…

8

Depuis le départ de la troupe, Alice et Gus se sont efforcés de masquer leur inquiétude devant les enfants d'Ophélie. Gus est resté un moment avec les jumeaux dans le petit salon-télé tandis qu'Alice a terminé de débarrasser la cuisine avec Lou, l'aînée d'Ophélie, qui a ensuite montré à sa grand-mère toutes les nouvelles applications qu'elle avait téléchargées sur sa tablette. Après un dîner léger, les petits se sont mis en pyjama et sont montés dans leur chambre.

Installés dans leurs lits, ils n'ont pas l'air de vouloir dormir, excités par l'orage et les coups de tonnerre qui n'ont pas cessé de frapper depuis le début des intempéries.

— Hé, hé, les foufous… Vous voulez que je vous lise une histoire ?

— *Les Deux Frères* ! s'écrie Jules.

— Oui, renchérit Eliott qui adore ce conte des frères Grimm.

— Les garçons, on se calme, s'il vous plaît, gronde Alice. Et arrêtez de gigoter. Voilà, c'est bien. Maintenant, on écoute, poursuit-elle, une fois parvenue à capter leur attention.

Elle saisit le recueil des *Contes de l'enfance et du foyer*, toujours en bonne place sur la table de chevet, l'ouvre à la page des *Deux Frères et l'oiseau d'or* et en commence la lecture. Les enfants sont captivés par l'histoire de ces jumeaux qui se ressemblent tant qu'on ne peut les distinguer l'un de l'autre.

— Est-ce que les gens nous confondent nous aussi ? On ne fait pas les mêmes bêtises, pourtant. Et entre frères, on ne doit pas être jaloux, hein ?

— C'est ça, mon grand. La jalousie rend malheureux, c'est pourquoi il faut s'aimer très fort. Mais rassure-toi, personne ne vous confond.

Jules tend les bras et serre sa grand-mère contre lui. Alice l'embrasse tendrement. Elle s'apprête à faire de même avec son jumeau qui, pensif, l'interroge à son tour.

— Maminou, c'est où, le pays des deux frères ?

— Je n'en sais rien, mon petit, avoue-t-elle, désolée.

— Et si papa nous abandonnait dans la forêt, comme dans le conte ?

— Bien sûr que non ! Et à en croire les vieilles légendes, il y a plein de créatures merveilleuses qui vivent dans les bois. Elles dorment sur les souches des arbres, des grands chênes.

— Des souches ? Comme celle qui est dans la cour chez oncle Martin ? Moi et Jules, on l'a repérée l'autre dimanche, quand on est allés visiter sa nouvelle maison.

— Jules et moi ! le reprend Alice. Tu as raison, il y a une très belle souche au fond de la cour. L'arbre était malade et oncle Martin a dû l'abattre.

— Tu crois qu'on pourra bientôt aller dormir chez oncle Martin et tante Elsa ? Peut-être qu'on verra des elfes comme dans les contes ?

— Quand ils auront fini les travaux, je suis sûre qu'ils seront contents de vous inviter. Mais il y a un moyen beaucoup plus simple de rencontrer des elfes et des lutins… Et dès cette nuit, si vous voulez. Vous savez lequel ?

Eliott secoue la tête d'un air interrogateur, aussitôt imité par son frère.

— En dormant, mes garçons. Si vous pensez très fort aux petits lutins, peut-être qu'ils viendront vous voir pendant votre sommeil. Il se murmure que seuls les enfants peuvent les approcher. Et quand ils sont très gentils, parfois les lutins exaucent leurs rêves.

Satisfaits, les jumeaux ferment les yeux. Ce petit subterfuge a ramené le calme en offrant aux enfants la perspective d'un voyage au pays du merveilleux. Que demander de mieux ?

— Faites de doux songes, mes amours.

Après une dernière caresse, Alice se retire sur la pointe des pieds. Comme d'habitude, quand les petits passent la nuit chez leurs grands-parents, elle laisse la porte légèrement entrebâillée. À l'extérieur, des rafales de pluie se fracassent contre les fenêtres du couloir tandis qu'elle se dirige vers la chambre de Lou. Les enfants sont en sécurité à *La Desserte*, se dit Alice. La maison est en hauteur et n'est donc pas menacée par les inondations. Les Anciens ont construit la gare à cet endroit afin que les crues du Vidourle n'atteignent pas la ligne de chemin de fer, devenue depuis une voie verte. Le tonnerre craque, suivi d'une seconde détonation qui fait vibrer les murs. Lou ne doit pas être rassurée. Connaissant sa petite-fille, elle doit se blottir sous les couvertures. Elle occupe la chambre la plus éloignée de celle de ses frères, comme pour mieux souligner son statut d'aînée. Lou est si pressée de grandir… C'est étonnant comme les humains se ressemblent, se dit Alice. Tout le monde passe les premières années de son existence à vouloir quitter l'enfance et le reste de sa vie à en retrouver les sensations. Elle frappe doucement à la porte.

— Tu ne dors pas ?

— Non. Il y a trop de bruit.

— On ne risque rien, la rassure Alice. La maison est protégée par un paratonnerre. Ce fut du reste la première installation de ton grand-père quand nous avons emménagé ici. Il a une sainte frousse des orages.

— Papinou ? s'étonne l'adolescente.

— Oui. Mais ne lui dis surtout pas que j'ai vendu la mèche ! Il serait furieux. Ça ne date pas d'hier. Enfant, il a assisté à l'incendie d'une maison qui avait été frappée par la foudre. C'était dans les Hautes-Alpes, je crois, où il avait l'habitude d'aller en vacances. Il n'a jamais oublié cette nuit-là. D'où cette angoisse à chaque fois que ça tonne.

— Jamais je n'aurais pensé ça de Papinou.

— Avec le temps, ton grand-père a appris à combattre la peur. Il ne la laisse jamais l'envahir ; au contraire, il la rejette de toutes ses forces. Tu maîtrises mieux le danger ainsi. Allez, fais-moi une place.

Trop heureuse de veiller encore un peu, Lou cale un oreiller contre la tête de lit et invite sa grand-mère à s'asseoir à côté d'elle.

— Raconte-moi des trucs.

— Comment ça, des trucs ?

— Des souvenirs de quand tu étais petite.

— Ne bouge pas. Je vais chercher l'album photos.

Alice se lève et file dans le salon-télé où est rangé le vieil album de famille, parmi les livres alignés sur l'étagère. Deux minutes plus tard, Lou et sa grand-mère remontent le temps tout en commentant les photos. Lou est surprise de se trouver quelques traits communs avec son arrière-grand-mère maternelle. Ses yeux en amande, ses joues rebondies et ses lèvres rieuses. Alice se réjouit d'être le trait d'union entre deux époques, entre les disparus et la jeune génération. Elle est un peu la gardienne du temple, la mémoire de la famille, celle qu'on n'hésite pas à consulter, et ce rôle lui convient parfaitement, l'honore même. En retour, elle prend très à cœur de transmettre fidèlement l'héritage familial. Le rôle de grand-mère est sans doute le plus aisé qu'elle ait eu à endosser. Elle est plus disponible, plus câline avec les petits qu'elle ne l'a été avec ses propres enfants, comme si elle voulait se rattraper. Puissent ses petitounes profiter le plus longtemps possible de leur jeunesse et garder leur insouciance ! L'univers des adultes manque tellement de magie. Sauf peut-être à *La Desserte*. Malgré les chamailleries, les Lazaret restent unis. Parfois, Alice a l'impression d'appartenir à une race de dinosaures en voie d'extinction tant le monde qui l'entoure a changé.

Lorsqu'elle referme l'album, l'orage s'est un peu éloigné. Lou tombe de sommeil.

— Bonne nuit, ma grande.

— Bonne nuit, Maminou… Dis, sais-tu si papa est bien rentré à la maison ?

— Oui, ne t'inquiète pas. Il m'a envoyé un message tout à l'heure, ment-elle délibérément. Il a bien déposé Paul à Nîmes et a pu rentrer sans encombre à Aubais. Une chance ! Tu peux dormir sur tes deux oreilles.

Derrière un sourire qu'elle veut rassurant, Alice a du mal à cacher son inquiétude. Elle a suivi les bulletins météo et la situation est préoccupante. Trois des siens sont dehors, à commencer par Ophélie qui est injoignable depuis deux heures. Et puis il y a Elsa, sans doute bloquée par la crue chez un patient dont la maison est isolée. Mais elle est surtout inquiète pour Martin, qui lui est sur le terrain avec ses collègues et doit avoir fort à faire. Elle n'ignore pas combien le métier de pompier est dangereux. Une simple erreur de jugement, la moindre faiblesse et c'est la mort qui vous fauche. L'homme n'est pas maître de la nature, et quand celle-ci se déchaîne, tout peut arriver. Comme si elle avait lu dans ses pensées, Lou la prend par le cou et l'embrasse.

— Ne t'en fais pas, Maminou. Oncle Martin est bien entraîné et il n'est pas tout seul. Il ne risque rien.

— Tu as raison. Merci de me le rappeler, ma chérie.

Alice serre Lou contre son cœur.

— Comme tu as grandi, ma belle et grande fille…

Après un dernier câlin, elle vérifie que la fenêtre est bien fermée avant de quitter la chambre. Tant que ses enfants ne seront pas en sûreté, elle n'ira pas se coucher. Elle ne pourrait pas fermer l'œil. La nuit risque d'être longue… Mais qu'importe la fatigue, elle dormira plus tard. N'a-t-elle pas l'éternité pour se reposer ? Un soir comme celui-là, Alice aurait préféré garder sa petite tribu à *La Desserte*. L'ancienne gare est assez grande pour loger tout le monde depuis qu'ils ont réhabilité l'étage en y ajoutant des chambres.

Au salon, elle retrouve Gus qui s'apprête à sortir.

— Alors ? Tu as eu des nouvelles d'Ophélie ? Pourvu qu'il ne lui soit rien arrivé…

— Alors, rien. Elle ne répond pas.

Gus affiche un visage grave. Alice le connaît suffisamment pour comprendre qu'il est inquiet. Sans attendre, il se dirige vers le hall d'entrée.

— Que fais-tu ? demande Alice en le voyant prendre son ciré accroché au portemanteau.

Gus ne répond pas et s'habille en silence. Alors qu'il chausse ses bottes de pluie, Alice s'avance et lui barre le passage.

— Tu ne vas tout de même pas sortir par ce temps ? Enfin, tu as perdu la raison ?

— Je veux m'assurer que tout est OK autour de la maison et j'irai faire un tour à la jardinerie. Avec ce déluge, je ne serais pas surpris d'y trouver Ophélie.

À coup sûr elle est allée là-bas pour vérifier qu'il n'y a pas de dégâts. Il ne va rien m'arriver, je ne vais pas au bout du monde. Je serai prudent, promis.

Cela fait longtemps qu'Alice a renoncé à s'opposer à son mari. Quoi qu'elle dise, il suit toujours son idée.

— Ne houspille pas ta fille quand tu la verras, recommande-t-elle malgré tout.

— À t'entendre, on croirait que je passe mon temps à l'engueuler, proteste Gus.

— Tu devrais la féliciter de temps en temps. Tu sais, elle se démène beaucoup.

— Elle est venue se plaindre ?

— Disons que quelques encouragements ne lui feraient pas de mal, en particulier s'ils viennent de toi.

— Ses idées de grandeur m'effraient. On dirait qu'elle veut tout révolutionner. Depuis quelque temps, elle ne parle que de son site de vente en ligne.

Le nouveau fourgon, la campagne de publicité, le réaménagement du magasin, sans parler des terrains en contrebas des serres dont elle a fait récemment l'acquisition. Une utopie, lui avait-il fait savoir quand elle lui avait parlé de ce projet. Elle ne pourra jamais les exploiter, ils sont dans le lit du fleuve.

Alice ne peut réfréner un sourire moqueur.

— Tu es drôle. Moderniser, c'est exactement ce que nous avons fait lorsque nous avons repris la roseraie de mes parents. Contre leur avis, je te rappelle. Nous aussi nous voulions tout changer, innover. Ces mots nous faisaient rêver. Souviens-toi combien mon père était fou quand tu lui as parlé d'ouvrir une boutique. Nous l'avons fait, pourtant, et jamais nous n'avons eu à le regretter. N'ai-je pas raison ?

Gus acquiesce en bougonnant.

— Aujourd'hui, poursuit Alice, notre fille a repris le flambeau avec de nouvelles et belles ambitions. Tu devrais en être fier et la laisser agir à sa guise, tu ne crois pas ? Fais-lui confiance et laisse-la commettre des erreurs. Après tout, on apprend toujours de ses échecs. Ma mère disait que l'expérience des parents ne sert jamais aux enfants. Elle avait raison. Comme quoi l'insolence de la jeunesse passe les générations.

— Tu as peut-être raison pour nous deux, mais à l'époque, c'était très différent, la concurrence était moins rude. Aujourd'hui, pour réussir, il faut se battre. Ophélie est une bosseuse et ne renâcle pas à l'ouvrage, elle a aussi plein de bonnes idées, mais je trouve qu'elle va trop vite. Je n'ai pas envie de voir couler *Terre de garrigue*. Une vie de travail.

— Montre-lui que tu l'aimes en lui faisant confiance.

Déstabilisé, Gus promet de réfléchir à ce conseil. Pour l'heure, il a d'autres chats à fouetter. Sur le perron, la pluie tombe à verse. Le vent n'a pas faibli.

— Ferme la porte à clé, veux-tu ?

— Pourquoi donc ?

— Fais ce que je te dis. Et n'ouvre à personne.

Alice hésite, mais il insiste.

— Enferme-toi. Maintenant ! Et ne t'inquiète pas, tout ira bien.

Alice s'exécute tandis qu'il ouvre son parapluie et s'éloigne. Guère rassurée, elle s'en remet à la Providence. Après tout, Gus ne fait qu'aller à la jardinerie afin de s'assurer qu'Ophélie n'est pas en danger. En espérant qu'elle y soit ! Quel dommage qu'ils ne se comprennent pas tous les deux. À la décharge de son mari, Ophélie n'est pas une personne démonstrative. Par orgueil, peut-être. Jamais elle ne fait part de ses soucis, préférant les régler elle-même plutôt que de demander de l'aide. Tout le contraire de ses frères. Soudain, un mauvais pressentiment la rattrape. Martin… Est-il en danger ? Il n'a pas téléphoné une seule fois depuis qu'il est parti à la caserne. D'habitude, il se débrouille toujours pour envoyer un petit message afin de les rassurer quand il part sur zone.

Un claquement sec dans le jardin attire son attention. Il provient de la remise, de l'autre côté de la cour. Sous les assauts répétés des bourrasques, le battant d'un des deux portails bat dans le vide. Mieux vaudrait le fermer. Alice n'a pas le choix. Quoi qu'il lui en coûte, elle enfile à son tour un imper, noue les cordons de la capuche sous son menton puis enfile des bottes. Armée d'un parapluie et d'une lampe torche, elle ouvre la porte et sort, ignorant les recommandations de Gus. Grassouillon, le chat, est couché en boule sur le radiateur et ne semble guère préoccupé par toute cette agitation autour de lui. Maya, toujours brave, suit sa maîtresse sous la pluie.

Au milieu du siècle dernier, la remise abritait l'atelier mécanique. Les Lazaret y entreposent aujourd'hui une foule de choses, des vieux meubles, des outils de jardin, et d'autres objets dont ils ne se sont jamais résolus à se débarrasser. Alice est sur le point de fermer le battant du portail quand elle entend un bruit de verre cassé à l'intérieur. Assise à ses pieds, Maya montre les crocs. Le poil hérissé, elle se lève et s'avance en grondant, précédant sa maîtresse. Sur ses gardes, Alice pénètre dans la remise. Le faisceau de sa lampe balaie la pénombre avant de s'arrêter sur une silhouette prostrée dans un coin, entre deux meubles.

9

Gonflé par les pluies torrentielles depuis que la digue en amont de Sommières a cédé, le Vidourle est sorti de son lit, déversant des mètres cubes d'eau sur les terres et les lotissements en contrebas. La maison de Luciano Calabrese, construite en dessous du niveau du fleuve côtier, à quelques dizaines de mètres de la rive, est totalement inondée. L'eau a commencé par s'infiltrer sous la porte d'entrée et la porte-fenêtre, puis par se déverser à gros jets par la chatière avant d'atteindre les deux marches menant au salon-cuisine. Meubles et matériel médical flottent maintenant au milieu de la pièce, offrant un spectacle de désolation. La lampe halogène n'a pas résisté à l'assaut et a grillé, diffusant un dernier halo de lumière. L'eau a ensuite investi le corridor puis s'est lentement acheminée jusqu'à la chambre du vieux Calabrese.

Elsa aperçoit la flaque devant la porte. Elle soulève aussitôt le câble électrique du lit médicalisé et le débranche, tout comme la lampe de chevet qu'elle place en hauteur sur une étagère. Tout risque d'électrocution étant écarté, elle remonte le lit au maximum, bénissant le Ciel que les roues de la structure soient en caoutchouc et non en métal. Inquiet, le vieil homme la regarde faire et la fixe avec insistance, comme s'il cherchait à lui dire quelque chose. Mais rien ne sort.

Il semble tétanisé. Elsa tente de le rassurer, sans croire elle-même à ce qu'elle avance.

— L'orage s'éloigne, on dirait. Nous ne craignons rien. Et puis il semble que l'eau a cessé de monter.

Pour en avoir le cœur net, elle entrouvre la porte qui donne sur le couloir. L'eau jaillit aussitôt, si fort que la jeune femme ne peut pas la refermer. Calabrese s'agite dans son lit. Elle ne doit pas paniquer, trouver les mots justes pour le tranquilliser.

— Ça va aller, ça va aller, monsieur Calabrese. La zone est sans doute déjà placée en évacuation prioritaire. Les secours ne vont pas tarder à arriver. Vous savez, mon mari est pompier.

Elle s'assoit sur le lit. Avec un bras elle entoure les épaules de son protégé qu'elle berce comme un enfant. Mais, rapidement, elle est obligée de grimper à ses côtés. L'eau a maintenant envahi toute la pièce et le niveau monte dangereusement. La situation devient critique et Elsa a de plus en plus de mal à refouler son angoisse. Elle scrute le sol, un nœud dans le ventre. Encore une quarantaine de centimètres, et le matelas sera trempé. Elle ne peut pas se mettre à l'abri à l'étage puisque la maison est de plain-pied. Ils n'ont qu'une alternative : grimper sur le toit et attendre l'arrivée des secours. Autant dire mission impossible. Comment pourrait-elle porter ce frêle papy et le hisser par le Velux du plafond rampant ? Seule, elle n'y arrivera jamais. Et son portable qui ne marche plus. Aucun réseau. Il ne lui reste qu'à espérer une décrue rapide. Martin a eu beau lui expliquer qu'elle ne risque rien si elle respecte toutes les mesures de sécurité, elle se sent tout à coup démunie. C'est la première fois qu'elle est confrontée à ce genre de catastrophe. Comble de malchance, la lumière s'éteint d'un coup et ils se retrouvent plongés dans l'obscurité, avec le vacarme incessant de la pluie qui s'abat sur le toit. Ce n'est pas tant cette panne d'électricité qui inquiète Elsa, mais cette eau qui continue à monter. Encore quelques centimètres, et bientôt le matelas flottera tel un radeau en détresse. Elsa se désespère, elle sait qu'au contact du froid, Luciano risque de s'enrhumer, voire d'attraper une pneumonie. À son âge, il n'en faut pas davantage pour mourir. Curieusement, le patient semble s'être calmé alors que la situation est critique, comme s'il était résigné. Elsa est parcourue d'un frisson. Elle ne voit pas comment ils pourraient être secourus rapidement. La maison est isolée et elle ne peut joindre personne puisqu'il n'y a aucun réseau. Son moral plonge d'un coup. Jamais elle n'a côtoyé la mort d'aussi près et l'idée d'être séparée de Martin la pétrifie. Martin ! Il est au courant qu'elle est chez Calabrese. Il va venir, du moins l'espère-t-elle de toutes ses forces, tout en culpabilisant déjà de l'exposer au danger. Comment gère-t-il sa peur ? Car il a peur, il le lui a confié. Cette peur qu'on apprend aux pompiers à contourner. Les risques sont leur lot quotidien et pourtant, à chaque nouvelle mission, son mari ne faillit pas. « Tu n'as pas le droit de te décourager. Un peu de cran, bon sang ! Il y a forcément une issue », se motive-t-elle mentalement.

Elle redresse la tête et voit passer un faisceau lumineux au plafond, qui traverse la pièce avant de disparaître. Sans doute une lampe torche. Les secours arrivent, se réjouit-elle. Elle dirige son regard vers la fenêtre mais ne voit aucune lumière à l'extérieur. Elle tend l'oreille, aucun son ne lui parvient, couvert par le vacarme de l'orage.

— Pitié… Pitié, murmure-t-elle. Revenez, je vous en supplie.

Un halo perce à nouveau l'obscurité.

— Monsieur Calabrese, regardez ! s'écrie-t-elle. Ils sont là ! Nous sommes sauvés ! Tenez bon, Luciano. Vous permettez que je vous appelle par votre prénom ?

Le regard du vieil homme s'éclaire. Oui, ils sont sauvés. Il s'en remet à cette jolie infirmière et partage sa joie. Sans hésiter, Elsa saute du lit ; l'eau lui arrive aux hanches. Elle avance jusqu'à la fenêtre et tente de l'ouvrir malgré la pluie. Une patrouille croise dans les parages à bord d'un Zodiac, sous le feu d'un puissant projecteur. Les hommes ont reçu l'ordre d'évacuer la population sur cette zone. À l'aide de la torche de son téléphone, elle les interpelle, crie de toutes ses forces, gesticule. Mais les bruits du déluge couvrent ses appels au secours et l'embarcation s'éloigne doucement.

— Par ici ! Par ici ! hurle-t-elle avec l'énergie du désespoir.

Par miracle, l'un des pompiers finit par entendre les cris et le bateau revient dans leur direction. Martin ne semble pas être à bord du Zodiac qui accoste au plus près de la rive. Avec l'obscurité et la pluie, elle a du mal à distinguer l'équipage.

— Il y a un senior invalide avec moi, crie-t-elle depuis la fenêtre. Je suis infirmière, j'étais venue pour ses soins. Il faut une civière pour l'évacuer, lance-t-elle tout en gardant son sang-froid. Martin Lazaret n'est pas avec vous ? Je suis son épouse.

— Madame Lazaret, tout ira bien. Nous allons procéder à votre évacuation. Ne bougez pas.

L'un des hommes donne des instructions, probablement le chef de patrouille. Sauver les victimes demeure une priorité, il n'y a pas de temps à perdre. Bientôt, deux pompiers arrivent dans la chambre. Elsa les aide à installer son patient sur une civière. Elle a juste le temps de récupérer sa trousse de soins qui flotte au milieu de la pièce. Leur évacuation à bord du bateau pneumatique s'effectue sans problème. Luciano Calabrese se laisse faire, guère impressionné par ce qu'il lui arrive. Il est surtout dans un état de semi-conscience. Dans le froid piquant, Elsa garde sa main dans la sienne et la réchauffe.

— Accrochez-vous, monsieur Calabrese ! Vous êtes un battant ! Et puis vous avez encore tant d'histoires à me raconter.

Une fois débarqués à terre, Elsa et Calabrese sont ensuite acheminés vers une ambulance qui les conduit au centre hospitalier de Lunel. Le trafic est ralenti car les routes sont en partie submergées et l'ambulance doit faire un détour pour regagner l'hôpital. Assise à l'arrière du véhicule à côté de Luciano, Elsa ne quitte pas des yeux l'écran du moniteur. Les pompiers ont placé le malade sous contrôle le temps du trajet ; le risque de pneumonie est élevé. La jeune femme sent une faible pression sur sa main, elle ne lâche pas ses doigts. Le vieux Calabrese a fini par s'endormir, sa respiration est régulière.

L'ambulance pénètre enfin dans l'enceinte de l'hôpital de Lunel et se gare devant les urgences. Une équipe de soignants est déjà devant la porte. Elsa suit les pompiers jusque sur le seuil. C'est à peine si elle a le temps de déposer un baiser sur le front du vieil homme. L'équipe des urgences l'a déjà pris en charge et elle voit la civière disparaître derrière les portes battantes.

Trempée, transie de froid malgré la couverture de survie que lui ont fournie les pompiers sur le Zodiac, Elsa se rend aux toilettes pour se sécher avant de les retrouver à l'accueil. Ils n'ont aucun papier administratif et ont sûrement besoin de son aide pour l'enregistrement. À défaut de fournir la carte Vitale de Calabrese, elle peut tout de même communiquer des éléments d'information sur les traitements en cours. Elle ne tient pas à retarder les pompiers et se dépêche. Des gens attendent dans le couloir, couchés sur des brancards, assis dans des fauteuils roulants ou à même le sol. Le service est assailli. Dans ce chaos, Elsa a la surprise d'apercevoir Ophélie. Elle semble dans un triste état. Ses vêtements sont déchirés, elle a le visage ensanglanté. Une infirmière est penchée au-dessus d'un brancard, juste à côté d'elle, et nettoie les blessures d'un homme qui paraît lui aussi mal en point. Elle reconnaît Marcel, le vieil employé de la jardinerie. Elsa se précipite vers sa belle-sœur.

— Ophélie... Que s'est-il passé ?

— Elsa, je suis heureuse de te voir. C'est horrible !

— Viens, allons nous asseoir plus loin, tu vas tout me raconter. Je suppose que c'est toi qui as conduit Marcel ici ?

— Oui, le pauvre homme n'en a fait qu'à sa tête et voilà le résultat, résume-t-elle brièvement.

Devant la mine déroutée d'Elsa, Ophélie tente de remettre ses idées en place. À son arrivée à la serre, après l'appel alarmant de Marcel, elle a trouvé son contremaître avec de l'eau jusqu'à la taille, essayant de sauver les pots de chrysanthèmes qui flottaient à la surface. À tout moment il pouvait se blesser en se cognant contre l'angle d'une table horticole ou se couper avec les plaques de verre tombées du toit sous la force des précipitations. Le reste de la charpente, fragilisé par la pluie et le vent, menaçait de s'écrouler.

— J'ai crié, je l'ai supplié de sortir. Rien à faire. Il est aussi têtu que sourd.

D'une voix tremblante, elle poursuit son récit.

— Marcel se trouvait au centre de la pépinière, les bras chargés de boutures, lorsqu'il y a eu cet horrible grincement. L'ensemble de l'armature métallique s'est écroulé comme un château de cartes. Les lames de verre se sont fracassées sur les tables, des éclats ont fusé partout dans la serre. Je n'ai rien pu faire pour Marcel. Quand le cauchemar s'est enfin arrêté, j'ai cru qu'il était mort. Il était sonné, tout autour de lui l'eau avait pris la couleur du sang, c'était affreux. Mais je n'ai pas paniqué.

Ophélie s'est démenée pour le sortir de là, ce qui fut loin d'être facile. Une fois dehors, tenant le pauvre homme à bout de bras, elle a réussi à le hisser à l'arrière de son utilitaire. Il était conscient mais traumatisé par ce qui venait d'arriver. Il avait des plaies sur le visage et les bras, saignait beaucoup à cause des éclats de verre plantés dans la peau. La peur au ventre, elle ne s'est pas posé de questions et a immédiatement foncé jusqu'à Lunel.

— Toi aussi tu es blessée, lui fait remarquer Elsa.

Sa belle-sœur a une plaie assez profonde au front. Elsa se propose de la nettoyer. Les blessés affluent, on ne refusera sûrement pas son aide. Par chance, elle a sa carte professionnelle qu'elle présente à l'infirmière qui s'occupe de Marcel et lui demande l'autorisation de prendre en charge Ophélie. Ravie, celle-ci lui montre un chariot où elle trouvera tout le nécessaire pour les soins. Deux pompiers patientent un peu plus loin avec leur fiche d'intervention. Tandis qu'elle enfile une paire de gants, elle entend le talkie d'un des deux hommes en uniforme, signalant la disparition d'une équipe en mission du côté de Sommières. « À toutes les unités disponibles dans le secteur de l'*Auberge du pont romain*, répète plusieurs fois la voix dont le grésillement perturbe Elsa. On vient de nous signaler la disparition de deux membres de l'équipe conduite par l'adjudant Lazaret. Je répète : deux hommes et une sinistrée portés disparus en aval du pont romain, au niveau de l'auberge. »

Elsa se fige. Le sol se dérobe sous ses pieds...

10

Lorsque Gus reprend connaissance, Alice est penchée au-dessus de lui. Il est trempé, l'eau ruisselle sur son visage et il claque des dents. Il se met à tousser. Sa femme lui commande de ne pas s'agiter. Elle a l'air d'un ange. Peut-être est-il déjà mort… Que s'est-il passé ? Il ne se souvient pas comment il a pu se retrouver là, face contre terre dans l'herbe mouillée, le crâne comme enserré dans un étau. Quand il a repris connaissance, il a voulu se relever mais ses forces lui ont manqué. Son instinct lui a commandé de se lever. Au prix d'un ultime effort, il s'est redressé tant bien que mal. Sa vue était brouillée, sa tempe droite saignait abondamment. Sans savoir où il allait, il s'est dirigé vers la remise en titubant. Puis, tout est devenu noir et il s'est écroulé.

Alice est toujours là, un type basané à ses côtés. Il est jeune, une vingtaine d'années tout au plus. Il a glissé un bras sous sa nuque et le soutient délicatement tandis qu'Alice lui éponge le front. Sa tête ne dit rien à Gus mais il s'occupe de lui avec précaution. Il n'est ni pompier, ni gendarme, ni secouriste, il l'aurait reconnu. Maya vient lécher son visage puis s'écarte, sur ordre de sa maîtresse. Penaud, le setter se couche près de Gus en poussant de petits gémissements. Au prix d'un effort de concentration intense, Gus lève la tête. Sa femme discute maintenant avec l'inconnu près de l'entrée de la remise. Il peine à les entendre mais parvient toutefois à capter quelques bribes de leur conversation. Il est question de lui, de communication coupée, d'hôpital et de problème de transport. Alice ne peut pas quitter *La Desserte* et laisser seuls les enfants. C'est le type qui va s'en charger. Mais qui est-il ? Et, surtout, pourquoi sa femme lui confie-t-elle aussi facilement les clés de leur Peugeot flambant neuve à un inconnu ? Il s'agite, secoue vivement la tête. Il est hors de question qu'il parte avec lui.

— Ne fais pas l'enfant, s'il te plaît, lance Alice. Tu dois voir un médecin, tu as une vilaine plaie à la tête. Et moi, je ne peux pas laisser les petitounes tout seuls. L'orage s'est arrêté, tu ne risques rien.

Gus porte une main à la tempe. Du sang coule entre ses doigts. Il est saisi d'un vertige.

— Évite de bouger, le sermonne Alice. Calme-toi.

Il n'a pas le front de la contredire. Il saigne abondamment. Sa femme remplace le linge qu'elle avait noué autour de sa tête par une grosse compresse et de la ouate qu'elle est allée chercher à la maison, puis elle confie son mari aux soins du jeune homme après lui avoir fait quelques recommandations et chaleureusement remercié pour son aide. Comment aurait-elle fait sans lui ? Ils aident Gus à se relever et le transportent jusqu'à la voiture. Sa migraine ne le lâche pas et lui cisaille le cerveau. Juste avant de monter à bord du véhicule, il a néanmoins la présence d'esprit de demander à ce que l'on protège les sièges. Alice le houspille comme un enfant, lui reproche de penser à des choses aussi superflues alors que dehors c'est le chaos et qu'il a besoin de soins. Il partira donc avec ce jeune homme qu'il ne connaît pas. Gus n'est guère rassuré mais obtempère.

Ils roulent en silence depuis une dizaine de minutes. Gus retrouve peu à peu ses esprits. À l'embranchement vers Lunel, il se décide à interroger le conducteur. Il ignore tout de lui et aimerait en savoir un peu plus. Ce dernier trouve cette requête légitime et répond aimablement à ses questions.

— Je m'appelle Yanis Belcassem. Je suis saisonnier. Je me rendais à Aubais, lorsque j'ai crevé dans la montée, juste devant chez vous. L'orage m'a surpris pendant que je changeais ma roue. Il pleuvait tellement que j'ai cherché à me mettre à l'abri.

— Et pourquoi avoir choisi de vous réfugier dans la remise alors que vous pouviez sonner chez nous ? demande Gus qui reste sur ses gardes. Ne serait-ce que pour téléphoner à un dépanneur.

— J'ai paré au plus urgent. Et puis je ne voulais déranger personne. J'aurais attendu la fin de l'orage pour changer ma roue et je serais reparti. J'ai un CAP de mécano, vous savez ?

— Vous avez dû effrayer ma femme !

— Désolé, m'sieur, ce n'était pas mon intention. Je ne m'attendais pas à trouver quelqu'un à l'intérieur. Votre dame, elle est cool.

Gus ne peut qu'acquiescer. Il connaît parfaitement son épouse. Nul doute qu'elle a accueilli ce naufragé sans se poser la moindre question, sans imaginer une seconde qu'il puisse avoir de mauvaises intentions. Alice est une femme de cœur, elle prend autant plaisir à donner qu'à recevoir.

— « La générosité est un baume pour l'humanité », poursuit le jeune homme. C'est ce que disait mon grand-père. Nous étions proches, vous savez. Il est mort quand j'avais 18 ans.

Cette confession touche Gus qui s'adoucit. Après tout, ce petit n'est peut-être pas un mauvais bougre.

D'ailleurs, il tient le volant avec ses deux mains et conduit prudemment. Un bon point pour lui.

— C'est marrant, dit-il en appuyant la compresse sur sa plaie. En t'écoutant, j'en arrive à penser qu'il y a des bons jeunes… et des vieux cons !

— Si ça peut vous rassurer, vous n'entrez pas dans la seconde catégorie.

— Un conseil, petit… Avec moi, laisse tomber la pommade. Cela dit, j'accepte quand même le compliment.

— Un « vieux con », comme vous dites, n'aurait jamais accepté de suivre les conseils de sa femme. Faut-il que vous soyez amoureux pour vous laisser faire ainsi.

Décidément, ce gamin est doté d'une maturité impressionnante pour son âge, se dit Gus alors qu'ils arrivent à l'hôpital de Lunel. Yanis s'engage dans l'allée qui mène aux urgences. Il s'engouffre dans le hall d'où il revient quelques minutes plus tard avec deux brancardiers qui emmènent aussitôt Gus à l'intérieur.

— Attendez, ce type, je ne le connais pas ! lance Gus. Il a les clés de ma voiture, il peut très bien disparaître dans la nature avec.

— Ne vous inquiétez pas, monsieur, le rassure l'un des deux brancardiers, amusé par ce vieux qui ne semble pas avoir toute sa tête.

Une aide-soignante prend en charge Gus et l'isole dans un box. Un interne l'ausculte tandis qu'une infirmière recoud sa plaie. Par précaution, l'interne réclame une radio.

— Je préfère m'assurer qu'il n'y a pas de trauma crânien avant de vous laisser repartir.

— Mais ça va, grommelle Gus, vous perdez votre temps et me faites perdre le mien. Je vais très bien, je vous dis. Ce n'est qu'une banale chute. J'ai glissé sur l'herbe détrempée, c'est tout. Et puis les hôpitaux, plus je m'en tiens éloigné, mieux je me porte. Laissez-moi rentrer chez moi, bon sang de bonsoir !

Alertée par le grabuge, Elsa observe la scène depuis le fond du couloir et reconnaît Gus. Surprise, elle abandonne Marcel et le rejoint, accompagnée d'Ophélie, étonnée elle aussi et surtout inquiète de voir son père ici. L'interne leur explique le problème. Les deux femmes abondent aussitôt dans le sens du médecin et expliquent à Gus qu'il est plus prudent de pratiquer un examen complet. Un traumatisme crânien non traité peut laisser de sérieuses séquelles. De guerre lasse, il finit par céder.

— Il faut le retrouver.

— De qui tu parles, papa ? lui demande Ophélie.

— Du type qui m'a amené ici. Un certain Yanis. Un saisonnier, paraît-il. Il a les clés de ma voiture.

— Un saisonnier ? Mais pourquoi c'est lui qui t'a conduit ici ?

— C'est ta mère qui en a décidé ainsi.

Fatigué, il renonce à lui raconter par le menu les circonstances de leur rencontre.

— Alors, si c'est maman qui a pris cette initiative, tu n'as pas de souci à avoir. Tu pourrais au moins lui faire confiance, à elle.

— C'est ce que je fais depuis quarante ans…

— Et ça vous a plutôt réussi, non ? ajoute Elsa. Donc, pas de raison de changer.

Il veut réagir mais il n'en a pas la force. Sa migraine le fait terriblement souffrir.

— Allongez-vous, Gus. Vous devez vous reposer, insiste Elsa en tapotant doucement son épaule. Je vais demander de l'aspirine et je reviens. Ophélie va vous tenir compagnie.

Elle s'éclipse aussitôt. Finalement, Gus est ravi

que sa belle-fille soit dans les parages. Le fait qu'elle soit infirmière le rassure. Et puis il l'aime bien, Elsa. Martin ne pouvait pas tomber mieux. Elle est discrète, généreuse, brillante, et belle, de surcroît. Depuis son arrivée à *La Desserte*, elle a apporté à toute la famille un peu de fraîcheur et de la fantaisie dans leur univers gentiment établi. Elle revient quelques minutes plus tard et lui tend deux cachets avec un gobelet rempli d'eau. Gus la remercie et avale le tout d'une traite. Puis, s'adressant à Ophélie :

— Comment as-tu atterri là, ma fille ? Tu as une petite mine, dis donc.

— C'est Marcel. Il s'est blessé en voulant sauver les plants de chrysanthèmes. Le toit de la serre est tombé et il a reçu plein d'éclats de verre sur le visage et les bras. On a frôlé la catastrophe ! Mais il va bien, rassure-toi. Je vais pouvoir rentrer à la maison. Kévin m'attend.

— Et toi, Elsa ?

— J'étais chez un patient et nous avons été surpris par la crue.

Elsa lui raconte l'eau qui monte dans la chambre, le vieil homme invalide, l'attente des secours, interminable, et enfin l'arrivée des pompiers qui les ont amenés aux urgences. Elle est inquiète pour son patient. Luciano Calabrese n'était pas vaillant à son arrivée. Elle s'arrête soudain de parler, les yeux remplis de larmes.

— Qu'y a-t-il ? À mon âge je peux tout entendre, tu sais ? Je vois bien que tu me caches quelque chose. Je te connais mieux que tu ne le crois. Alors, dis-moi ce qui se passe, insiste-t-il.

Elsa l'enveloppe d'un regard douloureux, hésitant à se confier.

— Si tu te tais pour me préserver, laisse tomber. Le vieux rhinocéros a le cuir épais.

— Martin a disparu.

La phrase lui a échappé. Elle s'en veut mais elle est si inquiète. Par trois fois, elle a appelé la caserne à Sommières depuis son arrivée à l'hôpital. Et par trois fois on lui a confirmé qu'une équipe de recherches avait été envoyée sur la zone et qu'ils attendaient toujours des nouvelles. Du moins, c'est ce qu'on lui a fait croire. Depuis, elle se fait un sang d'encre. Et si on ne lui avait pas dit toute la vérité ? Gus tente de la rassurer mais il n'en mène pas large, lui non plus. S'il était arrivé quelque chose à son fils, il ne lui survivrait pas.

Un brancardier les interrompt, il doit conduire le patient en radiologie. Il débloque les freins du brancard qu'il pousse jusqu'aux ascenseurs pour l'amener au sous-sol. Lorsque Gus revient, une trentaine de minutes plus tard, il a la surprise de voir le saisonnier en grande discussion avec Elsa et Ophélie. Celui-ci s'approche du brancard avec un grand sourire. Gus s'en veut tout à coup d'avoir douté de lui.

— Je suis allé garer la voiture sur le parking de l'hôpital. J'ai eu du mal à vous trouver, il y a tellement de monde, ici. Ne vous inquiétez pas pour votre fils, il a de l'expérience. Et d'après ce que m'a dit votre belle-fille, il est bien entraîné.

— Oui, mais une patrouille ne disparaît pas comme ça sans laisser de traces ! s'emporte Elsa. Ils ont bien des traceurs GPS et des balises de géolocalisation, non ? Je vais aller à la caserne. J'en saurai plus en étant sur place.

— On va les retrouver, insiste le saisonnier. Et s'il est blessé, c'est ici qu'il sera rapatrié.

— Il a raison, renchérit Gus.

— Monsieur Lazaret ? l'interrompt une aide-soignante. Le radiologue vous attend dans le box des consultations. Puis, se tournant vers Elsa et Ophélie : Vous êtes de la famille ?

— Nous vous accompagnons, répondent-elles de concert.

Dans le box, le praticien ouvre la pochette contenant les clichés et les suspend sur le négatoscope. Elsa serre la main de Gus. Il n'aime pas la tournure que prennent les événements, lui qui pensait sortir une fois ses blessures soignées, ni la mine grave du toubib. Le radiologue examine attentivement les radios. Il arrête soudain son stylo sur une zone très précise qu'il entoure d'un mouvement de la main.

Elsa a tout de suite repéré la tache blanche. Elle garde le silence. Cette tache ne lui dit rien qui vaille.

— J'aimerais que vous passiez une IRM, monsieur Lazaret, déclare le médecin.

— Qu'est-ce que vous redoutez ? C'est grave ? Je vous en prie, docteur, ne me cachez rien.

Le médecin le fixe avec intensité.

— Écoutez, sans l'IRM il m'est difficile d'émettre un quelconque diagnostic. Cette tache m'inquiète mais il n'y a pas lieu de paniquer pour l'instant. Vous avez souvent des migraines ?

— Jamais, à part ce soir. Il n'y a rien d'étonnant à cela après ma chute. C'est que ma tête a cogné fort !

Le médecin note ce détail dans le dossier et invite Gus à prendre un rendez-vous pour l'IRM le plus rapidement possible. Pour l'heure, il peut quitter l'hôpital. Aucun traumatisme crânien n'a été diagnostiqué. Pas de surmenage cependant. Secoué malgré tout par la nouvelle, Gus sort inquiet de la consultation.

— Vous avez entendu ce que vous a dit le radiologue ?

Pour l'instant, vous rentrez tranquillement à la maison, le rassure Elsa.

— Je te raccompagne, papa, intervient Ophélie. Yanis, vous pouvez ramener la voiture chez les parents ?

Ravi de rendre ce service, le jeune homme prend congé. C'est qu'il doit aussi s'occuper de la sienne, de voiture. Pour l'instant, elle est toujours au bord de la route devant *La Desserte*, du moins l'espère-t-il.

— Tu vois, Ophélie, plaisante Gus tristement, les hôpitaux, de les fréquenter ça rend malade.

— Allez, tu n'es pas tout seul, on est là. Et si ça se trouve, ce n'est rien. N'est-ce pas, Elsa ?

— Bon, puisque tu le dis, grommelle Gus entre les dents. Mais vous devez me promettre une chose, les filles. Vous n'en parlez à personne. Ni à Alice, ni à Martin, ni à Paul, ni à Kévin.

— Vous pourriez tout de même en toucher deux mots à Alice, non ? suggère Elsa. Elle a le droit de savoir.

— Pourquoi l'inquiéter tant qu'on n'a pas les résultats ? Non, on ne dit rien. Ce qui importe à présent, c'est de retrouver Martin.

11

L'orage s'est éloigné et les pluies ont enfin cessé. Un croissant de lune apparaît par intermittence entre les nuages qui s'effilochent dans le ciel. Les flots sombres et lourds du Vidourle apparaissent, menaçants, dans la lueur diaphane. À hauteur du pont submersible de Villetelle, le tumulte a rejeté un cadavre sur la berge. Celui d'un pompier en tenue d'intervention. Il gît face contre terre. Sur son gilet figure « SDIS 30 » en lettres fluorescentes. Un macaron mentionne sur l'une des manches le centre de secours auquel il est rattaché. La section de Sommières vient de perdre l'un des siens et la commune l'un de ses fils, noyé dans l'exercice de ses fonctions en tentant de sauver une personne en péril. Un héros du quotidien... Au milieu du lit, un autre homme sort la tête de l'eau. Le courant dévie sa trajectoire mais il trouve encore la force de nager et se rapproche de la rive. Arrivé au bord, il tente de se relever mais ses pieds pataugent dans la boue et il perd l'équilibre. Une douleur à la cuisse l'empêche de prendre appui sur sa jambe. Au prix d'un effort qui lui arrache un cri, il parvient finalement à s'extirper des branchages. Il est vivant ! Seulement écorché au visage et aux mains. Dans le tumulte, il a perdu ses gants.

Martin arrive à se hisser sur la berge, s'assoit contre un tronc d'arbre couché dans la vase. Tout n'est que désolation autour de lui. Il cherche désespérément une trace de vie mais ne distingue rien dans l'obscurité. Les images ne cessent de défiler dans sa tête. Cent fois il a failli mourir au cours de cette descente infernale, projeté contre des obstacles charriés par le fleuve déchaîné. Il pense à sa petite femme. Il n'a cessé de penser à elle, s'est raccroché à son sourire. Il a tenu pour elle, grâce à elle. Il se lève, encore groggy, fait quelques pas qui le font terriblement souffrir, mais ce n'est rien comparé à ce qui l'attend. Il aperçoit un corps échoué à une dizaine de mètres de lui en aval, se fige. C'est Flavien, son binôme. Il ne voit pas son visage mais la veste de pompier ne laisse aucun doute. Il se précipite vers lui, retourne le corps, tente l'impossible pour ranimer son ami. Bouche-à-bouche, massage cardiaque. Il s'acharne comme un fou, ne se résigne pas à abandonner un combat qu'il sait pourtant perdu d'avance. C'est fini. Flavien est mort. Il pense à sa femme Louane, à leurs deux enfants. Trois vies brisées. Il n'aurait jamais dû reprendre du service. Son entêtement à vouloir retravailler alors que son épaule était encore fragile relève de l'irresponsabilité. Jamais il ne pourra réparer ça. Des flashs lui reviennent. Marion agrippant sa main à la sienne, Flavien derrière lui, le retenant. Mais il n'a pas eu la force de hisser l'infirmière sur la rive. Son bras a faibli, il a basculé dans le fleuve, entraînant son coéquipier dans sa chute. Flavien est mort par sa faute. Voilà la vérité.

Et Marion… Où est-elle ? Échouée plus loin sur la rive ou emportée dans les eaux boueuses du fleuve ? Il espère encore. Tant qu'on ne l'a pas retrouvée, tout est possible. Elle a pu dériver, trouver une autre branche à laquelle se raccrocher. Elle est peut-être encore en vie. Mais sans aide il ne pourra pas la localiser, surtout de nuit. Il doit faire vite. Par miracle, sa balise de géolocalisation fixée à sa taille est intacte. Il l'actionne aussitôt. Il sait que la caserne pourra immédiatement localiser l'endroit où il se trouve. Les secours ne vont plus tarder. En attendant, il peut commencer à explorer les bords. Sa jambe lui fait mal, il avance lentement.

— Marion ! Marion ! hurle-t-il.

Mais sa voix se perd dans la nuit, étouffée par le bruit de l'eau. Une image le frappe à nouveau : le regard halluciné de l'infirmière juste avant qu'elle ne soit happée par le courant. Il ne pourra jamais l'oublier, comme il n'a jamais oublié celui de cette femme prisonnière dans sa voiture en feu, brûlée vive sous ses yeux lors d'une opération de désincarcération sur l'autoroute. Un cauchemar. L'émotion le submerge. Il éclate en sanglots et se laisse choir dans la boue. Un pompier est censé sauver des vies, pas les prendre. Il a failli. Flavien est mort, Marion a disparu, probablement morte elle aussi. Par sa faute.

Les secours arrivent moins d'un quart d'heure plus tard avec, à leur commandement, Fabrice Reyes, le chef de la section de Sommières. Personne, à la caserne, n'aurait imaginé que leurs deux collègues auraient pu atterrir si loin du point initial d'intervention. Un pompier de l'équipe ambulatoire prend aussitôt Martin en charge. D'abord soigner les blessures superficielles, puis le raccompagner chez lui. Reyes et deux réservistes volontaires sont auprès de Flavien. Ils doivent organiser le transport du corps à l'institut médico-légal de Nîmes. Il y aura une autopsie. C'est la procédure.

— T'as fait une sacrée descente, vieux, lance un de ses collègues de Martin pour le faire sortir de sa torpeur. Plus de huit bornes. Un miracle que tu en aies réchappé. Tout va bien, maintenant, on va te ramener chez toi.

— Non ! Non ! Attendez, les gars. Et Marion ? Je ne peux pas partir. Il faut la chercher.

Son supérieur abandonne un instant les réservistes et intervient.

— Vous êtes au bout du rouleau, Martin. Vous ne nous serez d'aucune utilité ce soir. Vous devez vous reposer. Les recherches reprendront demain matin.

— Non, on ne peut pas attendre demain. C'est impossible. Je connais bien le secteur. Je vais bien, je peux vous aider.

— Négatif. Vous rentrez chez vous, adjudant. C'est un ordre ! le sermonne Reyes d'un ton qui ne tolère aucune rebuffade.

Désespéré, Martin obtempère. Ses collègues l'aident à se relever et l'emmènent jusqu'au camion. Il se retourne une dernière fois, le temps d'apercevoir la glissière de la housse mortuaire se refermer sur le visage de Flavien. Les larmes aux yeux, il s'engouffre dans le véhicule et se laisse ramener à *La Desserte*.

Les détecteurs de présence actionnent l'éclairage du jardin au moment où le camion s'arrête devant le portail. En traversant la terrasse, Martin remarque plusieurs pots de fleurs renversés sur le gravillon et deux grosses branches arrachées par la violence du vent. Il s'en est fallu de peu pour que le vieux platane s'écrase sur le toit de la maison.

— Bonsoir, mon garçon, dit Alice. On peut dire que tu nous as fait une sacrée frayeur. Entre. Je suis tellement contente de te voir.

Alertée par la lumière du gyrophare, elle était sortie pour attendre Martin. Elle remercie chaleureusement les deux pompiers et ne cherche pas à en savoir plus. Son fils est rentré, il est sain et sauf. Le reste n'a aucune importance. Martin s'inquiète pour son père.

Alice lui raconte brièvement les événements, sa chute, l'hôpital.

— Mais il va bien, rassure-toi. Une petite blessure à la tempe, rien de grave, et quelques griffures sur le visage. Là, il dort. Je lui ai fait avaler un somnifère. Je t'expliquerai demain, mon chéri. Et je te présenterai Yanis, un jeune homme qui nous a rendu bien des services, ce soir.

— Si tu veux bien, je vais me coucher. J'ai besoin de récupérer.

Épuisé, Martin n'a pas le courage de discuter davantage avec sa mère. Il veut simplement dormir, dormir, et dormir encore… Pour lui, rien ne sera comme avant. Il ne pourra plus vivre comme si rien ne s'était passé. Comment pourrait-il oublier le corps sans vie de Flavien enlisé dans la vase, ou le regard terrifié de Marion au moment où elle a lâché prise ? Pour l'heure, il n'aspire qu'à retrouver Elsa. Dans la maisonnette voisine, il y a de la lumière dans toutes les pièces. Sa fée doit l'attendre depuis un moment. Martin n'a pas envie de lui mentir mais il ne se sent pas la force de tout lui raconter maintenant. Comment réagira-t-elle quand il lui annoncera la mort de Flavien et la disparition de Marion ? Personne n'est au courant pour l'instant. Du moins pas encore.

Soudain, la porte de l'ancien poste des conducteurs s'ouvre sur Elsa qui se précipite aussitôt vers Martin.

— Enfin, tu es là ! murmure-t-elle en le couvrant de baisers. J'étais morte d'inquiétude. À la caserne, ils n'ont rien voulu me dire. J'ai pourtant appelé plusieurs fois depuis l'hôpital. Et puis ils ont fini par me téléphoner pour m'informer que tu allais bien. Je leur en veux tellement de m'avoir laissée sans nouvelles. Mais tu es sain et sauf, c'est l'essentiel.

Des pleurs de joie l'empêchent de continuer. Elle se

blottit contre lui, il referme les bras sur ses épaules. Martin réalise que la femme de Flavien n'aura jamais plus l'occasion de se blottir dans les bras de l'être aimé, de trouver les mots de réconfort pour son mari quand la journée a été difficile, ou au contraire de partager sa joie après une mission réussie. Et c'est lui, Martin, qui vient de la priver de tout ça. Un désastre.

— Flavien est mort, lâche-t-il subitement d'une voix atone.

Rongé par la culpabilité, il n'ose même pas affronter le regard d'Elsa et se détourne. Stupéfaite, elle est sur le point de réagir, mais il ne lui en laisse pas le temps et monte se coucher, l'abandonnant sur le palier.

— Tu dors ? chuchote Elsa lorsqu'elle le rejoint au lit une vingtaine de minutes plus tard.

Martin feint d'être assoupi de peur de lire de la déception dans ses yeux. Il se sent indigne de son amour et ça le bouleverse. Il sait déjà qu'il n'attendra pas que les recherches reprennent demain matin près de l'*Auberge du pont romain*, là où Marion a disparu. C'est décidé, il retournera sur place dès l'aube. Peut-être y trouvera-t-il un indice qui permettra de la localiser.

Il se lève alors que le jour pointe à peine et sort de la chambre à pas feutrés pour ne pas réveiller Elsa. Il n'a pas fermé l'œil de la nuit. Dans le salon, il récupère quelques affaires, enfile une veste de survêtement et chausse ses bottes. Arrivé sur les lieux, il constate que la décrue est amorcée. Il descend vers les berges, sa blessure à la jambe le tiraille mais il prend sur lui et inspecte le rivage, explorant chaque recoin, soulevant les chablis. En vain. Dépité, il fait demi-tour. Les équipes de recherches ne vont pas tarder à débarquer et il n'a pas envie qu'on le trouve ici. Hier, quand le commandant l'a sommé de rentrer chez lui, il semblait furieux. Ce n'est pas le moment d'aggraver sa situation. D'ailleurs, après ce qui s'est passé, il ne donne pas cher de son avenir à la caserne.

Tandis qu'il s'éloigne, il remarque un objet à demi enfoui dans la vase. Un portefeuille. Il est ouvert. Il se penche pour le ramasser, quelque chose s'en échappe. La carte d'identité de Marion…

12

Quarante-huit heures que le Vidourle est sorti de son lit. L'eau a envahi le centre-ville de Sommières, contraignant les habitants à trouver refuge en hauteur. Au pied des arches habitées du pont de Tibère, la place du marché ressemble à une *natatio*, ce grand bassin que l'on trouvait autrefois dans les thermes romains. Les ruelles médiévales ont pris des allures de cité lacustre. Les quais, les routes ont disparu, annexés au fleuve, tout comme les parties basses de la commune noyée sous les flots. Çà et là, les restes d'une toiture arrachée ou les racines d'un arbre au milieu d'une couronne de terre rappellent l'étendue du désastre. Les sinistrés se comptent par centaines et les centres d'accueil sont saturés. Sans compter qu'en cas de décrue tardive, des problèmes sanitaires obligeront les autorités à placer la zone inondée en quarantaine. D'ici là, quelques irréductibles persisteront à rester chez eux. Comme si la perspective de se déplacer en barque les réjouissait, à condition que l'état de siège ne s'éternise pas.

Elsa émerge d'une nuit trop courte. Les événements des deux derniers jours se bousculent dans sa tête. La disparition de Martin, l'attente insoutenable qui a suivi. Puis cet appel de la caserne lui annonçant qu'il était sain et sauf et qu'il rentrait à la maison. Avec le recul, elle se trouve ridicule de s'être jetée dans ses bras comme une éplorée. Martin venait de vivre une terrible épreuve avec la mort de Flavien et la disparition de Marion, et c'est à peine si elle l'avait laissé respirer. Au quotidien, Martin et ses collègues pompiers supportent une charge émotionnelle intense. Elle n'a pas à lui communiquer son propre stress. C'est d'ailleurs pour cette raison qu'elle ne l'a pas empêché de repartir à la recherche de Marion malgré sa blessure à la jambe. Elle l'a entendu se lever, mais elle n'a rien dit alors qu'elle avait bien compris où il allait. Il a disparu toute la journée et n'est rentré qu'une fois la nuit tombée, exténué, et comme la veille il s'est couché sans explication. Elle ne peut pas le laisser s'enfoncer dans un tel mutisme ; elle doit avoir une conversation avec lui.

Dans le lit conjugal, la place froide à ses côtés lui indique que Martin est levé depuis un moment. Elle jette un œil au réveil. 8 h 30. Elle n'est pas en avance. Elle enfile un peignoir et le rejoint dans la cuisine. Une délicieuse odeur de pain grillé lui chatouille les narines. Comme d'habitude, il a préparé le petit déjeuner, pour lui un repas protéiné de sportif, pour elle des tartines de beurre avec de la confiture faite par Alice. Il porte un sweat à capuche gris et un short, son uniforme d'entraînement d'ordinaire. Elle sait qu'il n'ira pas à la caserne aujourd'hui. Jusqu'à nouvel ordre, il est censé rester tranquille.

— Bonjour, toi, dit-elle en l'embrassant. Tu es bien matinal…

— Maman m'a demandé si je pouvais aller chercher des lits au centre aéré. Elle s'est proposée pour héberger des sinistrés et la mairie lui met des couchages à disposition.

— Bonne nouvelle, se félicite Elsa. Elle a été vraiment secouée, hier, quand on est allées à la salle polyvalente. C'était vraiment impressionnant tous ces gens par terre, allongés sur des matelas. Ta maman s'est aussitôt proposé d'accueillir à *La Desserte* une dizaine de personnes.

— Dix personnes ?!? Mais où va-t-elle les loger ?

— Elle a tout prévu, tu la connais. Elle va ouvrir l'aile ouest de la maison. Il est grand temps, selon elle, que ces anciens bureaux servent à quelque chose. Elle dit aussi qu'il est honteux de vivre dans une si grande maison quand d'autres n'ont plus de toit.

Martin verse du lait sur ses céréales tout en réfléchissant. Cette partie de l'ancienne gare n'a pas toutes les conditions de sécurité requises pour accueillir des gens de l'extérieur. Certes, ses parents sont généreux, mais il ne voudrait pas qu'ils aient des ennuis.

— L'aile ouest est condamnée, tu le sais. Personne n'y a mis les pieds depuis des années. Je ne suis même pas certain de la solidité des planchers. Imagine qu'un sinistré vienne à se blesser. Il peut tout à fait lancer une procédure et demander des dommages et intérêts s'il tient à chercher des noises. Les gens cupides, il y en a partout.

— Quelle est ta solution, alors ? Tu ne voudrais tout de même pas qu'on reste les bras croisés en ignorant la situation. Impossible de laisser toutes ces personnes à la rue alors que la maison offre tant d'espace.

— OK, mais si maman veut héberger des sinistrés, ça ne pourra se faire que dans la partie restaurée de *La Desserte*. Il y a trois chambres non occupées à l'étage, les nôtres. Sinon, elle peut mettre des lits d'appoint au rez-de-chaussée. Dans son empressement à se rendre utile, je crois que maman a oublié les règles élémentaires de sécurité. Bon, j'y vais. Je l'aiderai à tout installer.

— Et ta blessure à la jambe ?

— Ça tire un peu, mais rien de grave.

— Je te rappelle que tu dois te reposer. Ordre de ton chef.

— Je sais, mais je suis incapable de rester à ne rien faire. Qu'on ne m'autorise pas à participer aux recherches pour Marion me mine. C'est comme si je l'abandonnais une deuxième fois. Je passerai un coup de fil à la caserne en fin d'après-midi pour savoir si on l'a retrouvée.

— Je comprends ce que tu ressens, mon chéri, mais tu ne peux pas tout gérer, surtout avec ta blessure. Cela dit, si tu veux te rendre utile et si tu t'en sens le courage, ton aide sera la bienvenue ici. Un gros travail de nettoyage nous attend dans le jardin.

— Et tes patients ?

— On s'est organisées au cabinet. Fatou s'occupera de la tournée en dehors de Sommières, moi de celle du centre, si tant est que ce soit possible. Ma première visite se fera en barque ! Gus m'a gentiment proposé de m'accompagner.

— Hormis les urgences, tu devrais limiter tes déplacements. Et je préfère que papa reste ici. C'est moi qui vais t'accompagner.

Elsa considère son mari avec une infinie reconnaissance. Qu'il soit avec elle durant sa tournée la rassure.

— Au fait, tu as des nouvelles de ton patient italien ? enchaîne Martin.

— Luciano Calabrese ? L'hôpital de Lunel m'a avertie qu'il avait été transféré en gériatrie.

— C'est plutôt une bonne chose, non ?

— Pas vraiment. De voir sa maison inondée l'a traumatisé. Il n'était déjà pas vaillant. Disons que je dois me préparer…

Émue, elle marque une courte pause.

— Je me suis attachée à ce vieux fou. Ça n'a pas

été facile au début, mais nous avions fini par nous apprivoiser. Il a toujours le sourire ou un mot aimable quand je m'occupe de lui. Cet épisode cévenol m'a fait prendre conscience de la chance que j'ai de pouvoir apporter un peu de réconfort à mes patients. Je reçois tellement en retour.

Dans d'autres circonstances, Martin l'aurait embrassée sur la bouche ou dans le cou en signe de soutien, ils auraient plaisanté et la journée aurait commencé dans la bonne humeur. Là, pas un mot, pas un geste. En silence, il se sert un café en oubliant d'en proposer un à Elsa. Elle le sent tourmenté, prisonnier d'un cauchemar dont il n'arrive pas à sortir. Elle aurait aimé qu'il se confie, mais depuis deux jours il refuse de lui raconter ce qui s'est réellement passé. Elle porte sur lui un regard désolé.

— Ça se voit tant que ça ? lance-t-il, comme s'il avait deviné ses pensées.

— Parle-moi, Martin… Tu ne te fais pas de bien en gardant tout au fond de toi.

— J'ai merdé, Elsa. Je n'ai pas assuré et ma connerie a coûté la vie à Flavien.

— Ne dis pas ça…

— Si. Il faut que tu l'entendes, que tu l'intègres, parce que c'est la vérité.

Elle pose ses mains sur celles de son mari et le regarde droit dans les yeux.

— Ôte-toi cette idée de la tête, Martin Lazaret. Tu n'es pas responsable de sa mort. Tu entends ? Tu as fait ce que tu croyais juste, au péril de ta vie. On ne commande pas son destin.

— Par moments, je me dis que je devrais raccrocher. Ce métier n'est pas une vie maintenant que je suis marié. Bientôt, nous aurons des enfants. Enfin, je l'espère... Peut-être vaudrait-il mieux que je m'oriente vers un job plus sédentaire, sans risque, surtout.

— Chaque chose en son temps. Tu es jeune et tu viens de démarrer à la caserne de Sommières. Laisse-toi le temps de la réflexion avant de prendre une décision que tu pourrais regretter. Tu as toujours voulu être pompier. On ne renonce pas à sa vocation. C'est ce que tu m'as dit le soir de notre deuxième rendez-vous. Tu m'avais emmenée en pique-nique à Tramoyes, dans la Dombes. Tu te souviens ?

— Tu portais un tee-shirt blanc avec une fée imprimée dessus. Ce jour-là, tu es devenue ma fée.

Le bruit d'une tronçonneuse interrompt leur conversation. Sur la terrasse, Yanis, le jeune protégé de ses beaux-parents, débite la branche de platane qui a saccagé la terrasse. Martin préfère aller voir.

— Attends, je te suis, ajoute Elsa.

Par réflexe, elle récupère sa trousse de soins dans la cuisine avant de rejoindre Martin à l'extérieur. Il est facile de se blesser quand on manipule du bois. De toute façon, elle a besoin de son matériel pour sa tournée. Ils partiront dès que Martin en aura fini avec Yanis. Une barque les attend, arrimée au pied de l'avenue de la Gare qui descend au centre-ville. Ils commenceront par là, puis se rendront jusqu'à la salle communale où elle procédera aux soins. Pendant ce temps, Martin s'occupera de récupérer des lits supplémentaires dans le local des services techniques. Il les installera cet après-midi à *La Desserte*.

Yanis a découpé de larges billots que Martin et les enfants, dispensés d'école, entassent dans l'appentis où Gus entrepose son bois en prévision des belles flambées d'hiver. Alice se tient en retrait. Elle bavarde avec les Buineau, des amis proches. Elsa vient les saluer. À leur visage hagard, elle devine qu'ils n'ont pas été épargnés par l'inondation.

— Si nous sommes vivants, c'est un miracle, dit Bertrand Buineau. Par la grâce de Dieu, nous avons pu nous réfugier dans la partie fortifiée de la bâtisse.

Comme bon nombre de moulins situés au bord des cours d'eau, celui des Buineau, un édifice du XVIIIe siècle, a été construit avec des matériaux solides afin de résister aux crues. Le couple l'a acheté il y a une dizaine d'années. Amoureux des vieilles pierres, ils l'ont rénové avec goût pour le rendre agréable et coquet. Et là, en quelques minutes, le rêve s'est brisé.

— La vague s'est engouffrée dans la maison avec une violence inouïe, raconte le malheureux propriétaire. Elle a traversé les pièces de part en part, projeté nos meubles contre les murs, arraché les portes, les fenêtres. Par la force de l'eau, la véranda a été emportée. Même le jacuzzi, pourtant enroché, a été embarqué ! Nous avons tout perdu.

— Je n'ai même plus une seule photo de mes enfants, déclare son épouse Bernadette d'une voix blanche.

— Vous allez rester à la maison, décrète Gus.

— Oui, le temps qu'il faudra, renchérit Alice.

Ils n'ont pas été blessés, ils n'ont perdu personne, mais Elsa est consciente que le mal dont ils souffrent est plus profond, moins visible. Se relever d'un tel traumatisme sera long et difficile, pas sûr qu'ils réussissent à surmonter cette épreuve.

— Venez, Bernadette, dit Alice en prenant son amie par le bras. Je vous montre votre chambre. Surtout, n'hésitez pas à me demander tout ce dont vous avez besoin. Quant à vous, les enfants, soyez prudents ! La décrue a commencé mais les courants sont encore capricieux.

Alice entraîne son amie vers la maison. Gus et Bertrand leur emboîtent le pas, suivis des enfants d'Ophélie, et bien sûr de Maya qui ferme la marche.

— Prête ? lance Martin.

Elsa confirme d'un signe de tête. Elle suit son mari d'un pas lent, affligée par le témoignage des Buineau. Jamais elle n'aurait imaginé que le Vidourle puisse occasionner de tels désastres. Comme tout le monde, elle avait suivi à la télévision la crue de 2002, mais se trouver ainsi, au cœur des événements, lui fait prendre conscience de la réalité brute d'une telle catastrophe. Martin dénoue l'amarre tandis qu'elle prend place à bord de la barque bleue. À mesure que l'embarcation glisse à la surface de l'eau opaque, elle éprouve la désagréable sensation d'entrer dans une autre dimension, un monde de silence où les bruits de la circulation, les sons du quotidien ont disparu. La vie s'est retirée, chassée par une nature qui a repris ses droits. Dans cette atmosphère étrangement feutrée, les rares personnes encore réfugiées aux étages des maisons contemplent ce spectacle de désolation avec inquiétude, parlent à voix basse, encore hébétées par le cataclysme.

Peu avant d'accoster près de la place du marché, où Elsa doit visiter sa première patiente pour son injection d'insuline, une forte odeur de gasoil les saisit à la gorge.

— Regarde-moi ça, s'écrie Martin. Risque écologique en vue.

De l'index, il pointe la nappe aux reflets orangés qui s'étend devant eux.

— Saleté de cuves à mazout ! Quand l'eau monte dans les caves, elle soulève les citernes qui se retournent. C'est le carnage assuré.

Martin veut le signaler à la caserne mais son portable

ne capte aucun réseau. Énervé, il arrime le bateau au pied d'un escalier. Ce passage de la rue de la Grave permet d'accéder au pont sans se mouiller. Elsa parvient enfin chez sa patiente, une paisible mamie qui prend les événements avec philosophie. Les crues, elle connaît ! Habitant la partie médiévale de la cité construite sur les arches du pont romain, elle a été moins touchée que d'autres par la montée des eaux dont elle a suivi le spectacle depuis son balcon donnant sur le fleuve. Le pont de Tibère a tenu bon. Les bâtisseurs romains étaient des génies. Elsa ne s'attarde pas. Après cette visite, elle se rend comme convenu à la salle polyvalente communale. Depuis son passage de la veille avec Alice, d'autres sinistrés ont afflué avec le peu d'affaires qu'ils ont pu sauver, vêtements, papiers. La salle est bondée. Certains se disputent une place proche des sanitaires. Les esprits s'échauffent, déclenchant les pleurs des enfants à côté d'eux. En situation d'urgence et de manque, le meilleur côtoie le pire, se dit Elsa qui va d'un sinistré à l'autre, nettoie et panse des plaies, change les pansements de la veille. Elle enchaîne les soins et il y a toujours autant de monde autour de la table qui lui sert de cabinet improvisé. Entre chaque patient, elle rédige la liste des fournitures qui ne vont pas tarder à manquer.

Elle termine un bandage quand son mari vient la chercher. Il est près de 15 heures. Il est temps de rentrer à *La Desserte* pour aider Gus et Alice à tout installer avant de recevoir les sinistrés dont le maire vient de lui donner la liste. Les services techniques ont prévenu Martin que les lits avaient été acheminés jusqu'à la maison où Gus les a réceptionnés. Il ferait bien de se ménager, pense Elsa. Elle n'a bien sûr rien dit à Martin à propos de cette tache blanche repérée sur les radios, ni de l'IRM que Gus doit passer dès qu'il aura obtenu un rendez-vous. Elle ne trahira pas le secret de son beau-père.

Un camping-car est stationné sur la terrasse. Gus et Alice avaient prévenu leur entourage qu'ils pouvaient venir y garer leurs voitures si l'épisode cévenol se confirmait. Les Cianoti, des voisins, n'ont pas hésité un seul instant quand l'eau a commencé à pénétrer chez eux. Depuis, ils vivent retranchés dans leur véhicule, ne sachant pas dans quel état ils vont retrouver leur maison. Alice discute avec Bernadette Buineau et madame Cianoti dans la cuisine quand elle aperçoit Martin et Elsa rentrant de la tournée.

— Ophélie vient de téléphoner, elle a de gros pépins à la jardinerie, crie-t-elle depuis la fenêtre.

— On y va, répond d'emblée Elsa.

— C'est parti, ajoute Martin. Ne t'inquiète pas, maman, on se débrouillera. Et puis tes hôtes ont besoin d'être réconfortés. Ta compagnie vaut toutes les médecines.

— J'aimerais tout de même me rendre à l'hôpital.

— Pourquoi l'hôpital ? Personne n'est blessé, à ce que je sache.

— Et Marcel, grand Dieu, tu as oublié ? Ta sœur est passée le voir en coup de vent ce matin, avant de faire un saut par ici pour embrasser ses enfants puis de filer à la jardinerie. Il est dans un sale état, le pauvre. Bon, allez, les enfants. Ophélie vous attend.

Avant de quitter *La Desserte*, Elsa profite d'un instant où Gus est seul pour prendre de ses nouvelles. Son optimisme et son courage l'impressionnent.

— Je ne vais tout de même pas flancher maintenant, d'autant que nous ne sommes certains de rien pour l'instant. Je compte sur toi, Elsa. Pas un mot, à quiconque !

— Vous avez ma parole.

— Maintenant, ouste ! Ton mari t'attend.

Elsa sait qu'il n'y a pas lieu de s'inquiéter pour son beau-père tant qu'il n'aura pas passé d'examens complémentaires, mais il devrait tout de même mettre Alice au courant. Elle a le droit de savoir.

— Tu en fais une tête ! note Martin qui l'attend à la grille. Un problème ?

— Rien de particulier. Des soucis avec un patient, c'est tout.

Afin de couper court, Elsa marche sans s'arrêter. Ils passent le portail de *La Desserte* et gagnent à pied la jardinerie par la route d'Aubais, un des rares axes de nouveau praticable depuis la crue. Chaussés de leurs bottes, ils marchent sur une centaine de mètres au milieu des flaques, bifurquent à droite au niveau du panneau *Terre de garrigue*. Plus ils s'approchent du magasin, plus ils prennent conscience de ce qui les attend. Jamais l'eau n'était montée aussi haut. Même la jardinerie, d'ordinaire épargnée par les inondations, a été impactée, tout comme les terrains qu'Ophélie s'est obstinée à acheter. Gus l'avait pourtant prévenue qu'en cas de rupture de la digue, ils seraient noyés. Son père avait raison.

Quand ils arrivent, Ophélie est en train d'évacuer l'eau du garage où se trouve la chaudière, tandis que l'un de ses employés tente de remettre en marche la pompe d'évacuation.

— Le moteur est HS. Grillé.

— Oh, non ! Pas maintenant ! Tu es sûre ?

— Oui, je le crains.

L'employé déplace un pot épargné par le déluge et jette un œil à la mécanique.

— Par où veux-tu qu'on commence ? demande Elsa, qui ne se décourage pas.

Le ton est enjoué, elle est prête.

— Au moins, toi et Martin, vous êtes venus, lance Ophélie un peu vivement, avant de se reprocher aussitôt son agressivité. C'est très gentil de votre part.

Elle n'accepte toujours pas le fait que Paul soit parti sans se préoccuper de sa famille, et surtout de la jardinerie. Cet égoïste a filé à Los Angeles alors que Sommières se relève du chaos. Martin ne tient pas à polémiquer et revient à l'essentiel. Il n'y a pas de temps à perdre si Ophélie veut sauver ce qu'elle peut encore.

— Maman nous a prévenus que tu avais des problèmes et qu'on te trouverait ici.

— Et pas qu'un ! La serre, avec tous les plants de chrysanthèmes, est complètement saccagée. La recette de la Toussaint est fichue. Les pertes seront immenses et je ne sais pas si je pourrai m'en sortir. Je n'ai pas souscrit d'assurance « perte d'activité ». Kévin m'avait mise en garde, mais par souci d'économie je ne l'ai pas écouté. Résultat : je ne serai pas indemnisée à hauteur du montant des travaux de rénovation indispensables pour faire repartir l'activité. Heureusement, dans tout ce cirque, les poteries que Romain Fabrégat m'a laissées en dépôt ont été épargnées. J'imagine qu'il voudra les récupérer. Ah, j'allais oublier, le système d'arrosage automatique ne fonctionne plus non plus. Tu voulais un état des lieux, eh bien, le voilà ! Et encore, je ne suis pas au bout de mes peines.

— Dans ce cas, je ne vois qu'un moyen, lance Elsa qui s'empare d'un balai-brosse et commence à évacuer l'eau : retroussons nos manches.

Ophélie sourit. Elle aussi refuse de s'avouer vaincue. Aidée de Martin et sa belle-sœur, elle ne ménage pas ses efforts, frotte, gratte ou essore. Recommence. L'entreprise s'annonce longue et difficile, les boues accumulées ont fini par saturer la tuyauterie. Les écoulements refluent, il faut tout nettoyer à l'eau claire. Ils sont soudain interrompus par un cri venant des parcelles inondées en contrebas. Dans un même élan, ils se pressent à l'extérieur et courent vers le terrain où une employée était allée jeter des gravats. La jeune femme est tétanisée. Ses bottes sont enfoncées à mi-mollet dans l'eau boueuse. À ses pieds, un cadavre qu'Elsa n'a aucun mal à identifier : Marion, sa collègue infirmière. Elle se tourne vers Martin et voit son visage se décomposer.

13

Le Vidourle a enfin retrouvé son lit et la vigilance rouge a été levée. Avec la décrue, l'ampleur des dégâts se révèle impressionnante. Les habitants de Sommières et des environs se souviendront longtemps de cette inondation. Par endroits, le bitume a été labouré par le passage de l'eau. Des arbres ont été arrachés, des voitures emportées malgré les mesures de précaution. En bordure du fleuve, des constructions se sont écroulées sous la force du courant.

À la jardinerie, Ophélie dresse un premier état des lieux, et celui-ci est catastrophique. Outre la pépinière dévastée et le terrain noyé en bas de la propriété, paradoxalement, les plantes en magasin ont souffert. Lors d'intempéries aussi importantes que celle que vient de vivre Sommières, la pénurie en eau potable rend en effet le système d'arrosage inexploitable. Après un rapide examen, Ophélie chiffre les invendables en rayon. S'ajoutent à ce triste bilan le manque à gagner sur la récolte des chrysanthèmes qui est entièrement fichue, la perte du chiffre d'affaires engendrée par la fermeture forcée de la boutique avant qu'elle ne puisse à nouveau accueillir les clients, sans parler de l'avance de trésorerie qu'il lui sera nécessaire pour payer les traites et tout remettre en état en attendant les subsides versés par les assurances. Reste le magasin virtuel. Mais avec le peu de marchandise en stock, elle ne pourra bientôt plus honorer ses commandes.

Elle tape nerveusement sur sa calculette et le résultat qui s'affiche la laisse complètement désabusée.

— Coucou. Je ne te dérange pas ? demande Alice depuis le seuil de la porte.

— Oh ! maman, s'écrie-t-elle. Je suis contente de te voir. Viens, entre, je t'en prie.

— Quel accueil enthousiaste ! se réjouit Alice en s'avançant vers sa fille.

Elle porte une veste prune, sa couleur fétiche, un jean et des baskets qui tranchent avec son allure d'ordinaire classique.

— Je ne te cache pas qu'en ce moment, j'ai plutôt la visite d'experts en assurance pointilleux, à l'affût de la moindre faille. Alors quand un visage amical pointe son nez, inutile de te dire que je suis ravie.

— Une partie de la route de Sommières est fermée à la circulation en raison de la boue qui obstrue la chaussée. Les clients vont être obligés de faire le grand tour, l'informe Alice.

— S'ils viennent ! lâche Ophélie, de plus en plus pessimiste. Il ne manquerait plus que des pillards profitent de l'inondation pour se servir, et là, on serait fichus. Mais ne voyons pas tout en noir et dis-moi ce qui t'amène.

Gus s'étant absenté pour la matinée, une course en ville, paraît-il, Alice est venue proposer son aide. Elle déplore de n'avoir pas pu s'investir davantage durant les travaux de nettoyage.

— Tu plaisantes, maman ! Tu as été suffisamment occupée avec les sinistrés. Et puis, sans toi, qui aurait gardé mes bébés ?

— Tes bébés ? se moque gentiment Alice. Ma fille, voilà bien longtemps qu'ils n'en sont plus, des bébés.

— Ils grandissent trop vite, soupire Ophélie. Par moments, je me dis qu'ils vont être adultes sans que je les aie vus grandir.

— Tu as encore un peu de marge. Cela dit, chaque mère se reproche au moins une fois dans son existence de ne pas avoir été plus présente pour ses enfants. On fait ce que l'on peut, rarement ce que l'on veut. N'est-ce pas ?

Alice s'interrompt. D'un geste lent, elle caresse le visage de sa fille.

— Ma toute petite. Je me souviens du jour de ta naissance. En général, les nouveau-nés sont fripés et ressemblent à des chats écorchés. Toi, tu avais une belle peau lisse et déjà cette détermination. À peine au monde, tu n'avais d'yeux que pour ton père. Dès que tu entendais sa voix, tu le cherchais dans la pièce, c'était inouï. Pas étonnant que « papa » ait été ton premier mot. Sur le coup, je t'avoue l'avoir mal vécu. Puis l'enfant est devenue une belle jeune femme, avant d'être mère à son tour. Je me suis retrouvée en toi quand les petits sont arrivés. Les générations passent mais les préoccupations demeurent les mêmes. À croire que les enfants vivent dans le prolongement de leurs parents.

— Je crains, hélas, de ne pas avoir hérité votre talent pour les affaires. *Terre de garrigue* risque de fermer par ma faute. J'ai tout foiré.

— Allons, ne sois pas sotte. D'abord, tout n'est pas joué, ne baisse pas les bras. Tu sais, des coups durs, ton père et moi en avons aussi connu. Quand on a repris l'affaire, j'attendais l'encaissement des traites avant de remplir le frigo. Je peux t'assurer que le potager nous a nourris plus d'une fois ! Sans Gus, j'aurais vite laissé tomber. Je crois qu'il dirait la même chose s'il était avec nous. Il y en avait toujours un pour soutenir le moral de l'autre. Nous avons fait front ensemble et nous étions unis. Il n'y a pas de raison pour que cela change avec toi. Le cercle s'est agrandi, il n'en est pas moins solide. Tu pourras toujours compter sur ta famille. Même sur Paul…

Ophélie se détourne, un peu gênée. Elle ne tient pas à s'attraper avec sa mère au sujet de son frère.

— Quoi que tu penses, Paul a toujours eu un bon fond, ajoute Alice. Tu verras, un jour, il te surprendra. Quant à la jardinerie, nous allons tous retrousser nos manches et faire en sorte de rouvrir le magasin dans les plus brefs délais. Les clients auront besoin de nos outils pour nettoyer leurs jardins.

Alice a toujours considéré que le métier de pépiniériste apportait confort et bien-être aux gens. Sur ce point, elle félicite d'ailleurs Ophélie pour ses initiatives. Son site de vente en ligne et ses produits haut de gamme ont dopé la fréquentation du magasin et l'aménagement des allées extérieures a rendu le lieu plus attractif.

— Ton père m'a dit que le panier moyen des clients avait sensiblement augmenté. C'est formidable, non ? D'ailleurs, malgré tes problèmes de trésorerie les résultats comptables de ces dernières semaines ont confirmé cette tendance, non ?

— Une goutte d'eau dans l'océan, ironise Ophélie.

— C'est un début prometteur, en tout cas, qui prouve que ta conception du métier répond à une attente de la clientèle. Tu es sur la bonne voie. Ne doute pas de tes choix, ma fille, c'est une perte de temps. Tu n'es pas responsable de l'inondation exceptionnelle que nous venons de subir.

Alice pense toutefois qu'Ophélie joue de malchance. Après la découverte du corps de Marion en bas de la serre, la jardinerie a été réquisitionnée pendant quarante-huit heures par la gendarmerie, une publicité dont sa fille se serait bien passée. Des images de gendarmes repêchant le corps ont circulé sur les réseaux sociaux, accompagnées parfois de certains commentaires qui n'hésitaient pas à comparer la pépinière à un cimetière où les noyés viennent s'échouer. Un coup dur pour l'image de marque de l'entreprise, comme si *Terre de garrigue* était maudite.

— Une enquête a été ouverte, n'est-ce pas ? demande-t-elle.

— Oui. C'est la procédure. Martin tentera d'en savoir davantage auprès de ses amis de la gendarmerie mais l'accident ne fait aucun doute.

— Mon pauvre fils ! J'ai eu tant de peine pour lui lorsque j'ai appris la mort de Marion. Il s'accrochait tellement à l'espoir de la retrouver vivante.

— Le choc a été terrible à encaisser. Il a du mal à remonter la pente. J'espère qu'Elsa saura lui redonner le moral.

— Cette petite rend ton frère heureux. Personnellement, je n'en demande pas plus pour chacun de mes enfants. Quant à la jardinerie, elle sera vite remise sur pied. Nous y veillerons. On va tous se serrer les coudes.

Ophélie apprécie la générosité de sa mère et aimerait partager son optimisme, mais il faut se rendre à l'évidence, le fragile équilibre qu'elle avait réussi à conserver jusqu'à présent pour maintenir l'entreprise à flot risque d'être remis en cause si elle ne retrouve pas rapidement une ligne de crédit. Elle se sent d'autant plus mal à l'aise avec ces questions d'argent depuis que Kévin a épluché les comptes de ses parents. Elle a eu la confirmation que des sommes assez conséquentes avaient été virées du compte de Gus vers celui de Paul. Sa mère est-elle au courant ? Ophélie hésite encore à en parler à Alice de peur de la blesser au cas où elle le lui apprenne. Paul ne s'est pas dérobé quand elle lui a posé la question, mais elle ne pensait pas à un tel montant. Le mieux serait d'aborder directement la question avec son père. Elle verra plus tard.

— Ce matin, je suis passée voir Marcel à l'hôpital, poursuit Alice. Son état n'est pas brillant… Les médecins parlent de six mois d'arrêt. Au minimum. Ça risque d'être difficile à la jardinerie. Tu vas devoir trouver un intérimaire à la manutention, de préférence un homme avec une bonne condition physique.

— Maman, mon intuition me souffle que tu as déjà quelqu'un à me proposer. Je me trompe ? Alors vas-y, dis-moi à qui tu penses.

— À Yanis.

— Le jeune homme qui s'est occupé de papa l'autre soir ?

— Oui, c'est un brave petit gars, sérieux, qui mérite qu'on lui donne sa chance. Embauche-le en CDD, je suis certaine que tu ne le regretteras pas. Il m'a fait une très forte impression.

— Très bien. Dis-lui que je veux bien le recevoir.

— Maintenant, alors. Il attend sur le parking.

— Maman ! Tu es incorrigible. OK, fais-le venir. Mais je te préviens, il passera un entretien d'embauche en bonne et due forme.

Ophélie ne tient pas à reproduire le schéma de ses parents. Ils se sont montrés trop paternalistes avec leurs employés. Tout juste si certains ne dormaient pas à *La Desserte* le week-end.

— Je voudrais que Marcel prenne sa retraite mais papa refuse. Il ne veut rien entendre. Et avec ce qui est arrivé, il m'accusera de tirer sur l'ambulance.

Alice incite sa fille à garder espoir. D'expérience, la sagesse lui a enseigné que le temps finit par accomplir son œuvre. Il suffit de se montrer patient. Touchée par la bienveillance de sa mère, sa franchise, Ophélie ne peut plus taire le sujet qui la dérange. Elle lui doit la vérité.

— Papa a versé de l'argent à Paul. Tu le savais ?

Devant le silence d'Alice, elle suppose que oui, mais l'arrivée d'Elsa la prive de réponse.

— Bonjour, les filles. J'ai deux petites heures de pause avant ma tournée du soir. Ophélie, je venais voir si tu avais besoin d'un coup de main.

— C'est gentil. J'étais en train de discuter de Paul avec maman. D'ailleurs, puisque tu es là, tu pourras peut-être m'éclairer. Martin et toi, vous êtes au courant que papa lui a donné de l'argent ?

Visiblement déstabilisée, Elsa hésite un instant. Elle a vu Gus donner un chèque à Paul. Une seule fois. C'était le jour du mariage. Elle ne s'en était pas étonnée sur l'instant. Elle n'en a d'ailleurs jamais parlé à Martin. Ophélie se crispe.

— Décidément, je suis la dernière à être informée dans cette famille ! C'est bon, j'en ai assez entendu. Maintenant, veuillez m'excuser toutes les deux, j'ai du travail. Je vous laisse.

14

D'un geste compulsif, Alice jette les vêtements sales dans la machine à laver. Pourquoi est-elle si contrariée ? se demande Gus qui l'a aidée à porter les paniers de linge dans la buanderie. Alice aurait-elle eu vent de ses problèmes de santé ? Lui en voudrait-elle de l'avoir tenue à l'écart ? Cette pensée le met mal à l'aise. Dans la matinée, il a prétexté une course en ville au lieu de l'accompagner à la jardinerie pour aider Ophélie. En réalité, il avait rendez-vous à l'hôpital avec Elsa pour l'IRM. Personne n'est au courant à *La Desserte*, à part sa belle-fille et Ophélie qui, jusqu'ici, ont tenu leur langue. Gus leur a promis qu'il en ferait part à Alice dès qu'il serait fixé sur son sort.

Tournant le dos à son mari, Alice remplit un bouchon d'adoucissant qu'elle verse dans le réservoir de la machine, puis elle lance le programme de lavage. Gus avance en terrain miné.

— C'est à nous, tout ça ? se hasarde-t-il devant le tas d'habits.

— Comme si tu t'intéressais à l'intendance ! rétorque Alice. Figure-toi que nos hôtes ont eux aussi des affaires à laver. Huit jours sans eau courante, les lessives s'accumulent.

Gus a du mal à croire qu'un simple problème domestique soit la cause d'une telle volée de bois vert. L'emportement de son épouse trahit un malaise plus profond et il en est sincèrement affecté. Il déteste la voir malheureuse. Elle est l'alliée qui modère ses emportements, celle qui le suit depuis tant d'années. Et puis il n'aime pas les disputes.

— Tout va bien ?

— Je suis aux anges, répond-elle avec sarcasme. Bon sang, Gus ! Pourquoi tu ne m'as rien dit à propos de Paul ? J'ai été obligée de mentir à Ophélie pour ne pas te mettre en défaut ! Plutôt, je n'ai rien dit quand elle m'a posé la question. Ce qui est du pareil au même…

Elle s'est retournée et le fixe à présent. Gus est abasourdi.

— Paul ? s'étonne-t-il.

— Oui, Paul. Tu n'as pas jugé bon de me dire que tu lui avais donné de l'argent. C'est Ophélie qui me l'a appris. Et Elsa t'a vu lui remettre un chèque le jour du mariage. Kévin a découvert la trace des paiements dans notre comptabilité. Sache que notre fille est furieuse. Et je la comprends. Tu sais que je déteste mentir, surtout à nos enfants. C'est pourtant ce que j'ai fait afin d'éviter une nouvelle crise.

— Ah…, lâche-t-il, presque soulagé. Ce n'est donc que ça.

— Pourquoi, tu as d'autres vilains petits secrets ?

Gus confirme à Alice qu'il a bien dépanné son fils. Sans se poser de questions, lui fait-il remarquer. Jamais il n'aurait imaginé devoir ainsi rendre des comptes à toute la famille pour une babiole. Et s'il ne lui a rien dit, c'est qu'il avait promis à Paul de se taire. Leur petit dernier avait besoin d'une avance pour payer son billet d'avion et avoir de quoi tenir avant de toucher son premier salaire.

— Et puis, je ne vois pas où est le problème, poursuit-il, soudain énervé. Il s'agit de notre argent, tout de même ! Jusqu'à preuve du contraire, nous sommes libres d'en disposer à notre gré, non ? Que Kévin s'occupe de la comptabilité de la jardinerie est une chose, mais de nos affaires personnelles, ça, non ! J'estime ne pas avoir de comptes à rendre à Ophélie. Nos enfants sont tous logés à la même enseigne et notre fille est bien mal placée pour me critiquer. Depuis qu'elle a repris la jardinerie, elle bénéficie de notre soutien chaque fois qu'elle ne peut pas honorer ses échéances. Elle n'a pas moufeté non plus quand on a versé à Martin et Elsa les fonds qui ont servi d'apport à l'achat de leur maison. Elle était au courant, Martin en a toujours parlé librement. Mais là, parce qu'il s'agit de Paul, elle s'emporte. Cette stupide rivalité commence à sérieusement m'agacer.

— Ne t'énerve pas, c'est mauvais pour ta tension.

— Eh bien si, je m'énerve ! Ça veut dire quoi, cette soudaine crise de jalousie ? Tu sais combien la cupidité me révolte. J'ai horreur de ça.

Alice semble se radoucir.

— Il y a une solution toute simple pour éviter ces conflits, suggère-t-elle.

— Laquelle ?

— Passons chez maître Malric.

— Le notaire ?

— Oui, pour établir une donation-partage qui soit équitable pour tous les enfants, comme mes parents l'ont fait avec moi en leur temps. Au moins, les choses seront claires et la succession sera réglée. Qu'en penses-tu ?

— Je présume que tu as raison. Il est peut-être temps de s'en préoccuper. Il faut juste réunir les enfants. Paul est loin, mais on peut communiquer, tout de même.

— Bien, maintenant que ce problème est réglé,

veux-tu te rendre utile, s'il te plaît ? Prends donc la panière qui est devant toi et trie le blanc et la couleur. Tu me ferais gagner du temps.

L'incident est clos, se réjouit Gus. Et fini les cachotteries. Dès qu'il aura le diagnostic du médecin, il dira à Alice toute la vérité. Sur cette bonne résolution, il commence à trier le linge, séparant consciencieusement jeans, jupes et petits lainages des chemises et des draps en coton blanc.

— Et toi, comment te sens-tu ? poursuit Alice. Toujours aucun souvenir de ce qui s'est passé avant ton malaise ?

— Pas grand-chose. Je me rappelle t'avoir croisée dans le couloir avant de sortir. La suite, j'ai oublié.

— Tu allais à la jardinerie, mais tu n'y es jamais arrivé.

— C'est bien là le problème. Tout est embrouillé. Je me souviens de t'avoir vu récupérer la clé de la voiture dans la poche de mon imper pour la donner à Yanis. Mais pourquoi aurais-je pris la voiture pour descendre à la jardinerie ?

— À cause de l'orage, j'imagine. Il pleuvait tellement. Mon pauvre Gus, tu te poses trop de questions. Allez, ne te tracasse pas. Nos petites misères ne sont rien par rapport à ce que vivent les Sommiérois en ce moment. Et ce pauvre Flavien ! Je pense à sa famille, à sa veuve et à ses deux petits qui viennent de perdre un père. Il s'en est fallu de peu pour que ce soit notre fils. Mon Dieu, je n'ose pas l'imaginer !

Dans un élan de tendresse, Gus attire sa femme dans ses bras. Il aimerait la rassurer, lui dire qu'il n'arrivera rien à leur fils, qu'il est fort, leur Martin. Mais il en est incapable tant la peur de l'accident l'obsède depuis la crue.

— Un parent s'inquiète toujours pour son enfant,

c'est dans la nature des choses, non ? dit-il d'un ton qu'il veut détaché. En cela, nous ne différons pas des autres. Disons qu'avec notre grand, il y a le facteur risque en plus. Mais à part ça ?

— À part ça ?!? Tu en as de bonnes, toi, réagit Alice, amusée.

— Ce n'est déjà pas mal puisque j'ai réussi à t'arracher un sourire.

— N'empêche, d'autres n'ont pas eu notre chance. Nos enfants sont sains et saufs et la maison n'a pas trop souffert. Mais autour de nous, ce n'est que désolation. Les blessés sont nombreux, certains resteront traumatisés longtemps par cette crue. Et puis il y a cette pauvre Marion. Elle s'est sûrement vue mourir. C'est affreux.

À l'évocation de la jeune femme, Gus se fige. Le fait qu'on ait retrouvé son corps à la jardinerie est un mauvais présage. Occupée avec le linge, Alice ne remarque pas son trouble.

— Gus, tu m'entends ? Bernadette m'a rapporté qu'une dame de 96 ans a dû être hélitreuillée au-dessus du fleuve.

— Drôle de baptême de l'air…

— Gus ! Comment peux-tu plaisanter avec des choses aussi graves ? La malheureuse a eu tellement peur qu'ils ont dû l'hospitaliser.

— Désolé. C'est sûr qu'à son âge, il y a de quoi être traumatisée. En parlant des Buineau, sais-tu que des morceaux de leur jacuzzi ont échoué sur la plage du Grand Travers, à La Grande Motte ? À vingt kilomètres d'ici, tu te rends compte ?

— Je ne suis pas étonnée, les courants étaient si forts. Ici, on a bien récupéré une bétonnière sur un arbre, et devant l'office du tourisme une voiture était en équilibre sur le parapet. Celle de la pauvre Marion, paraît-il.

— La vie est un cadeau du Ciel mais nous en ignorons sa valeur… Jusqu'au jour où tout s'arrête.

Alice l'enveloppe d'un regard bienveillant.

— Tu es vraiment sûr que ça va ?

— Oui, ne t'inquiète pas. Disons que depuis quelques jours, j'aborde la vie avec davantage de philosophie. Le monde marche sur la tête et je n'ai plus envie de le suivre. Trouves-tu normal que de sales petits profiteurs revendent au noir les bouteilles d'eau mises gratuitement à disposition par la municipalité ? C'est pourtant ce qui s'est passé. Heureusement, le maire a pris les dispositions nécessaires pour mettre fin à ce trafic minable. Certaines personnes n'ont vraiment aucun scrupule.

Depuis la décrue, les gens attendent avec impatience le retour de l'eau courante. Jusque-là, le système D a prévalu. Outre les packs d'eau distribués par la mairie, les pompiers ont filtré celle du Vidourle pour les besoins courants. Les principales artères ont été dégagées mais il faudra encore plusieurs semaines pour nettoyer la cité dévastée. Une boue collante et nauséabonde a envahi les maisons, les boutiques, ainsi que les rues et la place du marché qui a servi de siphon lorsque les flots se sont retirés. Une épaisse couche de limon la recouvre encore. Mais le courage ne manque pas et les sinistrés se sont mobilisés dans un bel élan de solidarité.

Gus vide la dernière panière et tend le linge sale à Alice.

— Quel est ton programme de l'après-midi ? lui demande-t-elle.

— J'ai promis à Maryse de lui donner un coup de main.

Maryse Besson est leur plus proche voisine. Elle habite à côté de la jardinerie, sur la route d'Aubais. Sa maison a été complètement inondée et elle a trouvé refuge à *La Desserte*. Quand l'eau a commencé à se retirer, Gus l'a accompagnée une première fois chez elle. Par chance, le niveau n'avait pas atteint l'étage où elle avait entassé une grande partie de ses affaires. Ils ne se sont pas attardés ce jour-là, Martin lui ayant conseillé d'attendre encore un peu avant de faire un premier état des lieux pour l'assurance. Gus a donc pris des photos qui pourraient s'avérer utiles en cas de litige.

— Il fallait attendre que l'eau se retire pour pouvoir mesurer l'état des murs et des huisseries. Avec l'humidité, tout a dû bouger. Pour aujourd'hui, Martin m'a conseillé d'ouvrir tous les robinets et de laisser couler l'eau assez fort afin d'évacuer les résidus dans la tuyauterie. Il faudra aussi que je vérifie l'électricité, que j'examine tous les appareils ménagers en les branchant les uns après les autres pour m'assurer de leur bon état de marche. Et il restera le téléphone. Là, ça devrait aller puisque les communications ont été rétablies sur la commune.

— En parlant de téléphone, j'ai l'impression que quelqu'un cherche à te joindre, fait-elle remarquer à Gus en montrant la poche de sa veste. Ça vibre !

Gus pose le linge à côté de la machine à laver et attrape son portable. Il blêmit en voyant le nom de son médecin s'afficher sur l'écran.

— Tu ne décroches pas ? s'étonne Alice.

Cette fois, Gus est obligé de répondre. Et il se maudit déjà car il sait qu'il va faire beaucoup de peine à sa femme.

15

Enfin de retour à la maison après une journée chargée en émotions. Enfin loin de cette foule. Ces dernières heures ont été particulièrement éprouvantes pour Elsa et Martin, avec les obsèques de Marion célébrées dans la matinée, suivies de celles de Flavien en début d'après-midi, une semaine après le drame qui leur a coûté la vie. Pour Martin, au chagrin et à la culpabilité se sont ajoutés les regards accusateurs, les commentaires malveillants chuchotés dans son dos alors qu'il entrait dans l'église. Profondément meurtri, il est resté debout au fond de la nef tout au long de la cérémonie, ne se joignant pas à ses collègues, au complet dans le transept, non loin du cercueil. Plus tard, au cimetière, il s'est tenu à l'écart lors du dernier hommage rendu à son équipier, avant de se retirer sans que Louane, sa veuve, ou ses enfants ne le voient. Sur le trajet du retour, il n'a pas ouvert la bouche. Elsa a respecté son silence. Si ne pas exprimer sa souffrance lui permet de surmonter son chagrin, elle n'y voit pas d'inconvénient, à condition que la situation ne s'éternise pas.

— Je prépare un thé ? propose-t-elle.

— Non, merci. Je me change et je file à Villevieille.

Depuis l'inondation, Martin n'avait pas repris le chantier dans la maison. Par chance, aucun dégât n'était à déplorer lorsqu'il s'est rendu sur place une fois les routes dégagées. Le village étant en hauteur, ils n'avaient pas trop d'inquiétude. Elsa se réjouit d'ailleurs d'emménager en dehors d'une zone inondable. Elle sait maintenant ce que cela signifie. Ici, à *La Desserte*, elle a apprécié d'être en sécurité, comme les sinistrés que ses beaux-parents ont eu la générosité d'accueillir. Elle ne les voit guère depuis qu'elle a en effet repris ses tournées qui ont été quelque peu chamboulées. En plus de ses patients, elle a en effet récupéré une partie de la clientèle de Marion, avec des horaires qui se sont allongés et une vie conjugale qui se réduit à quelques heures de sommeil dans les bras de Martin.

— Attends-moi, se ravise-t-elle. Je t'accompagne. Nous avons besoin de nous retrouver un peu, tu ne crois pas ?

— Non, repose-toi. Tu enchaînes des journées de folie.

— Laisse-moi dix minutes, je prépare un panier-repas et nous dînerons sur place.

— Bois ton thé tranquillement, nous ne sommes pas pressés.

— Merci, c'est gentil.

Elsa met de l'eau à chauffer. Elle sort la boîte de métal du placard, se sert une bonne cuillère de son thé préféré qu'elle verse dans le compartiment à infuser de sa théière japonaise, avant de faire chauffer de l'eau.

— Tu n'en veux vraiment pas ? Ça te ferait du bien, pourtant.

— D'accord. Tu sais que je ne peux rien te refuser.

Martin ne veut pas la contrarier, elle s'en doute. Elle aimerait bien le sortir de sa torpeur. Avec un peu de chance, si elle arrive à prolonger leur conversation, il se détournera un temps de ses sombres pensées. Elle verse l'Earl Grey dans deux mugs, souvenirs d'un voyage en Toscane l'année précédente.

— Mon père m'a demandé si nous serions libres à déjeuner le jour de la Toussaint.

Elsa vérifie l'agenda de son téléphone.

— C'est bon pour moi. Je ne travaille pas.

— Papa a bien insisté sur le fait qu'il voulait réunir la famille au complet. Il m'a d'ailleurs demandé de lui installer Skype afin de pouvoir communiquer avec Paul.

— Tu sais pourquoi il veut nous voir ?

— Non, il ne m'en a pas dit davantage. Mystère. Il est bizarre en ce moment, tu ne trouves pas ? Il t'a parlé de cette tache que l'urgentiste a décelée sur ses radios le soir de son accident ?

— Tu étais au courant ?

— Depuis peu. Mais toi aussi, visiblement. Pourquoi tu ne m'as rien dit ?

— Pour ne pas t'inquiéter. Ce n'était pas le moment. Et j'ai bien fait puisque c'était une fausse alerte. Il y a eu confusion dans les radios. Cela dit, rien d'étonnant à ce que des dossiers aient été mélangés. Tu aurais vu la pagaille aux urgences le soir de la crue ! Bref, plus de peur que de mal. Ton père se porte comme un charme. C'est l'essentiel.

— Je n'aime pas quand tu me caches des choses. Et là, ça concernait papa.

— Désolée de ne pas t'avoir mis dans la confidence. Mais Gus nous avait demandé, à Ophélie et à moi, de garder le silence. Pas un mot à qui que ce soit tant que rien n'était établi. Tu le connais, quand il veut quelque chose, personne ne peut le contredire, à part Alice, bien sûr.

Martin reste impassible, ce qui n'augure rien de bon. Elsa lui a menti par omission et elle s'en veut. Elle réalise maintenant son erreur. Devant son air contrit, Martin lui saisit les mains et les retient comme pour requérir toute son attention.

— Mon père a de la chance de pouvoir compter sur toi. Tu n'as rien à te reprocher. Au contraire, tu es loyale. C'est bien pour ça que papa te fait confiance. Tu es un membre à part entière de la famille, madame Lazaret.

— Tiens, revoilà ta jolie petite fossette ! Je suis contente que tu aies retrouvé le sourire.

— Grâce à ma petite fée !

Ils échangent un long regard. Elsa l'aime tant, son colosse au grand cœur.

— Et si on se mettait en route, monsieur Lazaret ?

— C'est parti !

Martin va chercher le panier à pique-nique dans la buanderie. Une vieille mallette en osier héritée de ses grands-parents, tapissée d'un tartan, avec des compartiments et des sangles en cuir pour ranger la vaisselle, les couverts, le tire-bouchon et les verres à pied. Elsa sort du réfrigérateur des tranches de rôti froid qu'elle emballe dans du papier d'alu, une barquette de céleri rémoulade, une autre de betterave ainsi qu'un paquet de chips. Martin en raffole et s'accorde parfois une petite entorse à ses repas équilibrés. Avant de refermer le panier, elle ajoute une bouteille de rosé qu'elle a glissée dans une poche isotherme pour la maintenir au frais, sans oublier les serviettes de table. Cette fois, il ne manque rien. Ils sont prêts. Martin charge le coffre de la Toyota et ils se mettent en route.

Dans le bleu intense du ciel, la lumière diffuse des reflets irisés à travers le feuillage des oliviers. La douceur insolente de cette fin d'après-midi leur paraît incongrue au regard des récents événements. Débarrassé de ces sinistres nuances de gris, le paysage s'est paré des couleurs chaudes de l'automne. Elsa laisse son regard courir sur une parcelle d'oliviers parfaitement alignés qui se nourrissent des rayons du soleil déclinant. Sans doute l'une de ces « olivettes » dont Gus lui a parlé. Jusque dans les années cinquante, chaque famille possédait la sienne afin de subvenir à ses besoins annuels en huile d'olive. Mais le terrible gel de 1956 a détruit la majorité de ces petites exploitations, entraînant la disparition des moulins à huile, exception faite de celui de Villevieille qui, transformé en coopérative, bénéficie aujourd'hui d'une belle renommée.

Martin est attentif et conduit prudemment, une main bien accrochée au volant, l'autre posée sur la cuisse d'Elsa, comme s'il avait besoin de garder un contact physique avec elle. Après un dernier lacet, ils franchissent le sommet d'une colline et arrivent devant le château de Villevieille. Au-dessus d'un jardin à l'italienne cultivé en restanque, sa façade symétrique apparaît derrière le grand portail. De style Renaissance, la bâtisse s'érige sur un ancien bastion du XIe siècle, rasé en représailles au soutien porté par les seigneurs de Sauve et d'Anduze aux Albigeois dans leur guerre contre le roi de France Saint Louis. La voiture longe le boulevard du Couchant et s'arrête à la hauteur du troisième platane, après la place du château.

Elsa a aimé cette maison au premier regard, avec sa façade jaune pâle et ses volets verts, ses solides encadrements de portes et fenêtres en pierre de taille. Une fois la porte cochère franchie, un large porche s'ouvre sur une allée menant vers une cour intérieure. Exposée plein sud, la végétation foisonne. Ici, l'orage n'a fait aucun dégât. La cuve de récupération des eaux de ruissellement est presque pleine. Elsa emboîte le pas à son mari qui a commencé son inspection des lieux. Ravigotée par la pluie, l'herbe a poussé, le néflier ploie sous le poids des fruits. Étouffé par une végétation trop dense, un figuier malingre tente d'atteindre la lumière et de se faire une place à côté du majestueux palmier au milieu du jardin. Pas de branches arrachées ni de tuiles cassées visibles au pied de la remise qui occupe tout un côté du terrain.

— Je suis surprise qu'il n'y ait pas eu davantage de grabuge. Dire qu'à moins de six kilomètres, c'est le chaos…

Martin ne relève pas. Il tire le portail de la grange et va s'assurer de l'état de la toiture. Cette dépendance, où il compte installer prochainement des chambres d'amis, renferme les vestiges de l'histoire agricole de cette ancienne vigneronne. Vieux fûts, bouteilles vides ou pleines, longues ou bombées, jonchent le sol. Une échelle, dont il manque la moitié des barreaux, est appuyée contre le mur, à côté de bidons d'huile de vidange, d'une vieille tondeuse et de quelques antiquités sans grande valeur, si ce n'est un miroir vénitien, quelques piles de tomettes anciennes en pare-feuilles aux belles nuances d'argile et deux mangeoires creusées dans un bloc de calcaire du Gard. Martin ne remarque pas de trace d'humidité, le toit a résisté et aucune fuite n'est à déplorer. De quoi être satisfait.

— C'est plutôt encourageant, non ? remarque Elsa qui tente de le dérider.

Mais son bel optimisme ne trouve pas d'écho. Si seulement elle savait comment aider Martin. Ses changements d'humeur sont fréquents et déstabilisants pour l'entourage. Difficile aussi de trouver le bon moment pour lui parler. La tête dans les épaules, Martin longe l'appentis sous lequel est garée la Toyota. Jadis, cet emplacement servait de cuve, reconnaissable aux carreaux de terres cuites vernissées qui ornent le bas des murs. Quand les travaux intérieurs seront terminés, il envisage de sabler les poutres de bois ainsi que les murs en pierre de taille afin de les éclaircir. Ils ont tant de projets dans cette maison. Elsa doit se montrer patiente.

À l'intérieur, pas grand-chose n'a bougé. Depuis le passage de l'électricien, juste avant les inondations, Martin et Elsa n'ont pas avancé d'un *iota* dans les travaux. Ils font rapidement le tour des pièces du rez-de-chaussée puis se rendent à l'étage. Martin s'arrête un instant devant la fenêtre de leur future chambre, les yeux perdus sur le pic Saint-Loup que l'on distingue à l'horizon. Il semble ailleurs, comme s'il avait oublié la raison de leur venue ici.

— Doudou, tu ne portes pas la responsabilité de la mort de Flavien et de Marion. Je me sens désarmée. Comment te faire accepter la réalité ?

Son mari se tourne alors vers elle, surpris.

— C'était un accident, Martin. Flavien connaissait les risques et peut-être a-t-il lui aussi sous-estimé le danger. Il n'a pas non plus respecté toutes les consignes de sécurité. Quant à Marion, sa noyade a apparemment une autre explication que celle que tu veux bien donner.

— Que veux-tu dire ?

— J'ai surpris une conversation ce matin, pendant les obsèques. Deux des flics chargés de l'enquête. D'après ce que j'ai compris, le légiste a relevé un taux d'alcool élevé dans son sang. Si ça se trouve, elle est tombée à l'eau toute seule. Et si elle était en état d'ébriété, elle devait être incapable de nager. Dans ces cas-là, tu ne maîtrises plus tes mouvements.

— Tu es sûre d'avoir bien entendu ?

— Oui.

Abasourdi par cette nouvelle, Martin s'assoit à même le sol, aussitôt imité par Elsa.

— Elle buvait ?

— Pas à ma connaissance. Cela dit, tout le monde peut avoir un moment de faiblesse ou une raison de se mettre minable, je suppose. Ce qui est certain, c'est que lorsqu'elle m'a appelée pour me demander de la remplacer auprès de Luciano, elle avait l'air de bien aller.

— Dans ce cas, pourquoi se mettre à picoler en plein après-midi ?

— La question serait plutôt de savoir à cause de qui ? s'interroge Elsa.

— Que veux-tu dire par là ?!?

— On peut effectivement s'interroger sur les raisons qui ont poussé Marion à boire. Peut-être pour se donner du courage.

— Effectivement. Elle devait avoir une vraie bonne raison pour te demander de la remplacer. Un rendez-vous, qui sait ? En tout cas, quelque chose de suffisamment important pour qu'elle prenne le risque de sortir des zones encore sous contrôle alors que l'alerte rouge avait été lancée. Pour une fille du pays, qui n'en était pas à sa première inondation, cela semble curieux.

Elsa caresse la joue de son mari.

— Elle allait peut-être retrouver un homme. Une femme peut aller très loin par amour, jusqu'à mettre sa vie en péril.

Contrairement à ce que pense Fatou, leur collègue avait probablement quelqu'un dans sa vie, une relation peut-être compliquée et qui ne la rendait pas heureuse. Voire une histoire secrète avec un homme marié. Elsa n'en serait pas surprise. Elle sait, pour l'avoir vécu avec sa mère, que dans les liaisons adultérines le mensonge blesse autant la femme que la maîtresse.

— Tu es indulgente, ma fée. Et généreuse. J'aime ton caractère, j'aime ce que tu dégages, bref, je t'aime tout court !

Elsa lui répond par un baiser dans le cou et se lève en lui prenant la main.

— Allez, Martin Lazaret, il est temps de goûter au formidable pique-nique que je nous ai concocté. Vive les plats préparés !

Ils sont sur le point d'entamer les salades quand la sonnerie de la porte d'entrée retentit.

— Une visite ? Qui donc peut bien débarquer ici ? À part tes parents, personne ne sait que nous sommes à Villevieille.

— Je l'ignore, répond Martin. J'y vais.

Il s'éloigne d'un pas décidé. Martin semble requinqué, pense Elsa. La vie va enfin reprendre comme avant. Mais elle déchante aussitôt en découvrant le visiteur qui s'avance à ses côtés : Fabrice Reyes, le commandant de la caserne des pompiers de Sommières. Que veut-il ? se demande-t-elle.

— Bonsoir, Elsa. Désolé de vous déranger. Je suis passé à *La Desserte* mais vous n'y étiez pas. Il fallait absolument que je vous voie maintenant, Martin. C'est votre père qui m'a dit que vous bricoliez dans votre maison. Ce que j'ai à vous dire est assez ennuyeux.

Martin reste figé et attend la suite des « réjouissances » sans trop se faire d'illusions. On ne veut plus de lui à la caserne. L'attitude de ses collègues cet après-midi, à l'enterrement de Flavien, l'a profondément peiné. Pas un de ses camarades n'est venu le saluer.

— Louane, la veuve de Flavien, m'a téléphoné juste après les obsèques pour me dire qu'elle comptait porter plainte contre vous pour homicide involontaire. Je suis parvenu à l'en dissuader en lui promettant l'ouverture d'une enquête interne. Je voulais vous le dire avant que ça ne fasse le tour de la caserne.

— Ce qui signifie que je suis relevé de mes fonctions ?

— Pas exactement. La procédure interdit simplement que vous interveniez sur le terrain. Le temps des investigations, je serai malheureusement obligé de vous cantonner à des tâches administratives. Vous êtes un bon élément, Martin. Je n'ai pas envie de vous perdre.

— J'apprécie votre démarche, commandant. Je vous remercie d'avoir pris la peine de vous déplacer jusqu'ici. Je vous raccompagne.

Martin reste digne bien qu'intérieurement il soit dévasté. Elsa le sait, le priver du terrain revient à l'empêcher d'exister, de vivre pleinement son métier de pompier.

— Ça va aller, Doudou, dit-elle quand Martin revient dans la chambre. Tu pensais que Reyes t'en voulait, or, ce n'est pas le cas. Tu as entendu ce qu'il a dit ? « Je n'ai pas envie de vous perdre. » Si ce n'est pas une preuve de confiance ! On va se battre ensemble comme on l'a toujours fait. On devrait dire à Reyes que Marion était en état d'ébriété. Si ça se trouve, il n'est pas au courant. Si tu veux, je m'en charge.

— Non, Elsa, tu ne feras rien. Et en l'occurrence, c'est de Flavien dont il s'agit, pas de Marion.

Le ton autoritaire surprend Elsa, guère habituée à voir Martin s'emporter. Mais, très vite, il se radoucit.

— Je ne tiens pas à ce que tu sois impliquée dans cette affaire. Je dois me sortir seul de cette panade.

— Parce que tu crois que je ne suis pas impliquée ? Tout ce qui te touche me concerne. Nous sommes mariés pour le meilleur et pour le pire, tu te souviens ?

Alors si tu crois que je vais te laisser te battre tout seul dans ton coin, tu te trompes.

Ému, Martin prend Elsa dans ses bras et l'embrasse, d'abord tendrement, puis avec gourmandise. Une parenthèse volée à la course du temps, qu'Elsa ne lui refuse pas. Elle lui chuchote quelques mots à l'oreille qui le font sourire.

— Viens, mon amour. Pour ça, on sera mieux à la maison. On rentre ?

Elsa entame sa tournée le lendemain le cœur léger. Vendredi, veille de week-end, la journée risque d'être chargée. D'après Fatou, une rumeur circulerait selon laquelle les sinistrés ne toucheraient pas de subvention. Outre les soins, elle va devoir user de pédagogie pour rassurer ses patients. Au lendemain de la parution de l'arrêté de « reconnaissance de l'état de catastrophe naturelle » dans le *Journal officiel*, les sinistrés ont dix jours pour déclarer les dommages à leur assureur, et il y a en moyenne trois mois d'attente avant de toucher des indemnités. La lourdeur des procédures est probablement à l'origine de cette rumeur. D'autres recours existent, comme le fonds de secours d'extrême urgence qui couvre les besoins essentiels immédiats de chaque membre d'un même foyer, ou les soutiens de la région et du département sous forme d'avance de fonds afin de démarrer les travaux de rénovation. Fatou l'a également prévenue qu'elle serait probablement sollicitée pour remplir des dossiers de demandes d'allocations ou les formulaires de déclaration de sinistre pour les retardataires.

De retour au cabinet, en toute fin d'après-midi, toutes ces démarches administratives n'avaient plus de secret pour Elsa. Fatou avait vu juste, de nombreux patients l'ont sollicitée, notamment les personnes âgées ou isolées. Soulagée, Elsa retrouve sa collègue qui l'attend pour les transmissions. La jeune Burkinabaise prend connaissance des dossiers. Alors qu'elle prépare sa trousse de soins, Elsa l'interroge au sujet de Marion. Elles ont travaillé plusieurs années ensemble, elle la connaît mieux qu'elle. Un détail, même anodin en apparence, pourrait lui permettre d'avancer.

— Je ne me souviens pas qu'elle m'ait dit quelque chose de particulier. Désolée de ne pas pouvoir t'aider, s'excuse Fatou. Tu sais, Marion était très discrète et ne s'étendait jamais sur sa vie en dehors du cabinet, et moi-même je n'ai jamais cherché à en savoir plus.

Elle s'arrête de parler et fixe Elsa d'un air grave.

— Il faut qu'on discute, dit-elle brutalement.

Aussi surprise qu'inquiète, Elsa s'assoit. Depuis deux jours, Fatou a constaté que les annulations pleuvaient. Le planning se vide sans raison. La disparition de Marion y serait-elle pour quelque chose ? La belle Africaine refuse de se laisser abattre mais il faut qu'elles se réorganisent sans tarder. Elsa pourrait reprendre le poste de titulaire laissé vacant par Marion. Certes, elle la prend de court alors que leur amie vient à peine d'être mise en terre, mais elles ne peuvent pas se permettre de perdre de la clientèle. Cette proposition met Elsa mal à l'aise. Cependant, comme le lui fait remarquer Fatou, elle ne doit pas refuser une telle opportunité.

— Je vais d'abord en parler à Martin. Il sera d'accord, mais il est normal que je lui demande son avis. Il reste traumatisé par ce qui s'est passé.

— OK. Dans l'immédiat, on doit quand même revoir les tournées et s'organiser avec les patients qui n'ont pas déserté le cabinet. Pour l'instant !

Elsa est heureuse de récupérer Luciano Calabrese,

tout juste sorti de l'hôpital. Mais sa joie retombe aussitôt tandis qu'elle voit deux gendarmes pénétrer dans la salle d'attente du cabinet. Ils souhaitent prendre la déposition de Fatou dans le cadre de l'enquête sur la mort de Marion. Le neveu de Luciano Calabrese accuse l'infirmière décédée d'avoir détourné les économies de son oncle. Fatou invite les gendarmes à s'asseoir. Avant qu'Elsa ne s'en aille, elle a juste le temps de lui glisser discrètement à l'oreille :

— Les mauvaises langues vont s'en donner à cœur joie. Si ce n'est pas déjà fait, ce qui expliquerait cette série d'annulations.

Fatou et Elsa doivent à tout prix couper court à ces ragots. Il y va de la survie du cabinet. Car si les allégations du neveu de Luciano Calabrese s'avèrent fondées, elles peuvent s'attendre au pire. Dans l'immédiat, les deux infirmières doivent réagir, en tout cas découvrir la vérité, au besoin retrouver l'argent et le restituer si la rumeur se révèle exacte.

— La routine, non ? plaisante Elsa, prête à relever un nouveau défi.

16

En ce week-end de la Toussaint, la température a chuté d'une dizaine de degrés. Gus a remisé la table de jardin et les chaises dans la grange, et pour la première fois depuis le début de la saison, toute la famille a déjeuné à l'intérieur. Alice a mis les petits plats dans les grands et dressé une belle table. Après avoir régalé petits et grands d'un chapon farci à la peau croustillante à souhait, elle s'apprête à servir le dessert. Ophélie et Elsa l'aident à débarrasser et rapatrient la vaisselle à la cuisine.

— Laissez tout dans l'évier, les filles, je rincerai les plats tout à l'heure, avant de mettre en route le lave-vaisselle. Elsa, tu veux bien sortir les assiettes à dessert du vaisselier ? Et toi, Ophélie, prends donc la bouteille de champagne dans le réfrigérateur.

— On fête quelque chose ? s'étonne cette dernière.

— Oh, ma fille, les raisons ne manquent pas. D'abord, je suis heureuse de vous avoir tous à *La Desserte* après cette terrible inondation. Tout ça est derrière nous maintenant. Nos derniers « invités » sont partis hier, heureux de rentrer chez eux. Et puis Gus est en parfaite santé !

— La maison doit vous paraître vide, non ? fait remarquer Elsa.

— Oh, non, ma petite ! Je pourrai enfin sortir de

ma chambre en tenue légère. Difficile de prendre ses aises quand on reçoit des gens, surtout ses voisins !

— Maman !

— C'est la vérité, ma chérie. Ne sois pas offusquée. Tu dirais la même chose si tu étais dans mon cas, non ?

Alice se dirige vers l'armoire gardoise de ses arrière-grands-parents et en sort un bavarois poire-chocolat fait maison, une de ses nombreuses spécialités.

— Une fois de plus, il est magnifique, la félicite Ophélie. Tu ne m'en voudras pas si cette fois-ci je me contente seulement de le goûter ? Le repas était vraiment copieux. Je suis repue.

— C'est vrai, Alice, vous nous avez régalés, renchérit Elsa. Vous devriez louer des chambres d'hôtes avec table ouverte, je suis sûre que vous auriez un franc succès.

— Grand Dieu, non ! Recevoir doit rester un plaisir. Pour rien au monde j'en ferais un métier. Et puis, vois-tu, je suis une jeune retraitée bien accaparée par ses petits-enfants. Quand ce n'est pas par mon mari et ses missions humanitaires ! Bref, ce job n'est pas pour moi. Vous, peut-être, si cela vous permet de préserver le patrimoine familial.

Alice dresse son gâteau sur un plat rond en barbotine de Saint-Clément assorti aux assiettes, un service qu'elle affectionne tout particulièrement, avec ses gros fruits colorés en relief. Ophélie prend soin de déposer les coupes à champagne sur un plateau.

— Maman, tu as une idée de ce que papa veut nous annoncer ? C'est donc si important que ça pour qu'il ait tenu à tous nous réunir ?

— Eh bien, ma fille, tu verras.

— Vous nous avez caché quelque chose ? Dis-le-moi, maman. S'il te plaît…

— Que veux-tu que l'on vous cache ? Il n'y a rien de grave, je t'assure. C'est même plutôt le contraire.

Tu comprendras d'ailleurs pourquoi nous sortons le champagne...

Assez fière de son effet, Alice prend le plat à dessert avec précaution et repart à la salle à manger, suivie d'Ophélie et d'Elsa. Les enfants tapent des mains en voyant l'appétissante pâtisserie, impatients de la déguster. Leur mère les somme de se calmer et pose le plateau des coupes à champagne sur la desserte tandis qu'Elsa retrouve sa place à côté de Martin. En bout de table, Gus reprend sa discussion avec le mari d'Ophélie, interrompue par cet intermède joyeux.

— Tu ne peux pas dire ça, Kévin.

— Si, justement. Avec le réchauffement climatique, les crues de cette ampleur seront plus fréquentes. Vous verrez.

— Désolé de te contredire, mon cher gendre, mais il n'y a rien de nouveau à cela. Les Romains subissaient déjà de telles intempéries. À ton avis, pourquoi le pont compte vingt et une arches ? Les bâtisseurs de l'époque étaient des génies. Ils ont pris en compte ce paramètre en construisant cet ouvrage. Tu crois qu'ils allaient courir le risque que l'axe commercial entre Nîmes et Toulouse soit coupé à cause des caprices d'un fleuve ?

— Mais vous ne pouvez pas remettre en cause les conclusions des scientifiques concernant le dérèglement climatique, tout de même ? Tout se déglingue, et à un rythme effrayant.

— Évidemment que non. J'attirais simplement ton attention sur le fait que les épisodes cévenols ne sont pas nouveaux. Si l'on remonte dans le temps, chaque époque a connu des crues centennales.

— Alors pourquoi persister à rester ici ? Vous pourriez déménager.

Étonnée par l'incongruité de la remarque, Alice réagit vivement :

— Mais, Kévin, parce qu'ici, c'est chez nous ! Nous sommes tous nés là.

Gus renchérit. Il ne s'est jamais senti menacé à Sommières, d'autant plus que la commune a mis en place un système de prévention très performant après la crue de 2002. Aujourd'hui, dès qu'une alerte est déclarée en préfecture, une cellule de crise est immédiatement mise en place. Chaque foyer, chaque commerçant est prévenu par téléphone et des haut-parleurs diffusent en continu les consignes de sécurité. Au besoin, la ville a prévu des lieux spécialement équipés pour accueillir les sinistrés. C'est d'ailleurs grâce à ces infrastructures que les habitants ont pu se mettre à l'abri. Certes, on déplore deux victimes, mais personne n'aurait imaginé qu'une digue céderait en amont de la ville et provoquerait ce raz-de-marée qui a traversé la cité.

— Crois-moi, Kévin, sans toutes ces mesures, le bilan aurait été bien plus catastrophique. Je te rappelle que cette fois, le fleuve s'est déversé bien au-delà de son lit majeur. De mémoire de Sommiérois, cela n'était jamais arrivé. Personne n'aurait pu le prédire. D'ailleurs, le maire planche déjà sur un nouveau plan local d'urbanisme. Cela dit, à Sommières, les turpitudes du Vidourle font partie de la donne. Notre fleuve est un enfant capricieux, certes, mais sans lui, la ville ne serait jamais devenue ce qu'elle est.

— Déménager ? réplique à son tour Ophélie, consternée. Comment peux-tu dire une chose pareille, Kévin ? Au cas où tu l'aurais oublié, je dirige la jardinerie qu'ont créée mes parents, ainsi que la pépinière qu'eux-mêmes ont héritée de mes grands-parents maternels. Pépinière construite sur un terrain que cultivaient mes arrière-grands-parents ! Alors abandonner tout ce pour quoi mes ancêtres se sont tant battus est tout simplement inconcevable. Quatre générations se sont succédé ici ! Et maintenant la cinquième avec les enfants !

— Difficile de l'oublier, tu te gargarises sans cesse de ton héritage familial, rétorque Kévin.

Alice est frappée par la réponse cinglante de son gendre. D'un naturel placide et bienveillant, il ne les a pas habitués à ce genre de sorties. Mais elle pense surtout qu'Ophélie devrait davantage ménager la susceptibilité de son mari. Elle lui en a déjà fait la remarque à plusieurs reprises. Sa fille n'est pas facile à vivre, et avec son tempérament dirigiste elle a parfois tendance à rabaisser ce pauvre Kévin.

Les jumeaux ont fini leur gâteau et se chamaillent. Ils veulent sortir de table. Le déjeuner s'éternise et les conversations des grands les ennuient. Leur mère tente de les calmer et les sermonne, provoquant les larmes d'Eliott qui se sent injustement visé. S'il pleure, c'est à cause de Jules qui a déchiré son déguisement de pirate en chahutant.

— Ce n'est pas grave, les enfants, lance Alice qui déteste les disputes et veut calmer le jeu. Vous venez avec Maminou ? On va raccommoder la tenue d'Eliott.

Cette année, comme d'habitude, elle a préparé pour les jumeaux leurs costumes d'Halloween. Ils fourmillaient d'idées et ont dessiné les modèles avec l'aide de leur grand-mère qui a ensuite cousu les tenues. Alice adore ces moments passés avec ses petits, même si elle a dû consacrer un peu de temps à la confection. Elle les observe avec tendresse, à nouveau frappée par la similitude de leurs traits. Avec leurs cheveux d'un joli blond cendré, leurs yeux noisette et ces petites taches de rousseur sur leur nez en trompette, ils sont mignons à croquer. Tout le portrait d'Ophélie au même âge ! Sous l'œil attentif d'Eliott, Alice recoud la tenue de pirate qu'il enfile avant de repartir jouer, ses larmes séchées.

— Alice, tu viens ? lance Gus depuis le salon mitoyen. C'est l'heure de notre rendez-vous téléphonique avec Paul.

— Un instant, j'arrive.

Tout en rangeant son nécessaire de couture sur le plateau de la vieille Singer de sa mère, elle se rappelle qu'elle doit rallonger la robe de vampire de Lou. C'est fou comme sa petite-fille grandit ces derniers temps, avec ce besoin pressant de sortir de l'enfance. Lou est si jeune, mon Dieu. Pourquoi brûler les étapes ? Ironie du sort, un jour, elle passera le reste de son existence à vouloir rattraper ce précieux temps gaspillé.

— Ça y est ? s'impatiente Gus. On vient de lancer l'appel.

Assis dans le canapé, tous fixent l'écran de la tablette. Martin a réussi sans problème à établir la communication avec son frère à Los Angeles.

— Salut, vous tous !

Confortablement installé dans un transat, la mine souriante, Paul sirote un grand verre de thé glacé. À l'arrière-plan, on distingue une luxueuse villa contemporaine. Lou et ses frères font des signes de la main à leur oncle, émerveillés devant ce décor qu'ils ont plutôt l'habitude de voir dans les films. Depuis la terrasse, la vue sur Beverly Hills est à couper le souffle. Martin et Elsa sont impressionnés, même Ophélie se range à leur avis. Cette fois, leur petit dernier a pris son envol, pense Gus, fier de son fils. À l'écran, il semble épanoui. Alice est heureuse de voir son petit monde apaisé.

— Je me trouve chez Levin Carlstein, le patron du studio, leur explique Paul. Il y a moins d'une heure, il m'a offert une place dans son équipe, ici, en Californie, que j'ai acceptée.

— Alors tu vas rester définitivement là-bas ? s'inquiète Alice.

— Jusqu'à la fin du mois d'avril, dans un premier temps.

— Cela veut dire que tu ne seras pas là pour les fêtes de Noël ?

— Je ne pense pas, m'man. Mais on trouvera bien d'autres moments comme aujourd'hui pour communiquer.

Gus prend la parole. Alice et lui ont une annonce solennelle à faire et profitent que toute la famille soit réunie pour informer leurs enfants de leur intention de procéder à une donation-partage de leurs biens.

— L'un de vous a un problème de santé ? s'enquiert Paul, soudain inquiet.

— Pour l'héritage on a encore le temps, vous ne croyez pas ? renchérit Martin.

— Rassurez-vous, les garçons, parler de succession ne précipite pas la fin, tempère Alice. Votre père et moi avons bien l'intention de vous embêter de nombreuses années encore.

— Le plus longtemps possible, alors ! plaisante Paul qui leur envoie un baiser de la main.

Gus et Alice veulent juste anticiper le jour où ils ne seront plus là. Le vœu d'Alice est que ses enfants restent une fratrie unie. Elle leur fait promettre à tous de ne jamais laisser l'argent briser l'unité familiale. Ses fils donnent instantanément leur parole, Ophélie les suit plus timidement.

— Bien, conclut Gus. Puisque vous êtes tous

d'accord, nous allons prendre rendez-vous chez maître Malric.

La conversation se termine sur des embrassades. Rassuré, Gus propose aux hommes de rentrer le bois de chauffage tout juste livré sous la remise en prévision des bonnes flambées. L'hiver, il aime passer les soirées avec Alice devant la cheminée à regarder les bûches crépiter dans l'âtre. Martin, Kévin et Elsa proposent aux enfants une partie de ballon dans le jardin. Alice se retrouve seule avec Ophélie, qui se propose de l'aider à finir de débarrasser.

— Ma fille, j'ai l'impression que cette affaire de donation te perturbe, remarque Alice tout en nettoyant la cuisinière. Je me trompe ?

— Non, non… C'est très gentil de votre part de penser à nous.

— Mais ?

— Il n'y a pas de « mais ».

— Ophélie ! insiste Alice. Je suis ta mère, je vois bien que tout ceci t'inquiète.

Embarrassée, Ophélie admet se sentir lésée. Elle pensait hériter toutes les parts de la jardinerie. Après des années d'implication personnelle, des journées de travail à n'en plus finir, sans parler des tracas quotidiens, elle va devoir partager tous les bénéfices à parts égales avec ses frères alors qu'ils ne font rien pour l'aider et se désintéressent complètement de l'activité. De fait, elle juge désormais sa situation inacceptable. Alice lâche un soupir impuissant avant de conseiller à sa fille de se montrer plus diplomate. Le temps arrange les choses. Pour preuve, elle lui rappelle l'accident qui a mis sur la touche Marcel. Ophélie voulait s'en séparer, le destin l'y a aidée. Sa fille en convient du bout des lèvres.

— Tu as été rosse avec Kévin, tout à l'heure, reprend Alice. C'est un bon mari, un père attentif.

Alice admire la constance de son gendre. Jamais un mot plus haut que l'autre, ni de brimade envers ses petits. Kévin n'est pas un sanguin, loin de là. Ils se complètent bien tous les deux. Kévin est là pour tempérer Ophélie, sans cesse affairée, tant au travail que dans leur foyer. Malgré quelques disputes sans conséquence, leur couple semble équilibré et les enfants heureux. Mais cette osmose apparente ne cache-t-elle pas un début de lassitude ?

— Tu as toujours été très indulgente avec Kévin. Tu l'aimes bien, hein ? Le gendre idéal en quelque sorte, remarque Ophélie.

— Oui, c'est vrai. Je l'apprécie beaucoup. Il te suit les yeux fermés dans chacune de tes décisions. Jamais il ne te contredit et tu peux toujours compter sur lui. Alors, essaie de te montrer plus prévenante. Il le mérite, tu ne crois pas ?

— Message bien reçu, maman. J'accepte de faire amende honorable. Il paraît que reconnaître ses erreurs est le premier pas vers la sagesse.

— Sache, ma petite fille, que je te soutiendrai toujours, quoi que tu entreprennes. Je te le promets.

— Je sais, maman. Merci.

— Que dirais-tu de retrouver la troupe ?

— Bonne idée. Je vais chercher ma veste.

Le soleil perce timidement à travers les nuages. La température est relativement douce. Alice s'allonge sur un transat et couvre ses jambes d'un châle. Ophélie rejoint son père pour lui donner un coup de main. Lou ne tarde pas à se glisser à côté de sa grand-mère, bientôt suivie des jumeaux. Entourée de ses petits, Alice savoure cette belle tranche de bonheur. *La Desserte* a toujours fédéré la famille, puissent les enfants garder cette maison. La bâtisse est beaucoup trop grande pour elle et Gus, maintenant qu'ils ne sont plus là, mais chacun est heureux de s'y retrouver. Quand tout ce petit monde sera parti, elle parlera à Gus à propos de la jardinerie. La revendication d'Ophélie est légitime et elle ne voudrait pas que cette répartition des biens pose problème.

Plus tard dans la soirée, Alice se décide à aborder le sujet. Ils s'apprêtent à se coucher.

— Gus, je pense que nous devrions céder toutes les parts de la jardinerie à Ophélie et partager le patrimoine immobilier, murs commerciaux compris, en trois parts équitables.

— Je te demande pardon ? s'étonne Gus en retirant ses lunettes.

— Les rapports entre Ophélie et Paul sont assez tendus, inutile de compliquer davantage la situation. Nous devons trouver une solution qui ne lèse personne.

— Tu as sans doute raison. Maître Malric pourra nous éclairer.

— Avant tout, tu dois avoir une vraie discussion avec ta fille, de celles que tu as parfois avec Elsa. Là aussi, j'ai l'impression qu'Ophélie se sent mise à l'écart.

Bien que la personnalité des deux jeunes femmes soit très différente et qu'Elsa exprime plus facilement ses idées, Ophélie a besoin de la reconnaissance de son père. Plus que jamais dans cette période difficile. Gus donne sa parole, avant de revenir sur l'enquête en cours et les éventuelles sanctions qui pèsent sur les épaules de Martin. Tout à l'heure, à table, leur fils a annoncé son intention de parler à la veuve de Flavien. Une pure folie ! Heureusement, Elsa l'en a dissuadé.

— Elle saura lui faire entendre raison, ne t'inquiète

pas. Quant à notre Paul, il a l'air heureux, poursuit Alice, rassurée de voir son mari abonder dans son sens. Quelle chance, tout de même, cette proposition, même si on doit se résigner à ne plus le voir aussi souvent. Cette perspective me déchire le cœur. Que l'oiseau quitte le nid est dans la logique des choses, je présume, mais là, c'est notre petit dernier qui prend son envol.

— Nous pourrons aller lui rendre visite en Californie quand il sera installé. Qu'en penses-tu ?

Alice se glisse entre les draps un grand sourire aux lèvres. Gus reste assis au bord du lit, comme figé.

— Tu ne te couches pas ? lui demande-t-elle.

Gus a le visage blême, elle comprend qu'il est sur le point de se délester d'une vérité encombrante.

— Alice, je crois me souvenir de quelque chose qui s'est passé le soir de l'inondation…

17

Alors qu'il ne boit jamais, Martin se sert un scotch et l'avale cul sec. La remontée d'alcool le fait tousser. Il en déteste le goût mais qu'importe, si cela lui permet de relâcher la pression. Las, il s'assoit sur le canapé, les yeux perdus dans le fond du verre. Moralement, il sombre, et s'il parvient encore à donner le change, c'est pour protéger ceux qu'il aime, Elsa surtout, qui partage sa vie, cette foutue vie qui lui échappe aujourd'hui comme lui ont échappé celles de Flavien ou Marion. Les eaux glaciales du fleuve l'ont happé dans un tourbillon sans fin dont il ne parvient pas à s'extraire. Un siphon a englouti ses certitudes, la détresse s'est emparée de lui.

Il est un peu plus de 15 heures lorsque Elsa rentre pour sa pause de la mi-journée. Martin ne se fait aucune illusion, elle a tout cerné de la situation. D'ailleurs, elle ne semble pas surprise de le trouver si tôt à la maison. Elle vient s'asseoir à ses côtés, le regard posé sur le verre qu'il tient encore entre les mains, et l'enlace de ses bras protecteurs. C'est précisément tout ce dont il avait besoin à cet instant. Elsa n'est pas dans le jugement ou la pitié, elle laisse son cœur s'exprimer, conduite par cet amour inconditionnel pour son mari. Dans un profond soupir mêlé de gratitude, il entame sa confession d'une voix atone :

— L'enquête interne a mis en évidence ma

responsabilité, autant dire ma culpabilité. Dans mon empressement, je n'ai pas pris la peine de vérifier les mousquetons de sécurité. Cela ne demandait que quelques secondes. Et ce moment d'inattention a coûté la vie à deux personnes. Quelques secondes qui ont fait de moi un criminel, Elsa.

— Ne dis pas ça. Tu as peut-être commis une erreur, mais tu n'es pas un criminel. L'homme n'est pas infaillible. S'il l'était, aucun accident n'arriverait jamais. Or, là, il s'agit précisément d'un accident, Doudou. Ta réaction a été humaine. Tu t'es soudain retrouvé face à un visage connu et tu as agi comme n'importe quelle personne courageuse l'aurait fait. Tu t'es jeté à l'eau, au sens propre comme au figuré.

— Elsa, je suis avant tout un professionnel spécialement formé au sauvetage en eaux vives. C'est mon métier de secourir les gens. Pour cela, je dois suivre les règles établies, qui servent avant tout à épargner des vies. Je suis sapeur-pompier.

— Oui, je comprends, mais ton métier, si beau soit-il, reste une profession à hauts risques. Au même titre qu'un chirurgien expérimenté n'a pas le droit à l'erreur. Mais, contrairement à toi, il peut refuser de prendre en charge un patient quand il le connaît. Il n'opérera jamais un membre de sa famille, par exemple. C'est là une énorme différence, tu ne crois pas ?

Elsa cherche à déculpabiliser Martin. Son argumentation tient la route, mais il n'est pas prêt à l'entendre, du moins pas encore. Pour lui, comme pour ses collègues, seul le résultat compte. Une vie perdue sera toujours un échec.

— Non, Elsa, j'ai failli, c'est tout. Ce retour à la caserne a été un enfer. Même si je ne suis pas suspendu, même si je n'ai eu aucun blâme et n'ai écopé d'aucune sanction officielle, je dois essuyer les regards suspicieux de mes collègues, les non-dits, leur froideur. Même Reyes, qui semblait pourtant me soutenir, commence à prendre ses distances. Il me recommande de ne pas faire de vagues et m'a cantonné au standard et à certaines tâches administratives afin de limiter les contacts avec le reste de l'équipe.

— Le temps que les choses se tassent, sans doute.

— Tu parles ! Chaque déclenchement de sirène me fait sursauter, chaque alerte me rappelle mon exclusion du groupe. Mes frères d'armes me rejettent et je ne peux pas leur en vouloir. Qu'aurais-je fait à leur place ? N'oublie pas notre devise : « sauver ou périr ». Et je ne suis pas mort, conclut-il après un moment d'hésitation et une immense peine dans la voix.

Il n'est plus bon à rien et se sent inutile. Depuis cette nuit tragique, il revit en boucle la scène de ce sauvetage raté. Marion qui s'accroche désespérément à la vie. Et lui qui ne peut rien, entraîné par les flots, Flavien dans son sillage. La fin est toujours la même, avec l'image du corps sans vie de son partenaire enfoncé dans la boue sur une berge du Vidourle. Cette vision le hante et il doit vivre avec.

— Je vais quitter le corps, annonce-t-il d'une voix blanche.

— Ça ne fera pas revenir Marion et Flavien. Allons, un peu de sérieux, Doudou. En raccrochant ton uniforme, tu risques seulement de priver les sapeurs-pompiers d'un élément valeureux.

Martin soupire, désabusé.

— Je ne sais pas. Je ne sais plus. Après tout, cette mise au placard est peut-être le signe qu'il faut que je raccroche. J'ai des responsabilités envers toi, maintenant.

— Nous en avons déjà parlé, Martin…

— Je sais, mais laisse-moi finir, s'il te plaît. À chaque

nouvelle mission, je pars avec la hantise de ne pas revenir et de te laisser veuve.

— Tu ne peux pas arrêter ! s'insurge Elsa. Tu es fait pour aider les gens. Tu as besoin de cette adrénaline comme de l'air que tu respires. Tu ne peux pas réécrire l'histoire. En revanche, tu peux la poursuivre. Afin de ne pas oublier ceux qui sont partis, justement.

— On est bien loin de la vie que je t'ai fait miroiter quand nous étions à Lyon, soupire-t-il, un triste sourire aux lèvres.

— Détrompe-toi, proteste Elsa. La vie est ainsi faite, avec des hauts et des bas. Tu traverses une épreuve difficile, je t'aiderai à la surmonter. Que tu te remettes en question était inévitable. Cela dit, je ne te forcerai jamais à faire quelque chose contre ta volonté. Tu souhaites décrocher, la décision t'appartient, mais je ne voudrais pas que tu la prennes trop vite. Psychologiquement, tu es fragilisé, voire encore en état de choc.

— Tu penses que je devrais consulter ?

Elsa lui adresse un sourire attendri.

— Je ne suis pas médecin, mais en tant qu'infirmière, je ne saurais que trop te le conseiller. Un professionnel t'aidera à ne pas sombrer. Les situations de stress auxquelles tu es régulièrement confronté ont fini par te conduire à la limite du *burn out*. Ton comportement aujourd'hui est révélateur. Consulter est peut-être la solution.

Trois coups portés à la porte interrompent leur discussion. Elsa se lève aussitôt et va ouvrir. C'est Alice. Elle l'invite à entrer mais sa belle-mère reste sur le seuil, visiblement ennuyée de déranger le jeune couple. Cette attention force le sourire de Martin. Sa petite maman est si discrète, c'est à peine si on l'entend. Mais si elle est venue jusqu'ici, c'est qu'elle a besoin d'un coup de main de la part de son fiston.

— Vous prendrez bien un café avec nous ? propose Elsa.

— Bonjour, maman. Quel bon vent t'amène ?

Il s'est levé et l'embrasse avec tendresse.

— Quand tu auras un moment, tu pourrais déplacer de gros sacs de vêtements pour moi ? Je dois les porter au dispensaire de la Croix-Rouge qui a ouvert une permanence réservée aux victimes de l'inondation. À l'approche de l'hiver, certains de nos voisins n'ont toujours pas reçu les aides promises et ils manquent de tout. C'est une question de temps, je sais. En attendant, les malheureux ont froid.

— D'accord, on y va quand tu veux, maman.

— C'est gentil, mon fils.

Elsa dispose les tasses à moka sur la table basse ainsi qu'une assiette de petits financiers au citron dont sa belle-mère raffole. Le regard de Martin s'attarde un instant sur le visage de sa mère. Au fil du temps, de petites rides sont apparues au coin des yeux et sur son front, mais elle a toujours la même énergie. Et il lui en faut pour pouvoir tenir le rythme ! Entre l'entretien de la maison, l'association de Gus, ses activités de bénévolat à Sommières et les petits-enfants, elle n'a guère de temps à elle et les semaines filent vite. Elle-même avoue être plus occupée à la retraite qu'elle ne l'était durant ses années d'activité. Entre deux gorgées, Alice observe discrètement Martin mais évite soigneusement de lui poser des questions dont elle sait qu'il n'a pas envie de répondre.

— Et toi, Elsa, pas trop débordée au cabinet ? J'imagine que vous avez eu des patients supplémentaires avec tous les événements.

— À vrai dire, pas exactement. Ce serait même

plutôt l'inverse. Les clients se font étrangement rares ces derniers temps.

Martin s'en étonne. La dernière fois qu'Elsa lui a parlé de ses activités au cabinet, c'était à propos de sa titularisation. Tout semblait rouler. Mais lui a-t-il seulement posé la question ?

— Cette situation est sûrement passagère, tempère Alice.

— Le malaise est plus profond, je le crains.

— Comment ça ? s'alarme Martin. Pourquoi tu ne m'en as rien dit ?

— Tu as suffisamment de problèmes. Je ne voulais pas t'ennuyer avec mes petites misères.

— Tu ne m'ennuieras jamais, lui rappelle Martin comme une évidence. Si tu nous racontais plutôt ce qui se passe.

En deux phrases, Elsa résume la situation.

— Le neveu de Luciano Calabrese a menacé d'attaquer le cabinet. Il accuse Marion d'avoir dérobé les économies de son oncle. Le problème, c'est qu'il raconte ces inepties un peu partout et nous pensons que c'est la raison de la baisse d'activité. Fatou, d'ordinaire optimiste, est inquiète.

La nouvelle jette un froid.

— Je pourrais peut-être vous aider à faire retomber le soufflé. Vous ne pouvez pas laisser courir de telles allégations. C'est grave. Je connais deux ou trois personnes de confiance qui se feraient une joie de calmer les esprits.

— C'est gentil, Alice, mais je dois avant tout éclaircir cette affaire. Même si la rumeur n'est pas fondée, elle est bien partie de quelque part.

Elsa les informe qu'elle a l'intention de mener sa petite enquête. Avant le drame, Marion avait une attitude étrange et se faisait parfois remplacer sans raison précise. Fatou, qui la connaît bien, s'en était étonnée. Difficile d'imaginer qu'elle ait pu avoir des intentions condamnables envers un patient, mais Elsa veut en avoir le cœur net.

— Je pourrais te donner un coup de main, propose Martin. Je connais tout le monde, ici.

— Si tu as le temps le soir, volontiers. Je ne finis pas trop tard ces jours-ci, et pour cause.

— Tu peux compter sur moi, tu le sais.

Qu'il veuille l'aider et qu'il en prenne lui-même l'initiative est encourageant, constate Elsa. S'occuper des autres, se sentir à nouveau utile lui fera du bien. Il l'embrasse, serein pour une fois, et raccompagne Alice. Quant à Elsa, elle va profiter de ce moment où elle est seule pour se reposer un peu avant de repartir en tournée.

Au garage, Martin charrie six gros balluchons contenant anoraks, manteaux, pulls, bonnets ou écharpes qu'il charge ensuite dans le coffre de la voiture de son père.

— Dis donc, tu as fait un sacré tri dans les armoires de la maison, fait-il remarquer à Alice.

— À quoi ça sert d'avoir deux doudounes quand une seule suffit ? déclare-t-elle. Autant en faire profiter quelqu'un.

Sa mère a toujours été généreuse, elle est toujours la première pour dépanner un voisin. Durant les inondations, elle s'est donnée sans compter. Martin lui propose de l'accompagner au local. Alice accepte avec joie, heureuse et fière d'avoir son fils à ses côtés. Ces moments-là sont devenus rares.

Dès leur arrivée, ils sont reçus comme des Pères Noël avant l'heure. Certaines bénévoles, des retraitées, complimentent ce grand garçon. Les regards sont bienveillants. Le curé, qui est présent, vient spontanément serrer la main de Martin. Cette sollicitude le réconforte. Au nom de toute la communauté, le père le remercie chaleureusement pour les nombreuses vies que lui et ses collègues sauvent à longueur d'année. Martin est gêné. Accepter de tels compliments après la mort de Flavien et de Marion est pour lui compliqué. Comme si le prêtre avait deviné ses pensées, il lui sourit avec bonté, avant de lui rappeler que les voies du Seigneur demeurent impénétrables. Martin doit savoir se pardonner et suivre le chemin de sa conscience.

Rasséréné, il raccompagne sa mère à *La Desserte* et décide de se rendre chez Louane, malgré les mises en garde d'Elsa. La veuve de Flavien habite un lotissement récent à la sortie de Sommières. Elle décharge un plein de courses de sa voiture lorsqu'il arrive. À sa vue, elle se hâte de prendre les affaires. Elle n'a nullement envie de lui parler.

— Va-t'en, lance-t-elle d'une voix menaçante. Je n'ai rien à te dire.

Martin s'avance malgré tout, et tente d'engager la conversation. Avec des paquets plein les mains, elle ne peut se soustraire. Il insiste, la retient par le bras. Elle essaie de se dégager et se met à hurler. Alerté par les cris, un voisin accourt.

— Qu'est-ce qui se passe, ici ? Monsieur, lâchez-la ou j'appelle les flics.

Martin ignore ses menaces.

— S'il te plaît, Louane, écoute-moi. Je t'en supplie. Juste deux minutes.

Effrayée, la jeune femme lâche ses paquets. Cette fois, le voisin intervient.

— C'est bon, m'sieur. Vous devriez partir maintenant.

Mais comme Martin ne semble pas vouloir bouger, l'autre se met à japper.

— Vous êtes bouché ? Fichez le camp. Vous n'avez pas compris que la petite dame refuse de vous parler ?

Louane, qui a repris ses esprits, intervient.

— C'est bon, monsieur Salinot. Merci de votre aide. Si j'ai besoin, je vous appellerai.

— N'hésitez pas. Je reste dans les parages.

Il adresse un dernier regard de défi à l'intrus et s'éloigne.

— Je te laisse deux minutes, Martin. Pas une de plus, lui assène brutalement Louane.

Martin respire profondément et s'adresse à la veuve de Flavien avec les mots du cœur. Il reconnaît avoir pensé sauver Marion en premier et a négligé d'assurer son binôme, comme l'exige le code de procédure. Il est responsable de ce qui est arrivé et à vie il portera la mort de Flavien sur la conscience. Il a longtemps hésité à venir la voir, et s'il le fait aujourd'hui, c'est surtout pour l'assurer de son soutien. Il sera toujours là pour elle et les enfants. Louane l'a écouté sans ciller et le toise maintenant avec mépris.

— Martin…

— Oui ?

— Je ne veux pas de ton aide, je ne tiens pas à ce que tu sois le substitut de Flavien auprès de mes enfants. Ils ont perdu leur père par ta faute. Comment oses-tu me proposer ça ? Tu es un meurtrier, Martin, alors remballe tes beaux discours et laisse-nous. Si, en venant ici, tu espérais me convaincre de ne pas porter plainte, c'est raté, lance-t-elle avant de lui tourner le dos.

Atterré, Martin réalise qu'en voulant soulager sa conscience il vient de jeter de l'huile sur le feu. Il aurait dû attendre, se montrer plus patient. Ne pas avoir écouté Elsa risque de lui coûter très cher.

18

Depuis l'inondation, Ophélie consacre la majeure partie de son temps à la jardinerie. Entre l'inventaire et la mise au rebut des pertes, l'installation d'un espace de vente provisoire afin de répondre aux besoins pressants de la clientèle, les commandes à honorer, les livraisons à réceptionner en boutique, les négociations avec les fournisseurs pour un échelonnement des factures, les démarches à entreprendre auprès des assureurs, les systèmes d'arrosage et de ventilation à réparer et les éternelles relances auprès des artisans afin qu'ils la dépannent entre deux chantiers, ses journées défilent à une vitesse folle.

Quand elle quitte la maison, les enfants dorment encore et elle n'a pas le courage de les réveiller. Et quand elle rentre le soir, ils sont déjà couchés. C'est Kévin qui les lève, leur prépare le petit déjeuner et les conduit à Sommières. Suivant un rituel immuable, il dépose d'abord les jumeaux à l'école, puis Lou à son collège situé à deux pas du cabinet comptable où il travaille à temps partiel. Kévin aurait pu prétendre à un meilleur poste mais cette alternative lui convient. Il a organisé son planning de façon à être à la maison le mercredi avec les enfants, ainsi que le vendredi après-midi qu'il consacre entièrement à la comptabilité de *Terre de garrigue*. Il est clair que sans lui, Ophélie ne pourrait pas s'investir à part entière dans l'entreprise. Après l'inondation, il l'a aidée à remplir les nombreuses déclarations de sinistre. Chaque soir, ils se retrouvaient tous les deux assis à la table de la salle à manger, épluchant les contrats d'assurance, jusqu'à ce qu'ils tombent de sommeil et aillent se coucher.

Ophélie sait qu'elle néglige son mari et elle s'en veut ; c'est à peine si elle se souvient de la dernière fois où ils ont fait l'amour. Depuis plusieurs semaines, elle doit résoudre un à un les problèmes et sa vie conjugale n'est plus au cœur de ses préoccupations. Elle a conscience du détachement physique qui s'est immiscé dans son couple mais elle ne fait rien pour qu'il en soit autrement. À quoi bon le nier, le désir s'est émoussé, autant par lassitude que par manque d'allant. Cela dit, Kévin a une attitude étrange depuis les événements, restant très évasif quand elle veut faire un point avec lui sur la comptabilité. Il noie peut-être le poisson dans l'eau pour ne pas l'inquiéter mais cette attitude fuyante n'est pas ce qui l'horripile le plus. Son mari n'a aucune ambition alors qu'elle aurait aimé avoir à ses côtés un homme énergique. Elle n'a pas l'impression d'être véritablement soutenue, comme s'il se complaisait dans ce confort routinier, sans chercher à trouver un épanouissement dans sa vie professionnelle.

Ce matin, elle a prévu de faire un point avec Yanis qui a commencé à ramasser tous les débris dans la serre et à déblayer les semis de chrysanthèmes. Depuis son embauche, il ne ménage pas sa peine et travaille dur. Ophélie aimerait convertir son contrat temporaire en CDI afin qu'il remplace ce pauvre Marcel dont l'arrêt de maladie a été prolongé. Ce jeune mérite sa chance. À sa grande surprise, elle découvre la serre entièrement débarrassée de ses gravats lorsqu'elle arrive. Yanis se trouve sur la parcelle en contrebas.

Il décharge une brouette remplie de feuillages et de semis qui ont séché au soleil depuis un mois et les brûle dans un gros bidon. Debout devant le brasier à surveiller le feu, le pauvre homme sue à grosses gouttes. Il a enlevé son tee-shirt, exhibant son torse imberbe. Ophélie le prie sèchement de se rhabiller. Elle tient à ce que son nouvel employé ait une tenue correcte devant les clients qu'il peut croiser à tout moment. Le jeune homme obtempère et s'excuse.

— Laissez le feu se consumer, se radoucit-elle, vous reprendrez demain matin. Allez vous mettre à l'ombre. Et pensez à vous hydrater !

Yanis la remercie et file prendre une douche dans le local réservé au personnel. Satisfaite, Ophélie regagne son bureau. Une montagne de paperasse l'attend. En premier lieu, elle doit appeler son fournisseur en caisses enregistreuses. Elles sont toutes à changer, comme le stipule le contrat. Si elle ne respecte pas la date d'échéance, le matériel ne fonctionnera plus lors de la prochaine mise à jour comptable à la fin du mois. Un comble, pense-t-elle. Sans parler de Kévin qui s'empressera de lui reprocher son manque de vigilance. Elle énumère ses impératifs au fournisseur lorsque son père entre dans le bureau. Gus s'installe dans le fauteuil face à elle et se contente de faire un geste à sa fille pour lui signifier qu'il est juste venu dans l'intention de passer un petit moment avec elle. Lui qui ne supportait pas les bavardages inutiles durant les heures de travail en est à présent l'instigateur, pense Ophélie. Comme il a changé… Dans le fond, c'est peut-être cela qu'elle lui reproche le plus. Plus le temps passe, moins elle a l'impression qu'il applique les règles qu'il lui a pourtant inculquées.

— Tu ne veux plus travailler avec les établissements Mardon ? s'étonne-t-il dès qu'elle a raccroché.

Dommage, c'est un excellent fournisseur. En trente ans de collaboration, nous n'avons jamais eu de problème avec eux.

— Leurs prestations deviennent trop onéreuses, papa.

— Un bon service, ça se paie. Ne lésine pas sur la qualité.

Mais qu'est-ce qu'ils ont tous aujourd'hui ? À croire que tout le monde s'est donné le mot pour la contrarier alors qu'elle est déjà à cran. Gus semble ne pas avoir perçu son agacement et poursuit sur sa lancée, lui conseillant des prestataires offrant des échéances de règlement plus confortables, ce qui lui donnerait plus d'aisance dans la trésorerie. Ophélie connaît ce discours par cœur et elle n'a ni le temps ni l'envie de l'entendre une fois encore.

— Merci, papa, mais je n'ai pas une minute à moi, dit-elle en faisant un effort pour masquer son agacement. Alors, si tu veux bien m'excuser…

— Si tu le prends comme ça ! s'écrie Gus, vexé. J'étais venu pour voir si tout allait bien. Après tout, débrouille-toi.

Irritée par la réaction de son père, Ophélie lui dresse le triste tableau de la situation. Tout ce que l'assurance ne remboursera pas, la trésorerie qu'elle n'a plus et qui lui aurait permis de sortir la tête de l'eau. Des emplois sont en jeu. Au passage, elle précise que c'est le quatrième mois cette année qu'elle ne se verse pas de salaire et qu'elle racle les fonds de tiroir dans l'attente de jours meilleurs. Loin d'être un privilège, travailler à son compte est une lourde charge. La liberté d'entreprendre se monnaie au prix fort. Ophélie ne veut plus continuer à trimer pour le compte de la famille, de Paul, surtout, qui s'est fait la malle et se pavane sur les hauteurs de L.A. ! Il est temps de remettre les pendules à l'heure. Au départ, il avait été convenu que ses frères l'aideraient à gérer la jardinerie. Martin a des circonstances atténuantes puisqu'il sauve le monde, mais Paul… Et tout le monde trouve cela normal !

— Calme-toi, ma fille. Ta mère m'a dit ce que tu avais sur le cœur. Je venais justement te voir pour en parler. J'ai réfléchi de mon côté.

— Sans moi, la boîte ne tiendrait pas, papa. Je prends tous les risques, je ne ménage pas mes heures pour maintenir la boutique à flot, au détriment de ma propre famille.

— C'est vrai, tu es une bosseuse. En cela, tu tiens de tes parents.

Le compliment la touche et elle se radoucit, sans pour autant perdre de vue son objectif.

— Papa, je voudrais gérer l'entreprise comme je l'entends et avoir les pleins pouvoirs. Je suis prête à renoncer au reste de mon héritage.

Son père est sur le point de lui répondre mais elle ne lui en laisse pas le temps et lui assène ses griefs. Elle apprécierait qu'à l'avenir il évite de se montrer trop familier avec le personnel et qu'il ne critique plus ses décisions devant un employé. Comment, dans ces conditions, se faire respecter ? Elle n'apprécie pas non plus qu'il passe derrière elle pour déplacer à sa convenance les pots dans les allées ou les articles présentés dans les vitrines. Ça ne peut plus durer.

— À vrai dire, je ne veux plus que tu traînes au magasin.

Gus accuse le coup, la dévisage un instant puis se retire sans dire un mot. Ce qui, pour elle, est le pire des affronts. Elle aurait aimé le voir sortir de ses gonds, avoir une discussion musclée avec lui. Mais rien de tout cela, si ce n'est ce silence qui l'accable. Son père s'arrête sur le pas de la porte, le visage grave.

— Je voulais t'informer que j'avais pris rendez-vous chez le notaire la semaine prochaine afin d'établir pour toi une donation pleine et entière de l'entreprise. Tu ne m'as pas laissé l'opportunité de t'en expliquer les modalités. Mais je ne veux pas abuser de ton temps si précieux, ajoute-t-il laconiquement. Comme tu l'as dit, être patron est une lourde charge. Je te laisse.

Ophélie pâlit, regrettant son emportement. Elle cherche à retenir son père, s'excuse, mais c'est peine perdue. Blessé, Gus prend congé sans même se retourner.

— Oh, bon sang ! gémit-elle. Comment ai-je pu lui dire tout ça ?

Elle prend conscience qu'un lien s'est coupé entre eux. Comment son père pourra-t-il lui pardonner une telle ingratitude ? Elle sait qu'elle devra faire amende honorable et se promet de remettre cette discussion à plus tard, dans un contexte apaisé. Peut-être devrait-elle en parler à sa mère. Elle saura lui conseiller les mots justes.

Elle saisit le premier devis sur la pile de courrier qui s'entasse depuis quelques jours. Elle doit absolument absorber tout le retard, ne serait-ce que pour encaisser les chèques. À midi, elle appelle Kévin pour lui dire qu'elle ne viendra pas déjeuner mais qu'elle s'efforcera de rentrer plus tôt pour passer un peu de temps avec les enfants. Il ne semble nullement contrarié. Elle a même senti une sorte de soulagement dans sa voix. Quelque part, son indifférence arrange Ophélie. Avant de se remettre au travail, elle va chercher une salade dans le réfrigérateur. Elle a toujours sous la main des boissons pour les bons clients et les fournisseurs importants, ainsi que des plats préparés pour elle quand elle n'a pas le temps de rentrer à la maison à la mi-journée. Par chance, elle a rempli le frigo hier. Elle sourit intérieurement, se demandant comment elle a pu trouver le temps d'aller faire des courses. Vers 17 heures, elle file à la boutique de la jardinerie pour faire un point avec les employés avant la fermeture à 18 h 30. Comme d'habitude, le responsable des rayons lui rapportera la caisse avant de partir. De retour à son bureau, elle passe encore quelques coups de téléphone et termine de trier la paperasse. Lorsqu'elle jette un œil à sa montre, elle constate qu'il est plus de 21 heures. Elle n'a pas vu le temps passer. Les enfants vont lui en vouloir. Étonnamment, Kévin ne s'est pas inquiété de son retard alors qu'elle l'avait prévenu qu'elle rentrerait plus tôt.

À la hâte, elle range quelques documents dans sa serviette en cuir. Elle les étudiera après avoir couché les enfants. Elle s'installera dans le petit espace qu'elle s'est aménagé sur la mezzanine du salon. Elle jette un regard rapide dans son bureau avant de sortir. Par acquit de conscience, elle va faire un dernier tour à la boutique. Pour se faire pardonner son retard, elle décide de rapporter aux jumeaux les deux poissons rouges qu'elle leur avait promis. Elle saisit l'épuisette posée à côté de l'aquarium – qui, par miracle, n'a subi aucun dommage – et attrape un couple de voiles de Chine qu'elle transfère délicatement dans une poche en plastique remplie d'eau. Cette espèce est fragile mais les deux poissons devraient supporter le trajet jusqu'à Aubais. Les enfants auront une belle surprise et elle s'en réjouit. Peut-être lui pardonneront-ils son ingratitude, même si elle a conscience qu'elle ne résout en rien le problème en apportant ce petit cadeau. Elle est si souvent absente…

Après s'être assurée que les accès au magasin étaient

tous verrouillés et que l'alarme était branchée, elle quitte enfin *Terre de garrigue*. À cette heure, il n'y a plus beaucoup de circulation mais Ophélie conduit avec prudence, bien qu'elle connaisse le trajet par cœur. Elle se méfie des animaux errants qui surgissent parfois sur la chaussée, éblouis par les phares. Arrivée en bas du village, elle aperçoit, juché sur son promontoire, le château d'Aubais dont la façade éclairée se détache dans la nuit. La conductrice met son clignotant à gauche et monte l'avenue Émile-Léonard, bordée de vigneronnes datant de l'époque où l'activité économique de la commune se concentrait autour de la viticulture. En cette fin novembre, peu de monde traîne dans les rues, hormis un groupe de jeunes sur l'esplanade. À hauteur de la pharmacie, elle se rappelle qu'elle doit absolument se faire vacciner contre la grippe. Il ne manquerait plus qu'elle tombe malade. Demain, sans faute, elle s'en occupera. L'ordonnance est dans la boîte à gants. La température extérieure a plongé et le village est désert. Ophélie imagine aisément les gens bavardant devant une bonne flambée, une tisane ou un verre de liqueur à la main. L'animation estivale est loin, bien que le souvenir des liesses populaires demeure visible toute l'année. À chaque intersection se trouvent des grilles de protection amovibles prévues pour sécuriser la chaussée et les trottoirs lors des courses camarguaises organisées en août, durant les fêtes votives. Sur les encadrements des portes cochères figurent les empègues, ces petits pochoirs réalisés par les jeunes gens ayant 18 ans dans l'année, une tradition bien ancrée dans le Gard et qui rappelle le début du XXe siècle, lorsque les conscrits fêtaient leur départ pour le service national. De petites bandes frappaient alors à la porte de chaque maison pour récolter un peu d'argent, marquant leur passage par des dessins plus ou moins liés à la culture taurine. La tradition des aubades se perpétue encore aujourd'hui. Cette année, une jolie croix de Camargue s'est ajoutée aux pochoirs figurant déjà sur le portail de la maison du Chemin des Pins.

L'utilitaire a quitté le centre du village et file maintenant en direction d'Aigues-Vives. Les habitations ont laissé place aux parcelles d'oliviers. Ophélie quitte la départementale et bifurque sur la droite. Il y a huit ans, Kévin et elle ont acquis un terrain au bout de l'impasse, planté de beaux chênes et de quelques oliviers, sur lequel ils ont fait construire une villa contemporaine aux lignes épurées. Exposé plein sud, le salon offre une vue imprenable sur le pic Saint-Loup et les contreforts des Cévennes. Ophélie s'y sent bien, elle a seulement peur qu'un jour ils ne soient plus en mesure de payer les mensualités et se retrouvent obligés de vendre. Elle gare le camion électrique dans le garage, recharge la batterie sur la prise haut débit fixée au mur. Dans la cuisine, elle dépose ses affaires, son sac et ses clés sur la table. Puis elle ôte son manteau qu'elle accroche dans l'entrée et se dirige vers le salon. Kévin somnole dans le canapé, devant la télé. Il ouvre à peine un œil lorsqu'elle dépose un baiser sur sa joue.

— Tu rentres tard, bougonne-t-il. On ne t'a pas attendue pour dîner. Je t'ai préparé une assiette que tu auras juste à réchauffer dans le four micro-ondes.

— Merci, c'est très gentil de ta part. Les enfants sont couchés ?

— À ton avis ?

Kévin s'est redressé et la regarde d'un air las. Il lui retrace la soirée, rien de particulier, si ce n'est que les enfants auraient aimé qu'elle rentre plus tôt, comme elle l'avait promis. Ophélie note la monotonie qui teinte sa voix et se sent mal à l'aise. Elle voudrait s'excuser mais quelque chose la retient. Elle ne sait pas ce qui la gêne le plus. De ne plus partager la vie de la famille ou l'attitude fuyante de Kévin. Elle aurait aimé se confier, lui parler de ses inquiétudes à propos de la pépinière dont la situation devient critique. Mais à chaque fois qu'elle tente d'aborder le sujet avec lui ou qu'elle lui demande de faire une analyse approfondie des livres comptables, il trouve toujours un prétexte pour reporter la discussion. Kévin est de nature pessimiste, il est sûrement conscient de la situation et peut-être n'ose-t-il pas l'inquiéter en lui dressant un bilan plus catastrophique encore. Hormis l'éducation des enfants, ils ne partagent plus rien. Ce soir, elle se sent plus solitaire que jamais.

— Je vais embrasser les petits, décide-t-elle.

Dans leur chambre, les jumeaux dorment profondément. Lou, sa fille, veille encore malgré l'heure tardive.

— Je t'attendais, m'man, lance l'adolescente sur un ton de reproche.

— Désolée, ma chérie. J'ai beaucoup de travail, tu sais. Mais je suis là.

— J'ai besoin de sous-vêtements. Il me faudrait un…

Gênée, elle n'ose pas poursuivre.

— … un soutien-gorge ?

— Oui.

Ophélie porte les yeux sur la poitrine naissante de sa fille et n'en revient pas.

— Tu grandis, ma puce… Promis, on ira à Nîmes en fin de semaine, après tes cours. Maintenant, bisou. Dors bien, ma chérie.

Elle referme la porte puis rejoint son mari dans le salon. Kévin grimace devant l'aquarium. Il vient de découvrir les deux poissons qu'elle a pris soin de transvaser lorsqu'elle est arrivée.

— Qui va s'en occuper ?

— Eliott et Jules en mouraient d'envie. Et puis ils l'ont mérité, leurs résultats scolaires sont en nette progression. Il faut les motiver.

Kévin hausse les épaules.

— Tu essaies de te racheter, c'est tout.

— Ils méritent bien une récompense, non ?

Excédé, Kévin se mure dans le silence.

Ophélie s'assoit à ses côtés sur le canapé.

— Pourquoi c'est devenu si compliqué entre nous, Kévin ? demande-t-elle avec regret. Je sais que je ne suis pas toujours à la hauteur et que depuis quelques mois tu fais tout à la maison. Mais il n'y a pas que ça. Pourquoi refuses-tu le dialogue dès que je te parle de la jardinerie ? Si tu ne veux plus t'occuper de la comptabilité, dis-le-moi.

Elle attend une réaction de la part de son mari, en vain. Une fois de plus, il choisit la fuite, préférant aller se coucher. Il quitte le salon sans même lui souhaiter une bonne nuit. Désemparée, Ophélie ne peut plus retenir ses larmes.

19

Au volant de sa petite Yaris, Elsa apprécie le soleil de décembre dont les rayons caressent son visage à travers le pare-brise. L'automne s'étire, les feuilles rouge et or des platanes refusent même de tomber. Il est tôt, les sols sont perlés de rosée et les collines sortent lentement de l'ombre. Elsa apprécie tout particulièrement l'aube, quand les rais de lumière balaient le vignoble sommiérois d'où émerge parfois une écharpe de brume. Les cyprès jalonnent la petite route de campagne où parfois se cachent des capitelles, ces cabanes en pierres sèches servant autrefois d'abri aux petits propriétaires terriens qui entreposaient leurs outils et leurs produits agricoles durant les vendanges ou les olivades.

Le spectacle de la nature qui s'éveille la détourne un instant de ses préoccupations. Hier, en fin d'après-midi, Fatou a été convoquée par les gendarmes en charge de l'enquête concernant l'accusation du neveu de Luciano Calabrese. Cette histoire d'argent liquide qu'aurait détourné Marion est impossible. Jamais leur collègue n'aurait été capable de soudoyer un de ses patients. Mais Elsa est inquiète. Elle n'a plus aucune nouvelle de Fatou depuis la veille au soir. Elle a bien essayé de la joindre plusieurs fois, en vain, son téléphone était sur messagerie. Où est-elle ? Elsa se demande si elle ne devrait pas appeler la gendarmerie de Sommières, se ravise finalement. Ils ne lui donneront aucune information par téléphone. Doit-elle se rendre sur place ? Officiellement, elle n'a pas encore de responsabilités au sein du cabinet. Par ailleurs, elle connaissait à peine Marion et elle ne voudrait pas se retrouver en tête de liste des suspects si d'aventure le neveu de Calabrese apprenait qu'elle aussi s'est rendue chez son oncle à plusieurs reprises. Fatou elle-même pourrait douter de sa bonne foi, ou pire encore, les gendarmes seraient capables d'accuser les trois infirmières d'abus de confiance et d'extorsion de fonds en bande organisée. Elsa a soudain l'impression que son destin bascule dans l'absurde. Tant d'innocents avant elle ont été victimes d'erreurs judiciaires. Cette pensée la fait frémir.

Entre deux visites, elle décide de faire un détour par chez Fatou. Arrivée au pied de son immeuble, elle constate que sa voiture n'est pas garée à son emplacement habituel. Si ça se trouve, la pauvre est toujours à la gendarmerie, cuisinée par les enquêteurs. C'est impensable. Fatou est une femme foncièrement honnête. Cette affaire les dépasse toutes les deux et prend des proportions exagérées. Elle doit absolument réagir. Arrivée à un rond-point, elle hésite une seconde à prendre la sortie vers Boisseron. Peut-être que si elle parlait au vieux Calabrese, les choses s'arrangeraient. Après ce qu'ils ont vécu tous les deux, un lien fort les unit maintenant. Elle est allée voir son patient plusieurs fois à l'hôpital depuis cette nuit de folie, et il n'a pas caché sa joie de revoir la jeune infirmière qui l'a sauvé, au péril de sa propre vie. Elsa aimerait connaître sa version des faits mais il est encore fragile. Le questionner serait probablement une erreur, au même titre que l'initiative désastreuse de Martin envers Louane. Depuis, ses collègues l'accusent de harcèlement moral.

Songeuse, Elsa poursuit sa tournée. Sa prochaine patiente attend son injection d'insuline. Tandis qu'elle traverse la garrigue, elle repense aux déboires de son mari. À la caserne, sa situation n'a guère évolué. Il est toujours cantonné à la maintenance ou au standard, autant dire qu'on l'a mis dans un placard. Son exutoire reste le sport. Il s'est inscrit dans une salle de gym à l'extérieur de la caserne où il se défoule après son service, allant jusqu'au bout de ses limites. Il rentre de plus en plus tard le soir. À la maison, il a entrepris un régime protéiné très strict à base de dinde ou de poulet, de blanc d'œuf et de fromage maigre. Entre les phases de prise de poids et celles d'assèchement, Elsa s'y perd et préfère le laisser gérer les repas afin d'éviter les erreurs. Sa masse musculaire s'est développée si rapidement que c'en est devenu inquiétant. Ce besoin maladif d'être au top de la forme est selon elle très préoccupant. Une véritable obsession qu'il cultive depuis la mort de Marion et Flavien. Le rapport de cause à effet est évident, néanmoins, elle se garde de tout commentaire. Ses séances chez le psy qu'il consulte depuis peu, et le yoga que le docteur Bassoli lui a conseillé commencent à porter leurs fruits. En attendant, il refuse de prendre des antidépresseurs et il devient vite irascible. Mais elle doit se montrer patiente et chercher un moyen de l'aider à refouler ce sentiment de culpabilité qui le mine. Le taux d'alcool relevé sur Marion le soir de l'accident n'ayant eu, hélas, aucune incidence positive sur le cours de l'enquête, elle s'interroge sur le passé de sa collègue.

Toujours aucune nouvelle de Fatou. Une fois encore, elle jette un coup d'œil à son portable qui reste désespérément muet. Ce n'est pas normal. Avec précaution, elle se gare sur le bas-côté, saisit son agenda posé sur le siège passager et l'ouvre à la page des rendez-vous du jour. Elle tente une nouvelle fois d'appeler sa collègue. Faute de réponse, elle laisse un énième message sur la boîte vocale. « Je serai au cabinet dans quarante-cinq minutes. J'espère te retrouver là-bas. Fatou, je suis morte d'inquiétude. » Saisie par un mauvais pressentiment, elle tente de dérouler le fil des événements depuis le jour où elle a rencontré le neveu de Luciano Calabrese. C'était à l'hôpital, au lendemain de l'inondation. Petit, les tempes grisonnantes, il demandait au médecin de placer son oncle en maison de convalescence, le temps pour lui de trouver un Ehpad qui puisse accueillir le vieil homme à sa sortie. Sauf, bien sûr, si entretemps Luciano mourait. La manière malsaine avec laquelle le petit homme à lunettes cerclées envisageait la fin de vie de son parent avait révolté Elsa. Il n'éprouvait pas la moindre compassion à l'égard de son oncle, comme s'il était pressé de le voir partir. Sa froideur l'avait glacée. Elle en disait long sur sa personnalité.

Elsa traverse à présent un repli du vignoble d'où s'élève une volute de fumée légère et cotonneuse. Des hommes taillent et brûlent les sarments de l'année. Lucette Vergèze, sa prochaine patiente, habite un petit mas au bout du long chemin caillouteux qui sillonne les arpents de vigne. Lucette est l'une de ses adorables « petites mamies », comme elle les surnomme, de ces veuves délaissées par leurs enfants et petits-enfants partis vivre en ville. Elsa sait que la presque nonagénaire l'attend avec impatience, assise dans son fauteuil voltaire, l'œil rivé aux carreaux, guettant le moment où la Toyota blanche franchira le seuil de son « petit coin de paradis ».

Avec une belle énergie, la vieille dame vient à la rencontre de l'infirmière alors qu'elle se gare devant le mas. Elsa sait combien sa visite compte aux yeux de Lucette. Au même titre que le facteur, le porteur de repas à domicile ou l'aide-ménagère, l'infirmière est pour beaucoup de gens isolés le seul lien avec le monde extérieur. Comme à son habitude, Elsa prend le temps de bavarder, d'ouvrir le courrier, de le lire à Lucette, de le lui expliquer, de la rassurer, autant de petites choses qui ne sont pas dans ses attributions mais sont essentielles au bien-être de sa patiente. Chaque rencontre est l'occasion d'un échange attentif et affectueux. Les papiers classés, l'injection d'insuline faite, l'adorable mamie propose à Elsa une tasse de thé. Les yeux pétillants de malice, elle en vient au sujet qui préoccupe l'infirmière.

— Ne perdez pas espoir, ma petite. À chaque problème il existe une solution. Mon aide-ménagère, madame Duriez, était une patiente de Marion. Elle m'a raconté vos déboires avec le neveu de Luciano Calabrese. Sans rentrer dans les détails bien sûr, elle est bien trop discrète, précise-t-elle d'un air entendu.

— Madame Duriez, vous dites ?

Elsa fouille dans sa mémoire. Ce nom ne lui est pas inconnu. Elle l'a entendu prononcé par Fatou lorsqu'elle égrenait la liste des patients qui leur tournaient le dos.

— Madame Duriez, oui. Une personne très discrète, confirme la jeune femme avec un sourire complice.

— Vous savez, ma petite, dans les environs les occupations sont rares, alors les gens bavardent. La preuve, même moi, qui ne sors jamais, je suis au courant des potins. C'est dire !

— Le bouche à oreille est une flèche empoisonnée, Lucette.

— Soyez tranquille, ma petite Elsa. De courir trop vite, les bruits s'essoufflent avant même d'atteindre leur but, doublés par les ragots suivants.

— J'espère que vous dites vrai, Lucette.

— Vous savez, je connais très bien Luciano, poursuit-elle. Nous avons fréquenté la même école. C'était au siècle dernier… On a le même âge tous les deux.

Elsa admire la vivacité d'esprit de sa patiente, toujours pleine de sous-entendus qui en disent long. Elle était autrefois professeure d'histoire et de géographie. Sous ses airs de petite mamie gâteau se cache une femme d'esprit, juste un peu affaiblie physiquement par le poids des ans.

— Luciano s'est marié très jeune avec une de mes amies. Marianne. La pauvrette est morte en couches et l'enfant n'a pas survécu. Je l'ai toujours entendu dire qu'il laisserait tout ce qu'il possède aux Petites Sœurs des pauvres… Et son corps à la science pour ne pas finir seul dans un trou. En fait, l'unique personne qui pourrait prétendre à son héritage est son neveu. D'après lui, il serait en partie responsable de la mort de Marianne.

— Vous parlez de quel neveu ?

— Il n'en a qu'un, et Luciano le déteste. Il ne lui laissera pas un centime, j'en suis certaine. Croyez-moi, si ce n'est pas déjà fait, il aura tout liquidé avant que ce charognard ne pointe le bout de son nez. Et je crois bien qu'il a même déjà donné sa maison en nue-propriété aux compagnons d'Emmaüs. C'est ce qu'il m'a laissée entendre, en tout cas.

Elsa termine de boire son café et s'apprête à partir. Lucette va chercher dans le meuble de la cuisine une boîte de marrons glacés qu'elle offre à l'infirmière pour ses étrennes. Noël n'est que dans quelques semaines mais elle prend de l'avance. Pour ne pas oublier, ajoute-t-elle avec malice. La jeune femme l'embrasse chaleureusement et repart avec son cadeau. Mais pour elle, les révélations que vient de lui faire Lucette sont un bien plus précieux. Elles pourraient l'aider à clarifier cette affaire de détournement d'argent. Tout en conduisant, Elsa ne peut s'empêcher de penser à Martin, privé de cette adrénaline qui l'a toujours porté, au point de vouloir abandonner son métier. Elsa ne veut pas le laisser s'enfoncer davantage. Elle se promet d'être plus présente dans les jours à venir, d'autant qu'en ce moment, *La Desserte* est bien vide en l'absence d'Alice et de Gus, partis depuis une dizaine de jours chez les Costini-Chemin, leurs excellents amis niçois, par ailleurs généreux donateurs pour l'association.

Comme prévu, Elsa fait un crochet par le cabinet avant de rentrer. Peut-être y trouvera-t-elle Fatou. On ne disparaît pas comme ça. Et puis elle a besoin d'elle pour fouiller dans le passé de Marion. Le cabinet se trouve au centre-ville, au premier étage d'un immeuble moderne construit au bord du Vidourle, à deux pas du pont romain. Elsa se gare à sa place réservée sur le parking aménagé entre les pilotis du bâtiment. Il est accessible tout le temps, sauf en cas de crue où il est interdit de stationner. Alors qu'elle s'engage dans l'escalier, elle croise des gendarmes, les bras chargés de cartons. La jeune femme repère immédiatement l'ordinateur portable de Marion. Impossible de ne pas le reconnaître avec le smiley collé au dos. Son sang ne fait qu'un tour. Elle grimpe les marches quatre à quatre mais se heurte à un gendarme en faction devant la porte du cabinet. Ce dernier lui en interdit l'accès.

— Vous ne pouvez pas entrer, mademoiselle. Une perquisition est en cours.

— Je travaille ici. Vous pouvez vérifier.

— Désolé, mais les consignes sont strictes.

— D'accord. Pouvez-vous au moins me dire si Fatou M'Babé se trouve à l'intérieur ? Je suis très inquiète de ne pas avoir de ses nouvelles. J'ai peur qu'il lui soit arrivé quelque chose.

— Un instant, mademoiselle, je me renseigne.

Par talkie, l'homme en faction appelle son supérieur. D'un signe de la tête, il signifie à Elsa qu'elle est autorisée à entrer. Il lui ouvre la porte et se déplace sur le côté pour la laisser passer. Fatou est au bout du couloir, elle s'entretient avec un gradé. C'est du moins ce que pense Elsa en voyant les galons sur les épaulettes de sa veste. Fatou aperçoit sa collègue, s'approche et l'étreint longuement.

— Je me suis fait un sang d'encre, Fatou. Pourquoi n'as-tu pas répondu à mes messages ?

— Je suis navrée, Elsa. Hier soir, en sortant de la gendarmerie, je me suis rendu compte que je n'avais pas mon portable. Je suis repassée au cabinet en pensant que je l'avais laissé là, mais je ne l'ai pas trouvé. Pas plus à la maison. J'étais tellement secouée que je me suis mise au lit sans même dîner. Je l'ai finalement récupéré tout à l'heure dans le coffre de ma voiture. J'ai dû le laisser tomber sans m'en rendre compte. Il était complètement déchargé. Entre les rendez-vous et la visite de ces messieurs, je n'ai pas trouvé le temps de te rappeler. Je viens seulement de prendre connaissance de ton dernier message.

— Pas de problème. Je suis contente de te voir.

C'est idiot, mais j'ai vraiment cru qu'ils t'avaient mise en garde à vue.

Fatou éclate d'un rire sonore.

— Tu regardes trop de séries policières, ma pauvre Elsa. On ne met pas les gens en garde à vue pour une simple déposition. Cela dit, ils m'ont « gardée » plus longtemps que je ne le pensais, hier soir.

— Et si je comprends bien, ils sont venus récupérer les affaires de Marion…

— Oui. Et ils embarquent aussi l'ordinateur du cabinet. On ne peut pas s'y opposer.

Des toussotements interrompent l'effusion. Le capitaine s'impatiente. Elsa est abasourdie. Comme elle le redoutait, cette affaire prend une mauvaise tournure. La réputation du cabinet risque d'être sérieusement écornée. De là à ce qu'elles perdent de nouveaux patients…

— Les choses vont un peu trop loin, Fatou. Il faut que nous nous défendions.

Elsa se tourne vers les deux agents chargés de la saisie.

— Vous faites une terrible erreur, messieurs. Si vous voulez connaître la vérité, vous devriez plutôt interroger Luciano Calabrese. Vous seriez étonnés d'apprendre ce qu'il pense de son neveu. Des choses certainement plus intéressantes que ce que vous pourrez trouver dans l'ordinateur du cabinet.

Les deux hommes ne font aucun cas de la réaction d'Elsa et terminent d'emballer le matériel. Cinq minutes plus tard, ils quittent le cabinet sans même saluer les deux jeunes femmes.

— Enfin partis, soupire Fatou. Viens ! Allons remettre un peu d'ordre dans ce foutoir et tu vas me dire ce que tu sais à propos du neveu de Luciano.

Elsa ne se fait pas prier. Tout en rangeant le

bureau, elle lui raconte ce que Lucette lui a appris cet après-midi.

— Les rapports entre l'oncle et le neveu ne sont donc pas au beau fixe, réagit Fatou. On peut tout à fait imaginer que c'est le neveu qui a piqué l'argent du tonton… Si c'est le cas, il avait alors intérêt à faire accuser quelqu'un pour brouiller les cartes. Une infirmière décédée, c'est bien pratique, tu ne trouves pas ?

— C'est une piste, en effet.

— Mais ? Vas-y, parle. À voir ta mine, j'ai l'impression que tu ne m'as pas tout dit.

— Depuis le début de cette affaire, je me pose souvent cette question : et si Marion était coupable ?

— Moi aussi, à vrai dire.

— Ah, tu vois !

— En fait, j'ai repensé à notre discussion de l'autre jour au sujet de la vie privée de Marion. Et un détail m'est revenu. Ce n'est peut-être rien, mais…

Vivement intéressée, Elsa invite sa collègue à poursuivre.

— Eh bien, voilà… Marion est devenue incontrôlable du jour au lendemain. Je ne t'en ai jamais parlé mais je pense qu'elle voyait un type en douce. Attention, ce n'est qu'une supposition, car elle ne m'en a jamais rien dit. Elle était très discrète s'agissant de sa vie privée.

— Si ça se trouve, elle fréquentait un homme marié, ou du moins en couple, en déduit Elsa qui ne voit pas d'autres raisons à une telle discrétion.

Fatou abonde dans ce sens. Marion s'absentait de plus en plus souvent les derniers temps, sans raison précise. L'arrivée d'Elsa au cabinet lui a rendu les choses plus faciles. Qu'elle ait eu un amant dont elle serait tombée follement amoureuse est une hypothèse envisageable. Et une femme amoureuse est capable de tout, même de voler les économies d'un vieux monsieur comme Luciano Calabrese...

Elsa propose à son amie de reconstituer l'emploi du temps de l'infirmière la semaine qui a précédé sa mort. Plusieurs fois, au cours de cette période, elle a demandé à être remplacée au pied levé. Sauront-elles un jour qui était vraiment leur collègue ?

20

Le soleil se reflète dans la baie vitrée du salon enveloppé d'une douce lumière. Les Lazaret sont réunis chez Ophélie qui a reçu toute la famille pour le déjeuner de Noël. Un café gourmand a clôturé le repas. Le ciel bleu est une invitation à aller se promener et Elsa suggère une escapade dans la garrigue. Ophélie encourage son petit monde à sortir. Pendant ce temps, elle rangera la maison. L'îlot central de la cuisine est envahi de verres et d'assiettes sales. Elsa et Alice proposent leur aide mais la maîtresse de maison refuse. Ouste ! Tout le monde dehors ! En premier lieu les enfants. Tout à l'heure, quand ils ont déballé les cadeaux, les jumeaux, dans leur excitation, ont abîmé le blouson tout neuf de leur sœur qui est partie bouder dans sa chambre. Lou rêvait de ce perfecto de cuir et elle n'avait cessé de harceler ses parents pour qu'ils le lui offrent. À l'école, toutes ses copines en ont un. Ophélie avait fini par céder, une façon pour elle d'alléger sa conscience. Une fois de plus, c'est Alice qui a mis fin à la discorde. Elle recoudra le passant de la ceinture dès demain.

Dans la salle à manger à présent déserte, Ophélie termine de débarrasser la longue table nappée de blanc. Parmi les verres à moitié vides, de petits monticules de sel rosés déversés ici ou là ont absorbé le vin tombé sur la nappe. Dans le seau à glace, la bouteille de champagne servie avec la bûche pralinée repose au milieu des glaçons à moitié fondus. Une serviette portant la marque d'un rouge à lèvres traîne sur une chaise. Revenue prendre une veste, Elsa la ramasse en passant et la dépose sur la table. Juste à côté du sapin habillé de guirlandes rouge et or, sur le manteau de la cheminée de marbre noir, trône une superbe crèche provençale avec de vieux santons. Elsa aime le réalisme naïf de ces petites figurines, particulièrement le « Coup de Mistral », une création des ateliers Fouque, d'Aix-en-Provence. Entièrement décoré à la main, il représente un berger qui marche, arc-bouté face au vent. Le drapé de sa cape et l'impression de mouvement du personnage luttant contre les éléments sont saisissants. C'est la première fois que la jeune femme passe un Noël en famille et qu'elle découvre toute la magie de la tradition provençale. Cette fête de la Nativité est tellement différente de celles qu'elle a connues jusqu'alors. Perdue dans ses pensées, elle n'a pas entendu Martin entrer. Il se tient derrière elle, la dominant d'une bonne tête, et l'enlace de ses bras puissants.

— Un baiser pour tes pensées.

— Tu serais déçu.

Martin caresse la nuque de sa femme, l'effleure de ses lèvres. Elle sent son souffle chaud dans son cou.

— Tes parents ne viennent pas se promener avec nous ?

— Papa est parti « étudier un dossier », comme il dit. Traduction : il en a pour une bonne heure de sieste. Maman s'occupe de sa petite-fille et Kévin joue au ballon avec les jumeaux dans le jardin. Quant à ma sœur, tu as compris qu'il vaut mieux ne pas traîner dans les parages si on ne veut pas se faire houspiller.

Martin se montre plus entreprenant.

— Comme il ne reste que nous, je me disais qu'une promenade en amoureux, rien que nous deux, c'était finalement inespéré.

— À la manière dont tu me déshabilles du regard, j'en arrive à me demander si tu songes vraiment à une promenade, monsieur Lazaret !

— Si tu préfères une sieste câline, je ne dis pas non…

Délicatement, il lui mordille l'oreille. Elsa proteste pour la forme. Sans plus attendre, son mari l'entraîne à l'extérieur. L'air est doux, il fait même chaud en plein soleil. Elsa noue sa veste autour de la taille tandis qu'ils remontent l'allée jusqu'au portail. Martin la prend par la main et marche à son pas. Ils rejoignent le Chemin des Pins et empruntent « la grande boucle ». Un peu d'exercice leur fera du bien après les excès de la table.

— Noël, les fêtes de famille, ces repas pantagruéliques, tout cela est si nouveau pour moi, reconnaît Elsa. Lorsque j'étais enfant, je me contentais d'un plat surgelé passé au micro-ondes que je mangeais devant la télé pendant que ma mère bossait à l'usine car elle était payée double. De toute manière, elle préférait travailler tant les fêtes de fin d'année la déprimaient. Pour moi, Noël était un jour comme un autre.

Ils passent devant une maisonnette, si minuscule qu'on dirait une maison de poupée. Elsa la trouve mignonne avec ses petits volets et son toit de tuiles vernissées.

— Une légende prétend que ce cabanon abritait autrefois les amours clandestines de deux Roméo et Juliette locaux. Faute de pouvoir s'aimer, ils se seraient donné la mort ici. Du coup, on l'a appelé « la triste baraque ». Tu as vu ? C'est écrit au-dessus de la porte.

— C'est beau et tragique à la fois.

— Quand nous étions gosses, nous avions une trouille bleue de venir ici.

Elsa aurait aimé avoir des frères et sœurs. Elle a souffert d'être une enfant unique, et contrairement à Martin elle s'est souvent ennuyée. Elle l'informe avoir téléphoné à sa mère dans la matinée, avant d'aller chez Ophélie. Elle a eu la désagréable impression de la déranger.

— Bêtement, j'ai cru qu'avec le temps, notre mariage et le fait que je m'installe loin d'elle, elle se montrerait plus sensible à l'esprit de Noël… Eh bien, non. Tout juste si elle ne m'a pas raccroché au nez. Il faut dire que mon père l'a quittée exactement à cette époque. Visiblement, elle en souffre toujours. Pour lui, elle aurait renoncé à sa propre existence s'il l'avait exigé. Elle était sa proie, sa chose, une amante docile et facile à manipuler, comme elle l'est à chaque fois qu'elle tombe amoureuse. Ce qui arrive souvent, d'ailleurs. Ma mère n'accepte pas de vieillir. Quand j'étais plus jeune, je n'étais pour elle qu'un fil à la patte, un boulet qui l'empêchait de mener sa vie. Elle me l'a suffisamment répété. En fait, rien n'a changé.

— Ma pauvre fée… Comment une mère peut-elle être aussi ingrate avec son enfant ?

— Je crois que maman ne s'est jamais remise d'avoir été abandonnée par mon père. Elle avait besoin d'un bouc émissaire. D'une certaine manière, elle m'a rendue plus forte.

— Puisque Noël est si important pour toi, je te promets qu'il y aura chaque année un sapin à la maison. Rien que pour toi et… nos nombreux enfants.

— Doudou…

Une nouvelle fois, Martin tente de la convaincre qu'ils devraient y penser. Pour Elsa, c'est beaucoup trop tôt. Ils ne sont pas pressés, elle veut profiter de sa vie de jeune mariée avant de songer à élargir le cercle. Et puis elle a de nombreux projets au cabinet et elle voit mal comment elle pourrait développer sa clientèle et assurer ses tournées avec un nourrisson dans les pattes. Consciente de le décevoir, elle promet à Martin d'y réfléchir. Oui, ils auront un enfant, simplement, elle demande encore un peu de temps.

— Quand ? insiste Martin.

— Un an, peut-être deux, l'assure-t-elle en fixant son regard bleu.

Ils longent un muret de pierres sèches qui borde le chemin. L'air est embaumé de senteurs de thym et de marjolaine. Elsa remonte les manches de son chemisier.

— Hier, on gelait, aujourd'hui, on enlève nos pulls. Le temps est foutraque.

— Ma grand-mère disait : « Il faut attendre la Chandeleur pour savoir si l'hiver passe ou prend vigueur. »

— Je pensais que tu n'avais pas connu tes grands-parents.

— Peu. J'étais très jeune quand ils sont morts.

— Moi, j'ai eu la chance de connaître ma grand-mère paternelle, mamie Bouchette. Quand mon père est parti, il a rompu les ponts avec toute sa famille. Même avec sa mère, à qui il n'a plus jamais adressé la parole. Elle est morte sans avoir revu son fils. Je l'aimais bien, mamie Bouchette. Ce surnom lui allait comme un gant. Chaque fois qu'on allait chez elle, elle nous cuisinait des bouchées à la reine. Je me souviens que ça sentait bon dans sa cuisine. Je pense souvent à elle.

Le couple de promeneurs délaisse la route goudronnée et emprunte un chemin poussiéreux.

— Là ! s'écrie Martin. Tu as vu l'écureuil ?

— Oui. Quel chenapan !

À un mètre d'eux à peine, le petit rongeur s'est arrêté au milieu de la chaussée et hésite à avancer dans leur direction. Mais le joli gland tombé aux pieds d'Elsa est trop tentant. En deux bonds, il le ramasse et disparaît sous un buisson d'églantiers. L'arbuste est chargé de baies rouges.

— Tu as dû, comme moi, t'amuser avec ces petites boules dans les cours de récré, non ?

— Et comment ! Impeccable comme poil à gratter ! Si ça se trouve, les gamins l'utilisent encore. Ce que l'on sait moins, c'est que ces baies, des cynorhodons, de leur doux nom scientifique, possèdent des propriétés toniques, astringentes et protectrices.

— En plus d'être une infirmière hors pair tu es naturaliste. Je t'adore, ma fée.

Martin s'est arrêté de marcher et fixe Elsa d'un regard langoureux. Elsa se blottit dans ses bras, attendant un baiser, mais son mari l'entraîne vers une parcelle plantée d'oliviers qu'ils traversent à petites foulées. Ils arrivent devant une petite chapelle romane construite sur une table rocheuse. Les fouilles ont révélé la trace d'un prieuré datant du XIe siècle. Martin explique à Elsa que les archéologues ont également découvert qu'une église carolingienne s'élevait déjà à cet emplacement au VIIIe siècle. L'édifice est entouré d'une ancienne nécropole comprenant de nombreuses tombes rupestres dont certaines ont récemment été mises au jour. Ils s'assoient sur un banc de pierre, devant le monument.

— C'est là que tu emmenais tes conquêtes ? le taquine Elsa.

— Mes conquêtes… Comme tu y vas ! Mais il y en a eu une, oui. Elle s'appelait Fyona. J'avais 12 ans.

— Sympa, comme balade romantique… Ainsi, tu attires tes amoureuses dans un cimetière !

— Suis-moi.

Ils contournent l'édifice et descendent en contrebas, vers une voie romaine qui apparaît au milieu des herbes folles. Sur les dalles en pierre déformées par l'érosion, on distingue deux sillons réguliers, creusés par les roues des chars au fil des passages.

— Où va-t-on ?

— J'aimerais te montrer une maison où on allait souvent avec Ophélie et Paul.

Ils rejoignent le chemin et continuent leur marche. Quelques centaines de mètres plus loin, ils arrivent devant une allée de platanes conduisant vers une ferme fortifiée. Flanquée de quatre tours, elle arbore de faux airs de château médiéval.

— On venait chercher des œufs ici les mardis et les vendredis. On jouait avec les fils des agriculteurs. Déjà, à l'époque, Ophélie et Paul n'arrêtaient pas de se chamailler. Quand ce n'était pas l'un, c'était l'autre. Ophélie commandait et Paul se rebiffait. Les choses n'ont guère changé. Même par écran interposé !

Martin fait allusion au dernier échange téléphonique avec leur frère. Paul ne pouvant être présent à Noël, il a appelé la veille au soir chez ses parents. Ophélie, qui était présente, n'a pas mâché ses mots à peine la ligne établie. Ces deux-là ne seront jamais d'accord.

— Les parents ont raison de partager leurs biens maintenant. En ce qui me concerne, je me fiche un peu de l'héritage. Au moins, les choses sont claires et on évite ainsi des brouilles inutiles. Enfin, je l'espère.

— C'est souvent l'argent qui divise les familles et révèle la vraie nature de chacun, ajoute Elsa, qui apprécie la position de son mari.

Elle a trouvé chez les Lazaret une vraie famille et elle n'aimerait pas voir cette belle unité se fissurer.

— Et pour Marion, vous en êtes où ? J'ai bien peur que nous ne connaissions jamais la vérité.

— Pour l'instant, les enquêteurs ont fait chou blanc. Ils ont épluché les comptes du cabinet sans rien trouver. Pas de trace d'argent détourné, même chose sur le compte en banque personnel de Marion. Il faut chercher ailleurs. Hélas, la principale intéressée n'est plus là pour se défendre. Et si c'est bien elle qui a fait le coup, quelqu'un a très bien pu la détrousser avant son accident. On ne sait même pas quand cet argent s'est volatilisé. Ce qui est sûr, c'est que le neveu de Luciano Calabrese ne lâche pas l'affaire.

— Maintenant que le cabinet n'est plus impliqué, tu vas oublier cette histoire, hein ?

Elsa n'est guère surprise que Martin tente de la dissuader d'aller plus loin, mais elle veut connaître la vérité et elle est bien déterminée à continuer à chercher.

— Je voudrais fouiller encore, en apprendre un peu plus sur Marion. Je suis certaine que nous allons trouver quelque chose. Cette histoire d'argent détourné et les circonstances de sa mort sont liées. J'en mettrais ma main au feu. Mon intuition me souffle de suivre la piste de l'amant secret. Fatou est aussi de mon avis, bien qu'elle ne tienne pas à approfondir.

Consciente du caractère spéculatif de ce qu'elle avance, Elsa compte malgré tout mener à terme ses investigations. Marion est-elle coupable d'actes délictueux ou simplement victime ? Quelque chose la chagrine sans qu'elle ne puisse réellement l'expliquer. Une autre personne pourrait être impliquée dans cette histoire de vol. Pour sa part, Martin a hâte de tourner la page. Il a vécu un cauchemar et a failli sombrer. Depuis quelques semaines, il se sent mieux et n'aspire qu'à retrouver la paix. Elsa s'en veut aussitôt de son indélicatesse. En s'obstinant ainsi, elle est consciente de remuer le couteau dans la plaie. Elle serre la main de Martin comme pour s'excuser.

— Il va bientôt faire nuit. On rentre ?

Ce soir-là, quand ils se mettent au lit, Elsa s'abandonne aux caresses de son mari et ils font l'amour avec passion. Tandis qu'ils reprennent leur souffle, Elsa est traversée par une fulgurance. D'un bond, elle quitte le lit et se précipite dans la salle de bains. Acte manqué ou simple hasard, elle n'a pas pris son contraceptif.

— Tu vas bien ? s'enquiert Martin depuis la chambre.

Un instant, elle hésite. Doit-elle mentir et en prévention décider seule de prendre la pilule du lendemain, ou au contraire partager avec son mari ses doutes et ses peurs ?

— Martin, j'ai oublié de prendre ma pilule…

21

Tandis qu'elle pousse son caddie dans les allées du supermarché, Elsa s'attarde au rayon puériculture. Devant l'offre pléthorique des couches pour bébés, entre les maxi-absorbantes, les hypoallergéniques, celles en tissu ou jetables, les bios, les écologiques et les biodégradables, elle est vite perdue. Si elle est enceinte, elle ferait mieux de se familiariser avec le sujet. Donner la vie, devenir mère et conduire un enfant vers le monde de demain est une formidable expérience qu'Elsa rêve de vivre avec Martin, seulement elle aimerait avoir le temps de se préparer à sa future condition de maman. Le bonheur immense que son mari a manifesté lorsqu'elle lui a dit qu'elle avait oublié de prendre sa pilule a chassé un instant les mauvais souvenirs de ces derniers mois et elle n'a pas eu le courage de lui ôter sa joie. En plus d'être un mari attentionné, Martin sera un très bon père et s'impliquera dans l'éducation de leurs enfants, elle en est certaine. Tout comme elle sait qu'il l'accompagnera pendant sa grossesse et la soutiendra le jour de l'accouchement. Mais, égoïstement, Elsa préférerait profiter encore quelque temps de leur vie à deux. Le mariage, la vie de couple, les Noël en famille, tout ça est si nouveau pour elle. Et puis sera-t-elle une meilleure mère que la sienne ? Déstabilisée par cet oubli qu'elle espère sans conséquence, elle a fait promettre à Martin de ne rien dire à la famille avant qu'elle ne fasse un test de grossesse, si tant est que ce soit nécessaire. Encore deux longues semaines de patience avant ses prochaines règles…

L'annonce d'une offre promotionnelle sur les ananas frais et les fruits exotiques la ramène à la réalité. Ce soir, elle a invité Fatou à dîner et ce petit clin d'œil à ses origines africaines résoudrait le problème du dessert qu'elle souhaite léger. Après les fêtes, elle a décidé de surveiller sa ligne. Elle n'a plus le temps de traîner, il y a beaucoup de monde dans le magasin et son réfrigérateur est vide. Elle ignore ce qu'elle va préparer à son amie. Elle s'est décidée à inviter Fatou à la dernière minute ce matin. Sa collègue avait des révélations à lui faire mais elle était en retard pour sa tournée et n'avait pas le temps de discuter. Tant de mystères… Depuis la perquisition au cabinet quatre semaines plus tôt, les enquêteurs en charge du dossier n'ont pas livré d'autres détails que ceux qu'elles connaissaient déjà lorsqu'ils leur ont rendu les effets professionnels de Marion. Son amie aurait-elle eu d'autres informations entretemps ? Peut-être le neveu de Luciano Calabrese a-t-il décidé de retirer sa plainte puisque les investigations n'ont rien donné. C'est la meilleure chose qui pourrait leur arriver.

Au rayon poissonnerie, Elsa choisit d'appétissantes crevettes qu'elle fera sauter avec de l'ail et du persil, ainsi qu'une belle queue de lotte en promotion. Elle préparera sa délicieuse recette de poisson à l'orange que Martin adore. En prime, elle prend quelques tranches de ce saumon sauvage qu'Ophélie a servi à Noël. Fatou apporte le champagne pour l'apéritif. Martin doit passer chez Étienne, le caviste attitré du clan Lazaret, pour acheter une bouteille de vin blanc du domaine Bos de Canna. Il s'occupera aussi du fromage.

De ce côté-là, il s'y connaît mieux qu'elle. Tout en sillonnant les allées, elle croise à plusieurs reprises des clients qui la saluent ou lui présentent leurs vœux. La plupart avaient déserté le cabinet au moment où le scandale a éclaté, mais ils sont revenus depuis.

Ses courses terminées, Elsa passe à la caisse avant de sortir. Près du parking, devant le supermarché, elle aperçoit une fillette qui s'élance sur la chaussée au moment où une voiture arrive pour se garer. D'instinct, Elsa l'attrape par le bras pour empêcher la petite de traverser. L'accident est évité de justesse.

— Merci, madame, s'écrie la mère de l'enfant qui arrive en courant. Vous venez de sauver ma fille.

Il s'agit de Louane, la veuve de Flavien. Sous le choc, elle se penche vers sa petite et la serre contre son cœur, avant de s'adresser à Elsa :

— J'ai eu un moment d'inattention. Une fraction de seconde, le temps de récupérer son frère qui s'enfuyait de l'autre côté. Sans votre intervention…

— Vous n'avez rien à vous reprocher, Louane, cela arrive à tout le monde.

Elsa s'est adressée instinctivement à elle en l'appelant par son prénom, par compassion sans doute. La jeune veuve est particulièrement fragile depuis le décès de son mari. Elsa l'a immédiatement reconnue pour l'avoir vue à l'enterrement de Flavien. Les deux femmes ne s'étaient jamais rencontrées, bien que leurs conjoints aient été très proches.

— Nous nous connaissons ? s'étonne Louane.

La jeune veuve serre sa fille contre elle tandis que son fils a trouvé refuge à sa gauche. Cette image touche Elsa. Trois abîmés de la vie blottis les uns contre les autres pour affronter une réalité qui les dépasse, insoutenable. Louane a coupé tout lien avec Martin, mais qui pourrait l'en blâmer après une telle épreuve ?

Flavien était un bon mari et un bon père, il a donné sa vie en tentant d'en sauver une autre. En tant que femme de sapeur-pompier, Elsa espère ne jamais avoir à s'honorer d'un tel héroïsme.

— Je suis Elsa, la femme de Martin Lazaret.

Louane accuse le coup, affiche un sourire crispé avant d'entraîner ses enfants à l'intérieur du supermarché sans dire un mot. Elsa ne lui en veut pas, elle aurait sans doute réagi de la même façon si elle avait perdu Martin. Elle aussi chercherait un bouc émissaire sur lequel rejeter sa colère, son impuissance devant une mort aussi injuste. Sans s'attarder davantage, elle charge les courses dans le coffre de sa voiture et rentre chez elle. Depuis son mariage, elle prend plaisir à jouer le rôle de la maîtresse de maison accomplie. Pour son anniversaire, Ophélie lui a offert un livre sur l'art de recevoir. Ce dîner sera l'occasion de s'entraîner à dresser une jolie table. Fatou n'arrivant qu'à 21 heures, après sa tournée, elle a tout son temps et pourra même prendre un peu de repos.

Après avoir rangé les provisions dans le réfrigérateur, elle se plonge dans la lecture d'un roman qu'elle avait mis de côté, ne trouvant pas le temps de lire. Malgré les ennuis au cabinet, Elsa a racheté les parts de Marion. Avec Fatou, elles ont relevé le défi de sauver leur activité, d'affronter leurs détracteurs et de s'expliquer auprès des patients qui leur ont conservé leur confiance. D'un commun accord, les nouvelles associées ont engagé un remplaçant début décembre. Du coup, elles peuvent s'octroyer une journée de libre de temps à autre. Elsa, qui rêvait d'une nouvelle coupe de cheveux, s'est payé le luxe d'aller chez le coiffeur dans la matinée.

Elle termine un chapitre quand son mari rentre du sport, la mine réjouie.

— Tiens, une nouvelle tête ! Ça te va très bien.

— Une envie qui me titillait depuis un moment... Ce n'est pas trop court ?

— Pas du tout. Tiens, j'ai ramené le fromage et le vin.

— Je vais préparer la table. J'ai une idée pour la déco. Le livre que m'a offert Ophélie est génial pour ça.

Il l'embrasse joyeusement, sa bonne humeur saute aux yeux.

— J'ai une excellente nouvelle à t'annoncer. Ou plutôt un miracle !

— Rien que ça ?

— Oui, un miracle. Louane a retiré sa plainte il y a une heure.

— Vraiment ?

— Ça signifie que je vais pouvoir bientôt repartir en mission.

Elsa n'est pas tellement étonnée de ce revirement de la part de la veuve de Flavien, bien que celui-ci ait été rapide. Ce qui s'est passé en début d'après-midi au supermarché n'est pas une simple coïncidence. Le hasard frappe à la porte quand on s'y attend le moins, et lorsqu'il est heureux, il faut savoir s'en féliciter. Ce soir, ils auront une bonne raison de lever les verres.

La belle Fatou fait son apparition à 21 heures tapantes. Elle arbore un boubou taillé dans un wax vert et jaune aux motifs géométriques qui met en valeur sa peau ébène. Elle l'a fait faire par une couturière de Sommières, qui a repris un modèle d'un créateur en vogue à Dakar.

— Tu es magnifique ! lance Elsa, impressionnée par la flamboyance du tissu.

— Il y a une boutique géniale à Montpellier, *Mam'zelle Fatou.* Ça ne s'invente pas ! On y trouve des choses superbes. Je t'y emmènerai, un jour.

— C'est la première fois que je te vois habillée autrement qu'en jean et baskets.

— Tu imagines la tête de nos patients si je me présentais à eux dans cette tenue ? Certains ne s'en remettraient pas, et je crois que nous en avons suffisamment perdu ces derniers mois, ironise l'infirmière. Bon, on trinque ? dit-elle en sortant une bouteille de champagne de son sac. Et en prime, elle est à bonne température !

Elsa s'empresse d'aller chercher le plateau de mises en bouche qu'elle a préparées après avoir dressé la table. Martin ouvre la bouteille et remplit aussitôt les coupes.

— Alors ? Dis-nous tout !

Fatou boit une gorgée avant de se lancer. En cette période des vœux, particulièrement chargée et éprouvante cette année, elle a trouvé le temps de se rendre à Combas, le village voisin, où réside la tante de Marion. Celle-ci l'a élevée comme sa propre fille et Fatou la connaissait pour l'avoir rencontrée à plusieurs reprises. La brave femme ignorait les soupçons qui pesaient sur sa nièce adorée, aussi l'infirmière n'a pas jugé bon de l'en informer. Inutile de salir sa mémoire. Un peu inquiète, Elsa surveille la réaction de Martin dont elle sait que cette histoire le contrarie. Étonnamment, il semble à l'écoute, voire pressé d'en apprendre un peu plus.

— Nous avons longuement discuté. Elle m'a confié que Marion était passée la voir le matin même du drame et qu'elle avait oublié son portable en partant.

— Son portable ? Mais il a disparu ! Personne ne l'a retrouvé, ni dans sa voiture, ni à son domicile. C'est bien ce que tu m'as dit, n'est-ce pas ? demande Elsa à Martin qui confirme aussitôt.

— Visiblement, elle en avait un autre. Un prépayé,

avec une carte Sim rechargeable. Tous les opérateurs télécoms en proposent. D'après sa tante, Marion semblait très agitée ce matin-là. Elle a passé son temps à répondre à des SMS, et quand elle est partie, elle l'a oublié sur la table de la cuisine. C'est dire si elle était contrariée. Quand Odette s'en est rendu compte, en toute logique elle n'a pas cherché à appeler sa nièce puisqu'elle n'avait pas son téléphone avec elle. Elle a pensé qu'elle repasserait le récupérer dans la journée. Et puis il y a eu l'accident…

— Et ces messages, tu sais de quoi il en retourne ?

— Mieux que ça. La tante Odette m'a rendu le téléphone. En fait, je lui ai un peu menti en prétextant que j'avais besoin de récupérer les numéros de certains patients. Elle me l'a donné en me disant qu'il ne servirait plus à grand-chose maintenant que sa pauvre nièce était décédée.

Tout en parlant, Fatou plonge la main dans son gros sac dont elle ne se sépare jamais et en extirpe le portable.

— Regardez ce que j'ai découvert…

Intrigués, Martin et Elsa s'approchent de leur invitée tandis qu'elle allume l'appareil. Le répertoire ne comporte qu'un seul numéro, sans précision de nom.

— J'ai essayé de retrouver le contact, mais ce numéro correspond également à un prépayé. Un ami à moi, qui travaille chez Orange, me l'a confirmé. Évidemment, personne ne répond aux appels. Quant à l'historique des SMS, il ne laisse planer aucun doute sur la nature des rapports que Marion entretenait avec cette personne.

Au hasard, Elsa en lit un à voix haute :

— « *Demain, ma femme récupère les gosses, on peut se retrouver chez toi à 17 heures.* » Elle avait un amant, j'en étais sûre. Un homme marié, apparemment.

— Et lis ce message. C'est le dernier qu'elle a reçu. C'était le soir de l'inondation. « *Ne fais rien. Serai vers 18 h 30 à la sortie de la ville, sur le parking après le rond-point, route de Salinelles. Rejoins-moi, et surtout ne fais rien.* »

— Le parking en question est situé en bordure du Vidourle, relève Martin, stupéfait. N'importe qui sait qu'il est extrêmement dangereux de s'y rendre lors d'une crue. Se donner rendez-vous à cet endroit alors qu'une alerte avait été lancée était une pure folie.

— Peut-être avaient-ils convenu de partir ensemble ce soir-là, suppose Elsa.

— Tu es trop romantique, ma belle, dit Fatou. Si tu lis tous les SMS, tu verras que rien ne suggère cette éventualité. Mais ce qui est certain, en revanche, c'est que Marion voulait que son amant quitte sa femme. Peut-être l'a-t-elle menacé ce jour-là de tout révéler.

— Ce qui pourrait expliquer ce « surtout ne fais rien » dans le dernier message qu'elle a reçu. Comme si son interlocuteur craignait quelque chose. Cette histoire n'est pas claire, conclut Elsa.

Martin semble visiblement gêné par la tournure que prend cette conversation. Elsa l'ignore, elle veut connaître la vérité et elle ira jusqu'au bout.

22

Il est des moments de l'existence où le besoin d'honnêteté l'emporte sur l'intérêt personnel et l'amour-propre. C'est exactement ce qui arrive à Gus ce soir, alors qu'il se rend à la jardinerie. Une première depuis six semaines, depuis ce jour de novembre où Ophélie lui a demandé de ne plus traîner dans les allées du magasin pour bavarder avec les clients ou les employés. Sur le coup, il s'est senti blessé, avant de comprendre que sa fille agissait pour le bien de l'entreprise. C'est elle qui incarne l'autorité, et elle ne tient pas à ce que son message soit parasité. Elle prend ses marques, c'est bon signe. À sa place, Gus aurait probablement réagi de la même façon, c'est donc à lui de tourner la page. C'est ainsi, il n'y peut rien. Pour s'émanciper, les enfants ont parfois besoin de tuer le père. Gus n'est pas orgueilleux de nature. Il trouve cependant dommage qu'Ophélie s'entête en refusant de l'écouter quand il lui prodigue quelques conseils. Ceux-ci ne visent nullement à la contrarier ou à l'obliger à s'inscrire dans une tradition, seulement à la guider dans ses décisions. Il ne fait que lui transmettre l'expérience de deux générations d'horticulteurs. Pour l'orienter, l'aider à étoffer son savoir-faire. Du plus loin qu'il s'en souvienne, il ne croit pas avoir été un jour en rivalité avec l'un de ses enfants. Bien au contraire. Il ne nie pas leur lancer volontiers des défis, mais il s'est toujours pleinement réjoui de leurs succès. Y compris ceux de sa fille. *Surtout* ceux de sa fille, car il est en terrain de connaissance à la jardinerie. Il se retrouve tellement en elle au même âge. Par son intermédiaire il a l'impression de vivre une seconde jeunesse, loin de lui son intention de la freiner dans ses initiatives. Ophélie est son plus bel atout. Elle est inventive, cherche sans cesse à innover. C'est bien ce qui le fascine.

Après avoir quitté *La Desserte* et marché une centaine de mètres le long de la route, Gus emprunte son raccourci habituel, un petit chemin de gravillons qui débouche sur le parking de *Terre de garrigue*. D'un pas alerte, il se dirige vers le magasin. Cette histoire d'héritage l'a rendu furieux, or, Gus déteste les histoires d'argent. Elles salissent et divisent. À Noël, il n'a pas apprécié cette énième altercation entre Ophélie et Paul, pas plus qu'il n'a admis leur dispute lors du déjeuner dominical le jour de l'Épiphanie. Il a bien noté l'embarras d'Ophélie lorsqu'ils ont tiré les rois. Il lui a même semblé qu'elle l'évitait. Lui, son père ! N'y tenant plus, il l'a prise à l'écart et lui a demandé de but en blanc ce qui la tracassait. Fidèle à ses habitudes, Ophélie s'en est tirée avec une pirouette, planquée derrière son masque de madame Tout-va-bien alors que rien ne va. Qu'est-ce qu'elle l'agace quand elle joue à l'indifférente alors qu'il la sent tendue, malheureuse, peut-être ! Il ne supporte pas qu'elle puisse douter de son amour. Ses enfants sont tout pour lui, son unique raison d'exister. Il est temps de crever l'abcès.

Le magasin est éteint, le rideau de fer de l'entrée principale est tiré. D'ici à quelques minutes, Ophélie sortira de son bureau et traversera le parking. Elle montera dans son fourgon électrique, ouvrira la vitre de sa portière et appuiera sur l'interrupteur du petit boîtier situé à gauche de la porte de service de la pépinière, boîtier qui actionnera une alarme à laquelle sont reliées les jarres disposées tout autour des bâtiments de *Terre de garrigue*. Cette mesure de sécurité complète le système d'alarme général dont sont équipées la boutique et les réserves. Une mesure qui s'est révélée très dissuasive au fil des années. Aucun cambriolage n'a été à déplorer. Gus en est fier, d'autant que cette idée vient de lui, à l'époque où il travaillait encore pour ses beaux-parents.

Il contourne le bâtiment et pénètre à l'intérieur de la zone de livraison par la seule issue restée ouverte. Il ne distingue rien dans la pénombre mais un bruit de pas précipités attire son attention. Ils proviennent de la serre mitoyenne. À travers les vitres embuées, Gus aperçoit quelqu'un courir, comme s'il s'enfuyait. Sans réfléchir davantage, il bondit à l'intérieur. Lorsqu'il parvient dans le vaste espace, il a juste le temps de reconnaître Yanis. Que fait-il encore là à cette heure ? Et pourquoi détaler ainsi ? Son sang ne fait qu'un tour. Ophélie… Pourvu qu'il ne lui soit rien arrivé. Il se précipite vers le bureau et dans son empressement manque de la renverser.

— Dieu soit loué, tu n'as rien… Je te dérange ?

— Non. Enfin, un peu. J'ai sali mon chemisier et je m'apprêtais à le nettoyer lorsque tu es entré.

À côté de l'ordinateur, sur un coin de la table de travail, un beignet à la framboise à peine entamé repose sur son carton d'emballage auréolé de taches de graisse.

— Pardon, j'aurais dû frapper. Tu excuses ton vieux père ?

Pour toute réponse, Ophélie réajuste le col de son chemisier, reprenant cet air affable qu'il déteste. Une telle distance ne devrait pas exister entre un père et sa fille. Gus veut y remédier, c'est bien pour cela qu'il est passé sans s'annoncer, même s'il n'est guère à l'aise avec les mots, même si l'abord glacial d'Ophélie ne lui simplifie pas la tâche.

— Si seulement il existait un truc efficace pour enlever ces foutues taches de graisse !

— Tu n'as pas de Terre de Sommières dans tes rayons ?

— Non. J'ai arrêté ce produit, nous n'en vendions pas suffisamment.

— Erreur. C'est le détachant à sec le plus efficace qui existe, le plus naturel aussi. Le pouvoir d'absorption de cette argile n'est plus à démontrer. C'est un produit éco-responsable, tout à fait dans l'air du temps, sur lequel tu pourrais marger correctement. Je suis surpris que tes clients le boudent. Tu devrais vraiment le mettre en avant.

— Merci, papa, pour cette belle leçon de SVT doublée d'un cours de marketing. Je te le répète, nous avons arrêté cette référence. J'ai laissé tomber les produits de nettoyage, *Terre de garrigue* n'est pas une droguerie.

— Justement ! Abandonne les pesticides et les détergents. Privilégie le naturel, le sain, le bio. Les gens veulent de l'authentique, du traditionnel. Ils n'en peuvent plus de tous ces produits chimiques qui polluent l'environnement. Tes clients t'en seront reconnaissants, la Terre aussi. Tu sais, les consciences ont évolué, Ophélie. La société change et je trouve que les enjeux qui se profilent sont fascinants. Si tu acceptes, je te propose d'animer un atelier jardinage en permaculture une fois par semaine.

— Et où prêcherais-tu la bonne parole ?

Gus est navré du cynisme de sa fille. Chaque fois qu'il fait un pas dans sa direction, elle semble reculer de deux. Malgré sa bonne volonté, il n'arrive pas à se faire entendre tant elle est hermétique au dialogue. Gus la sent particulièrement à cran, aussi préfère-t-il se retirer.

— Je repasserai un autre jour.

— Je ne voudrais pas que tu sois venu pour rien, réplique-t-elle, vindicative. Alors, vas-y, je t'écoute.

D'un geste compulsif, Ophélie tire sur les pans de son chemisier. L'instant n'est pas le mieux choisi pour discuter, pense Gus, mais en existe-t-il un meilleur ? Par pudeur, il choisit souvent de se taire au lieu d'exprimer ce qu'il ressent. Il ne veut pas qu'un jour les regrets succèdent aux non-dits et que la réconciliation devienne impossible.

— Pourquoi avons-nous tant de mal à nous comprendre, tous les deux ? lâche-t-il enfin.

Ophélie détourne le regard tandis qu'il cherche une entrée en matière pour exprimer ce qu'il éprouve sans la heurter. Amour, fierté, reconnaissance... Il a tant à dire que les mots se bousculent dans son cerveau. Alors, comme le lui a conseillé Alice, il choisit les plus simples, ceux du cœur.

— Parfois, il m'arrive de critiquer ta façon de gérer la jardinerie. Si je le fais, c'est dans le seul but de t'aider à ne pas reproduire mes propres erreurs. Mais tu es une vraie tête de mule. Tu es bien la fille de ton père. Et tu sais quoi ? J'en suis très fier. Ne le dis pas à ta mère, de toute manière, elle le sait déjà. De vous trois, c'est Martin qui lui ressemble le plus. Paul, lui, tient un peu de nous tous à vrai dire. Comme toi et moi, il est déterminé dans ses choix, il a la douceur de votre maman et, à l'image de son frère, il ne manque pas de courage. Parce qu'il en faut, du courage, pour traverser l'Atlantique et se lancer dans une carrière de graphiste aux États-Unis.

— Enfin, papa, tu as une conception étrange du courage. Entre sauver des vies au péril de la sienne et vouloir percer à Hollywood, il y a tout de même une différence. Les garçons ne jouent pas dans la même cour, tu es d'accord ?

— Paul a une sensibilité artistique. Qu'il partage avec toi, du reste !

— Moi ?

— Oui, toi. Je suis surpris que tu ne te connaisses pas mieux. Tu es une artiste, ma fille. Il suffit de voir comment tu as agencé la jardinerie. Ton site Internet est original, aussi.

Étonnée, Ophélie ose affronter le regard de son père.

— Je suis fier de toi, Ophélie. Je n'ai jamais réussi à te le dire mais ne m'en veux pas si je suis maladroit. Je n'ai pas eu une maman aussi exceptionnelle que la tienne. La mienne, elle ne m'a jamais pris dans ses bras ! Résultat : je suis devenu un vieil imbécile qui ne sait pas exprimer ses sentiments devant sa propre fille. Les embrassades, les effusions… Je suis toujours emprunté dans ces cas-là. Ne m'en veux pas.

— On ne peut pas donner plus que ce que l'on a reçu, reconnaît-elle avec indulgence. Excuse-moi si je suis parfois agressive avec toi. En ce moment, je suis un peu à cran.

— Avec l'inondation et tous les problèmes que tu as dû surmonter, tu t'en tires comme un chef.

— Merci, papa. Mais ce n'est pas la jardinerie qui me préoccupe le plus. Tu sais, avec Kévin, ça ne va plus très fort.

— Ne dramatise pas. Dans un mariage, il arrive qu'un couple traverse des tempêtes. On perd ses repères, on doute de soi, de l'autre, parfois. Ne crois pas que tout a été facile entre ta mère et moi. Nous aussi, nous avons connu des turbulences.

— Et comment vous en êtes-vous sortis ?

— Ta maman..., murmure son père en souriant. Je serais perdu sans elle.

— Je t'envie, reconnaît Ophélie, une émotion palpable dans la voix. Moi, je ne sais même plus si j'aime encore mon mari.

— Tu vois quelqu'un d'autre ?

Cette question lui a échappé et il regrette déjà son indiscrétion. Étonnamment, Ophélie ne semble pas s'en formaliser et répond avec franchise :

— Non. Si c'était le cas, je ne me poserais pas autant de questions ! Là, j'en veux à Kévin parce que notre vie n'est guère folichonne et qu'il me faut trouver un bouc émissaire. J'ai peut-être ma part de responsabilité, mais je m'ennuie avec lui. Je sais, c'est injuste.

— Avez-vous essayé d'en parler tous les deux ?

— Oui, une ou deux fois. Pour tout te dire, nous faisons chambre à part depuis quelques jours.

— Laisse ton cœur s'exprimer et au diable les convenances ! Ce qui compte, c'est ton bien-être ainsi que celui des enfants. Jamais nous ne te jugerons, ta maman et moi. Nous ne te demandons pas d'être parfaite, ma fille, nous voulons juste te savoir heureuse.

Touchée par ces mots, Ophélie baisse sa garde, à la fois surprise et soulagée de s'être confiée ainsi à son père. Gus savoure cet instant d'intimité. En venant ici, il n'en espérait pas tant, du moins voulait-il faire la paix avec sa fille.

— Il est tard. Je te raccompagne à *La Desserte* ? Je ne m'arrêterai pas, les enfants m'attendent.

Gus apprécie l'attention. Ophélie rassemble ses affaires, jette le beignet à la poubelle et ils sortent du bureau. Quelques minutes plus tard, lorsque Gus entre dans la cuisine où l'attend Alice, un délicieux fumet taquine son estomac affamé. Les émotions lui ont ouvert l'appétit.

— Ça sent rudement bon, ici, s'exclame-t-il gaiement.

— Pissaladière maison et salade de poulpe, annonce Alice qui termine de hacher une échalote et quelques feuilles de coriandre qu'elle essaime au-dessus du saladier.

— Je sais que tu en raffoles. Pas vrai ?

— Je t'adore, ma Nanie.

— J'espère bien !

Gus s'assoit à sa place habituelle, au bout de la grande table rustique qu'entourent dix chaises dépareillées, chinées dans les brocantes des environs. Il se frotte les mains à la vue des plats que sa femme dispose devant lui.

— Voilà bien longtemps que je ne t'ai pas vu aussi joyeux…, note-t-elle. Bien que j'en sois flattée, ne me dis pas que la perspective de manger en est la seule raison.

— Tu es une cuisinière hors pair ! Tu me régales depuis quarante ans. Mais tu as raison. Il y a autre chose. Je suis heureux, tu sais !

Gus a du soleil dans la voix tandis qu'il raconte ce joli moment qu'il vient de passer avec Ophélie à la jardinerie. Touchée, Alice lui prend la main.

— Tu te souviens comme nous étions complices, Ophélie et moi, quand elle était gamine ? Eh bien, j'ai eu l'impression de retrouver cette petite fille. Je crois que c'est la première fois depuis longtemps que j'ai une telle discussion avec elle. J'en suis heureux, vraiment.

Une ombre glisse dans son regard. Elle n'échappe pas à Alice qui le fixe avec insistance.

— Je crains que notre Ophélie ne traverse une crise

assez grave avec Kévin. Mais je suppose que tu t'en doutais ?

— Disons que cela ne m'étonne pas. Certains signes ne trompent pas.

— La fameuse intuition féminine..., ironise Gus. À ce propos, que penses-tu réellement de Yanis ? Je ne peux pas l'expliquer, mais il y a quelque chose qui me chiffonne chez lui. Je ne lui fais pas confiance.

Il lui rapporte l'étrange comportement du jeune employé dans la serre et la gêne de leur fille quand il est entré dans son bureau. L'espace d'un instant, Gus a cru qu'elle se réajustait. Ophélie traverse une mauvaise passe dans son couple, elle est plus vulnérable.

Alice part d'un franc rire.

— Mon pauvre Gus, tu vois le mal partout. Déjà le soir où Yanis t'a conduit à l'hôpital, tu avais peur qu'il te vole ta voiture.

— Si ce type a quelque chose à cacher, je le découvrirai tôt ou tard.

— Tu portes contre lui des accusations sans fondement. Yanis est un gentil garçon, il n'a rien à se reprocher. Il est poli et ne rechigne pas à la tâche.

— Tu es trop naïve. Réfléchis un peu. Nous ne savons rien de lui, si ce n'est qu'il est serviable.

— Nous n'avons jamais enquêté sur le passé de nos employés car nous leur avons toujours fait confiance. Je te trouve particulièrement injuste envers lui. Tu oublies qu'il t'a peut-être sauvé la vie.

— N'exagérons rien.

Gus s'est toujours méfié de ces personnes qui se trouvent toujours là où il faut et quand il le faut. Des anges tombés du Ciel qui cachent souvent des desseins moins louables. En tant que père, protéger les siens est sa priorité absolue.

— Mange pendant que c'est chaud, le coupe Alice.

Elle lui tend son assiette. Une belle part de pissaladière à la garniture généreuse sur une pâte dorée. Les papilles aiguisées, Gus oublie un instant leur conversation et ne résiste pas à l'envie de goûter. Une pure merveille. Fondante et parfumée. Une explosion de saveurs que sa femme sait sublimer en un subtil équilibre. Un mélange d'oignons émincés, d'anchois hachés et un bon quart d'herbes aromatiques. Fille de la garrigue, Alice a grandi dans un monde empli de parfums cajoleurs ou entêtants. Très jeune, sa mère l'emmenait dans la nature pour en récolter les trésors. Elle lui a fait découvrir les coins à mûres ou à prunes au bord du Vidourle, ceux à châtaignes un peu plus haut dans les Cévennes. Elle lui a appris à repérer l'aneth sauvage qui pousse partout au bord des sentiers, à reconnaître les différentes variétés de farigoule, le thym sauvage que l'on récolte de fin mars à mi-avril. En cuisine, elle invite partout le terroir à « chanter » ses subtiles variations. À *La Desserte*, ses promenades culinaires ont beaucoup de succès et chacun sait que les sorties en famille se transforment toujours en cueillettes ici et là, auxquelles petits et grands participent avec toujours le même enthousiasme. Alice donne, Alice veille. En cela, Gus l'admire. Elle voit tout. Et ce qu'elle ne sait pas, elle le devine par son étrange clairvoyance. Elle lui en donne à nouveau la preuve alors qu'elle lui fait part de sa dernière visite chez Martin.

— Il va beaucoup mieux depuis quelques jours. Elsa a eu raison de l'encourager à aller voir un psychologue. Ses séances ont apparemment été bénéfiques. Il revient de loin, notre grand.

— Sans compter qu'à la caserne, les choses se sont arrangées depuis que Louane s'est rétractée.

Ils ont terminé de dîner et Alice débarrasse la table.

— Je ne serais pas étonnée que la famille s'agrandisse

sous peu. Tu allumes une flambée pendant que je prépare la tisane ?

— Que veux-tu dire ? Martin t'a confié quelque chose que je ne saurais pas ?

— Non, mais je trouve Elsa bien rêveuse depuis quelques jours.

— Ton père avait des dons de sourcier, il sentait tout. Je te soupçonne d'avoir hérité de sa clairvoyance.

— Quelle drôle d'idée ! Allez, va préparer le feu ! Je te rejoins dans trois minutes.

Maya, la chienne, s'est levée et tourne autour de son maître devant la cheminée. Gus se penche vers l'âtre et craque une allumette qu'il place sous un fagotin de petit bois. Alors qu'il regarde le feu partir, le souvenir de Marion le rattrape soudain. Elle l'a contacté le soir de l'inondation, il en est certain. Il s'est souvenu de cela récemment. Juste un flash, comme ce soir. Il s'en était ouvert à Alice, sans autres précisions. De nombreuses zones d'ombre demeurent. Selon Alice, il a simplement perdu connaissance après avoir été assommé par une branche de platane et il mélange un peu la chronologie des événements de cette fameuse nuit. Rien à voir avec ce qui est arrivé à Marion. Gus a admis cette version bien qu'en son for intérieur il n'en soit pas totalement convaincu, du moins tant que ses souvenirs resteront perdus dans les méandres de sa mémoire défaillante.

23

— Depuis notre dernière séance, vous avez reconsidéré la question de l'identité. C'est bien, vous avancez.

Sensible aux encouragements de son psy, Ophélie se réjouit d'avoir appliqué au quotidien ses conseils, souvent captés au détour d'une phrase lors de leurs quarante-cinq minutes de consultation hebdomadaire. Depuis le début de sa thérapie, elle commence enfin à entrevoir des progrès dans son cheminement intérieur. Ce qui lui semblait auparavant incompréhensible ou douloureux s'avère bien plus limpide à travers le prisme de l'analyse. Pourtant, au premier contact, la relation semblait mal engagée. Ophélie avait d'emblée détesté cet homme taciturne et renfrogné, aux doigts jaunis par le tabac et à l'aspect négligé, mais très vite elle a reconnu ses compétences. Martin l'a dirigée vers la bonne personne. Elle a repris peu à peu confiance en elle et apprend maintenant, avec l'aide de son thérapeute, à assumer ses désirs et ses ambitions, tant sur le plan personnel que professionnel.

— Docteur, vous êtes donc en train de me dire que si je me laisse happer par la jardinerie, c'est uniquement pour occulter le fait que ma vie personnelle n'est que déliquescence ?

Son interlocuteur esquisse un vague sourire.

— Le vocabulaire que nous utilisons révèle nos

pensées intérieures. Vous venez d'employer le mot « déliquescence ». C'est un paramètre très intéressant.

— Je l'ai peut-être utilisé à mauvais escient. À la réflexion, j'aurais dû employer le mot « déconfiture ».

— Il n'en demeure pas moins que c'est « déliquescence » qui vous est venu à l'esprit. Ce terme n'est pas courant dans le langage commun. Arrêtons-nous un instant sur ce mot, voulez-vous ? Le choix est tout à fait pertinent si l'on considère le sens premier. En chimie, on parle de la propriété qu'ont certains corps à se dissoudre au contact de l'humidité. Quelle image cette définition vous évoque-t-elle ?

Ophélie réfléchit un instant et entrevoit une explication. L'inondation a brisé l'équilibre. Les eaux tourmentées du Vidourle ont englouti la femme qu'elle était jusque-là. Elle considère le thérapeute d'un air sidéré. Sa question a une résonance directe avec les événements passés et l'éclaire sur un point essentiel : elle a toujours pris ses décisions en fonction des attentes de ses proches. Afin d'exister à leurs yeux, d'être aimée par eux. Elle se devait d'être parfaite. Jusque-là, elle s'était satisfaite de sa condition de femme loyale, d'épouse fidèle, de mère irréprochable, d'écologiste convaincue et engagée. Elle s'efforçait d'être une cheffe d'entreprise responsable, garante des intérêts de tous. Or, cette quête de la perfection l'a presque anéantie. Le docteur Bassoli a raison, la crue a emporté avec elle la femme parfaite qu'elle ne veut plus être. Elle s'est menti à elle-même et par ricochet a aussi menti à Kévin. Elle se promet de lui parler. Le plus vite sera le mieux.

— Mon père, avec qui j'ai eu une conversation avant-hier, m'a dit qu'il ne souhaitait pas que je sois parfaite, mais heureuse.

— C'est ce que vous vouliez entendre, non ?

D'un signe de tête, Ophélie confirme.

— Je m'aperçois que papa m'a retiré un poids énorme des épaules.

— Il vous a dit surtout qu'il vous aime, et cela quels que soient vos choix, vos erreurs aussi. Vous avez le droit d'apprendre. Vous devez suivre votre intuition afin de vivre en harmonie avec vous-même.

Cette idée la réconforte. « À chaque chose malheur est bon », dit le proverbe. Sans le caprice du fleuve, sans le désastre qui a suivi, elle n'aurait peut-être jamais remis son existence en cause. Cette pensée lui arrache un sourire.

— Bien, reprend le docteur Bassoli. Avant de terminer notre séance, j'aimerais que vous pratiquiez un petit exercice. C'est tout simple. Vous pourrez d'ailleurs l'expérimenter chez vous, à la jardinerie, dans les bouchons, n'importe où, chaque fois que vous éprouverez le besoin de vous reconnecter à vous-même. Êtes-vous d'accord ?

Dans un premier temps, il l'invite à fermer les yeux, à se détendre. Ophélie se prête à l'exercice, bercée par la voix douce et rassurante du thérapeute.

— Maintenant, savourez la vie qui coule en vous, l'air qui entre dans vos poumons. C'est bien. Écoutez à présent les battements de votre cœur. Vous les entendez comme vous sentez le sang circuler dans vos veines. Vos pensées vont, viennent. Librement. Laissez-les circuler. Vous éprouvez la sensation de confort ou d'inconfort, assise dans ce fauteuil. Accueillez ses sensations sans essayer de les modifier. Elles sont vôtres. Vous êtes au cœur de vous-même, en tant que sujet de votre propre expérience.

Il la laisse méditer quelques secondes avant de mettre fin à leur rendez-vous.

— Un exercice à pratiquer sans modération, ajoute

le psy qui lui montre le livre dont il vient de lire un extrait, *Victime des autres, bourreau de soi-même*, du docteur Guy Corneau. Je vous raccompagne à la porte. C'est bien, nous progressons à grands pas. À la semaine prochaine.

Ophélie sort de cette séance pensive et étrangement sereine. Au volant, elle savoure cet état de grâce, un moment éphémère donc précieux. Avant de retourner à la jardinerie, elle fait un crochet par Congénies, où Romain Fabrégat l'attend. Elle l'a appelé en début de matinée, elle souhaitait le voir afin de lui annoncer une bonne nouvelle. Ils ne se sont pas revus depuis la réception à la jardinerie lors de la présentation au public des jarres vernissées de l'artiste. Ils ne se sont téléphoné qu'une fois, juste après la crue. Le céramiste avait très gentiment accepté qu'elle le règle à tempérament une fois les pièces vendues. L'inondation avait changé la donne, et il se doutait bien qu'en l'absence d'indemnités elle aurait épuisé la réserve en trésorerie de la jardinerie. Ophélie avait été très sensible à ce geste et tenait à le remercier de vive voix.

L'atelier de Romain Fabrégat se situe au fond d'une impasse où elle s'engage à pied après avoir garé son fourgon sur l'avenue. Entre deux murs érigés à hauteur d'homme, un chemin d'herbes folles conduit à un portail de fer forgé dont la peinture a cloqué sous l'effet de la corrosion. Dans un grincement strident, la grille s'entrouvre sur une cour gravillonnée où s'entassent, à l'abri sous un appentis, des palettes de sacs de terre, une cuve et un pick-up. Ophélie se dirige vers le bâtiment principal, une ancienne bergerie construite en pierres brutes du pays à l'époque où les carrières du Bon-Temps de Junas tournaient à plein régime. La poterie se trouve au rez-de-chaussée, dans la partie autrefois réservée aux animaux. Une large baie vitrée épouse la courbe d'une voûte en façade et apporte à la pièce la lumière blanche du nord. Romain est en train de « lever » un pot au tour à pied. D'un signe de tête, il l'invite à entrer.

— Je suis à vous dans deux minutes, déclare-t-il.

— Vous permettez que je regarde ?

— Bien sûr.

Sous ses mains expertes et la pression mesurée de ses doigts, la boule d'argile mouillée prend forme, s'arrondit ou se creuse. Une pièce unique prend naissance.

— J'utilise de la terre chamottée. La chamotte est constituée de grains de terre cuite de différentes tailles, intégrés ensuite à l'argile. Ce mélange permet une meilleure résistance, à condition toutefois de le malaxer suffisamment afin d'ôter toutes les bulles d'air. La terre devient plus homogène, plus malléable. Regardez comme elle se travaille bien.

Romain plonge l'avant-bras dans le pot qui tourne sur son axe entre ses jambes. Il s'incline légèrement pour donner plus d'ampleur à la base, puis remonte méthodiquement jusqu'au bord supérieur qu'il lisse de son pouce, large et légèrement courbé. Satisfait de son travail, il éteint le moteur du tour qui termine sa ronde pendant qu'il se redresse pour saluer la visiteuse.

— Comme j'ai les mains sales, je vous embrasse. Et j'en profite pour vous demander si on peut se tutoyer.

— Pas de problème. Ça me convient.

Ophélie apprécie sa spontanéité et la facilité avec laquelle il met les gens à l'aise. Le céramiste a une drôle de dégaine avec son tee-shirt délavé qu'il porte sous une salopette kaki trop grande pour lui. Son bonnet de laine enfoncé sur le crâne accentue encore son côté artiste.

— Je suis venue pour te remercier de m'avoir accordé un délai de paiement.

— C'est normal, avec les dégâts que tu as connus à la jardinerie.

— C'est vrai qu'avec la rupture de cette digue, nous n'avons pas été épargnés. Mais je présume que ta boutique au centre-ville a subi le même sort.

— Les murs ont souffert. Pour la marchandise, je n'ai là-bas que de petites pièces. Par précaution, je les avais montées à l'étage.

— En tous les cas, c'est très gentil de ta part de bien vouloir attendre.

— De rien. Je crois à la solidarité, à la lumière qui anime tout être humain. Chacun est capable du meilleur. C'est en tout cas ce que l'on constate quand on traverse des épreuves.

Sous le jet d'eau claire, ses avant-bras maculés d'argile retrouvent la couleur de sa peau cuivrée. Le visage de Romain s'illumine.

— Ce lieu m'inspire. Il est chargé d'ondes positives. À l'origine, cette bergerie accueillait les moutons élevés par les membres d'une petite communauté qui pratiquait le culte dans la maison mitoyenne, raconte-t-il. Une belle bâtisse aux allures de temple protestant. Au début du XIXe siècle, elle abritait des Quakers. Romain a hérité l'atelier de poterie d'un grand-oncle qui lui avait transmis les rudiments du métier. Il se prévalait d'être l'un des derniers descendants directs des *couflaïres*, ces libres-penseurs religieux appelés aussi les « inspirés du Languedoc ». En fille du pays, Ophélie a bien sûr entendu parler des Quakers. Leur implantation dans la région remonte à… Elle a oublié.

— 1788, précise Romain. Après avoir pris contact avec les Quakers à Londres, les inspirés ont fondé ici, à Congénies, la toute première assemblée française de ce mouvement religieux pacifiste. De Nîmes à Sommières, dans la vallée de la Vaunage, ils élevaient autrefois des moutons pour la laine, des vers à soie pour le fil précieux, pendant que les catholiques labouraient les champs. Les protestants filaient dans leur magnanerie. Et les juifs commerçaient.

— Une terre d'échanges et d'idées, en quelque sorte, ajoute-t-elle.

— Une terre où la richesse est née de la différence.

Romain se tient si proche d'elle qu'elle devine son parfum aux senteurs musquées qui se mêlent à celles de l'argile. Elle en éprouve un léger trouble mais se ressaisit aussitôt.

— Je venais t'annoncer que j'ai vendu la totalité de tes vases hier à un couple d'Anglais. Ils passaient par hasard et ont eu un coup de cœur. Je suis allée les leur livrer ce matin. J'ai pris des photos. C'est magnifique.

Elle sort son portable de son sac à main et lui montre les poteries installées dans un jardin à l'anglaise. Dans un désordre savamment étudié, la nature entoure une ancienne magnanerie cévenole restaurée avec soin. Les nouveaux propriétaires ont ouvert des chambres d'hôtes de luxe.

— Si tu as d'autres pièces…

— Suis-moi.

Dans la salle attenante, basse et voûtée, une série de vases d'Anduze, d'amphores d'inspiration romaine ainsi que des réalisations contemporaines sont entreposées de chaque côté du four de cuisson.

— Ce qui compte, c'est la couleur au moment de l'émaillage. Trop de manganèse, de fer ou de chrome, et la combinaison des oxydes métalliques vire complètement. Vas-y, fais ton choix. Prends ton temps, touche-les. Les dégradés sont infinis.

Ophélie aime l'entendre parler de son métier. Son

esprit la ramène à *Terre de garrigue* à laquelle elle est tant attachée. Bien plus qu'une simple affaire commerciale, la jardinerie représente à ses yeux un espace où l'on prend le temps de comprendre la nature, un lieu d'échange et de connaissance où les clients du magasin apprennent à la préserver et à l'entretenir. Souvent, d'ailleurs, ils reviennent en quête de conseils. Pour Ophélie, tout comme pour ses employés, le monde des végétaux reste le plus beau cadre professionnel qui soit. Pour rien au monde elle ne travaillerait entre quatre murs, enfermée à longueur de journée. Très vite, l'air lui manquerait. Au milieu de ses plantes et de ses arbres, elle s'épanouit. Qu'importe les problèmes, elle trouve toujours la force de les surmonter. Pourquoi aller chercher ailleurs ce que la vie lui offre sur place ?

— Je crois deviner ce à quoi tu penses, déclare-t-il. Comme moi, tu ne vois pas les heures passer parce que tu n'as pas l'impression de travailler.

— C'est exactement ça. À la jardinerie, je me sens chez moi.

— C'est pour cette même raison que j'ai aménagé un studio juste à côté de l'atelier. Rudimentaire, certes, mais j'en avais assez de traverser le village en pleine nuit pour venir ici lorsqu'une idée me venait.

— Tu travailles la nuit ?

— Oui, j'ai le sentiment de mieux vivre en harmonie avec les éléments à la lueur des étoiles et de la lune. C'est un temps propice à la création. Quoi de plus merveilleux ? Il m'arrive souvent de crayonner. J'ébauche le décor d'une pièce d'ornement ou j'élabore la formule d'un mélange de couleurs. Mon esprit est plus vif la nuit, ou à l'aube, quand la nature s'éveille. C'est dans ces moments que je me sens le plus libre. La liberté n'est pas un dû, elle se mérite, mais quand tu y goûtes, tu ne peux plus t'en passer. Pour rien au monde je n'échangerais ma vie. Chacun est maître de son destin, tu ne crois pas ?

Les derniers mots prononcés par Romain tournent en boucle dans l'esprit d'Ophélie tandis qu'elle rentre sur Aubais, se mêlant aux confidences de son père et aux conseils de son psy. « Nous ne te demandons pas d'être parfaite, ma fille, juste heureuse », « votre père vous aime, vous avez le droit de vous tromper », « chacun est maître de son destin », autant de vérités qu'elle doit intégrer. Arrivée à la maison, elle rassemble son courage. Elle sait ce qui l'attend derrière la porte. Une appétissante odeur la cueille à l'entrée, confirmant ses craintes. Malgré l'absence des enfants, partis à la neige avec leurs grands-parents, Kévin a préparé le rituel gratin dauphinois du lundi. Incapable de sortir de sa routine, il reproduit à longueur d'année les mêmes gestes, utilise les mêmes expressions. D'avance, elle connaît la première question qu'il va lui poser et elle ne se trompe pas.

— Comment s'est passée ta journée ?

Un accueil somme toute gentil et attentif, mais qu'elle ne supporte plus. Mon Dieu, elle déteste ce qu'elle s'apprête à faire ! Ophélie ne souhaite pas blesser son mari, mais elle ne voit pas d'autre issue. Elle tente une approche en douceur.

— Elle s'est révélée très instructive.

Trop absorbé à surveiller la cuisson de son plat, Kévin ne réagit pas. L'a-t-il seulement entendue ?

— J'ai mis beaucoup de fromage râpé pour obtenir une croûte bien épaisse, dorée comme tu l'aimes.

— Tu m'as posé une question mais tu n'as pas écouté la réponse, se désespère-t-elle.

Jamais elle ne pourra lui reprocher de se désintéresser du confort des enfants ou du sien. Mais au stade où ils en sont, ses petites attentions ne la touchent plus. A-t-il seulement compris la gravité de la situation ? Pas une seule fois, depuis qu'ils font chambre à part, il n'a abordé le sujet. Au contraire, il semble résigné. Ce constat la désole, l'attriste, la révolte.

— Ma séance chez le psy m'a révélé beaucoup de choses, aujourd'hui. J'ai obtenu des réponses à certaines de mes questions.

Kévin ne réagit pas. Rien. Pas un mot. Pas un geste. Ophélie s'en veut terriblement de la peine qu'elle va lui infliger, mais elle n'a pas le choix.

— L'inondation du 29 septembre est l'élément qui a tout déclenché, quoique l'édifice était déjà fissuré. Les problèmes se sont accumulés, notre vie bien ordonnée a été malmenée et j'ai failli baisser les bras. Mais je tiens. Et tu sais pourquoi ? Grâce à ma thérapie.

— Heureux pour toi. Tu peux me passer le dessous-de-plat qui est derrière toi, s'il te plaît ?

Excédée, Ophélie tend la planche à découper et poursuit, plus virulente :

— Ce travail d'analyse m'a permis de comprendre quelques mécanismes de la pensée humaine. Certaines choses que je refusais de voir jusque-là se sont imposées à moi brutalement.

— À propos de nous ? souffle tristement Kévin, le regard perdu.

— À propos de nous, c'est ça, répond-elle le cœur lourd.

Ophélie s'arme de courage. Il lui en faut pour remettre en cause des années de vie commune. Et puisque est arrivée l'heure des choix, elle désire une vraie séparation physique, chacun chez soi. Afin de faire le point.

— En toute franchise, j'ignore si cette situation sera provisoire ou définitive, ni même si nous pouvons encore envisager un avenir commun. Pour le savoir, nous devons expérimenter cette séparation temporaire.

Hébété, Kévin reste prostré. Ophélie ne décèle ni colère ni tristesse. Alors, elle poursuit sur sa lancée.

— Concernant les enfants, je propose que nous partagions des gardes.

— Alors, nous en sommes là tous les deux ? lâche-t-il, incrédule.

— Oui, Kévin, nous en sommes là. Mais en priorité, nous devons penser aux enfants.

Pragmatique, Ophélie propose de louer un petit appartement à Nîmes où, à tour de rôle, chacun séjournera quand il n'aura pas les petits.

— Visiblement, tu as tout prévu, réplique Kévin dans un soudain regain de fierté. Tu vois quelqu'un ? Je suis en droit de savoir si je suis cocu.

Ophélie s'en défend. Elle souligne que contrairement aux hommes, qui se laissent guider par le sexe, une femme a parfois besoin de s'isoler pour savoir quelles décisions elle doit prendre. Elle ne le quitte pas pour quelqu'un mais pour se retrouver elle. Avec une déconcertante soumission, Kévin baisse la tête, s'installe à la table et lui sert une assiette. Prise au piège, Ophélie se sent obligée de manger. Les habitudes reprennent le dessus alors qu'ils doivent réfléchir à leur avenir. À tout prix. Mais Kévin n'en a pas conscience, ou ne veut pas le voir. Au cours du dîner, il l'informe de la situation alarmante de *Terre de garrigue*.

— J'ai parlé au banquier cet après-midi. Il nous laisse une semaine pour combler le découvert, pas un jour de plus.

Suite aux démarches qu'ils ont effectuées auprès des assurances, leur commerce peut prétendre à des indemnités réservées aux sinistrés d'une catastrophe naturelle. Mais le versement tarde à venir et la trésorerie est au plus bas.

— Quelles sont les options qui nous restent ? s'inquiète-t-elle.

En quelques mots, Kévin lui expose la dernière alternative qui permettrait de sauver l'entreprise familiale.

— Tu as encore la possibilité de contracter un emprunt personnel, mais comme la maison est déjà sous hypothèque, il te faudra la caution de tes parents pour convaincre le banquier.

Par anticipation, Kévin a imprimé tous les documents à signer et les tient à sa disposition. La décision lui revient.

— Tu es en train de m'expliquer que je suis acculée et qu'il n'y a pas d'autre solution pour sauver l'entreprise, c'est ça ? s'emporte-t-elle.

— Oui, c'est bien ça, confirme-t-il en soupirant, comme résigné.

Ophélie ne comprend pas. Comment ont-ils pu en arriver là ? Pourquoi ne l'a-t-il pas alertée plus tôt ? Elle savait que la situation était préoccupante, mais pas à ce point. Un crédit supplémentaire pour faire la jonction en attendant l'indemnisation, pourquoi pas, mais demander à nouveau à ses parents de l'aider…

Elle ne sait pas, elle ne sait plus.

Atterrée, elle considère Kévin du coin de l'œil. Elle voit le père de ses enfants, le compagnon affable, l'aimable partenaire. C'est vrai, elle ne nie pas ses qualités, mais s'il était un inconnu qu'elle croiserait dans la rue, elle ne serait même pas certaine de le remarquer. Une profonde lassitude la saisit. Elle se sent ingrate et fautive d'entretenir une illusion. Elle ne termine pas son gratin et part s'isoler dans son petit bureau niché sur la mezzanine du salon. Lasse, elle allume son ordinateur et commence à éplucher les annonces immobilières, à la recherche d'un appartement à louer sur Nîmes.

24

Assise sur la cuvette des toilettes, Elsa fixe la petite croix affichée sur le test de grossesse qu'elle a sous les yeux. Comme elle le craignait, elle est enceinte. Elle a soudain le sentiment d'être aspirée dans une dimension qui lui échappe et cette impression l'affole.

— Tout va bien ? s'enquiert Martin derrière la porte.

Sans un mot, elle sort de la salle de bains et lui tend le stylet dont il lit à son tour le résultat. Son visage se détend presque aussitôt. Il exulte, la soulève dans ses bras, la couvre de baisers, ivre de bonheur.

— On va avoir un bébé ! Cette fois, c'est sûr, on va avoir un bébé.

Elsa se force à sourire devant tant de joie. Mais l'émotion la submerge et elle fond en larmes. Tout va trop vite. Elle ne se sent pas prête à accueillir un enfant et éprouve une peur panique à l'idée d'accoucher. Et puis, en matière de gamin, elle n'y connaît rien. Martin la rassure mais ses mots, aussi réconfortants soient-ils, n'y changent rien. Elle est enceinte et cette nouvelle la paralyse. Pour la première fois, elle avoue avoir peur de l'avenir. Et si elle n'est pas à la hauteur ? Et si un jour leur couple se délite ? Martin s'étonne qu'elle puisse envisager une telle chose. Elsa s'en explique.

Dans la matinée tandis qu'elle rentrait de la

pharmacie où elle était allée acheter le test de grossesse, elle a croisé Ophélie dans la cour de *La Desserte*. Elle ne semblait pas très en forme. Elsa lui a alors proposé de venir prendre un café. Apparemment, il y a de l'eau dans le gaz chez les Béal. Martin confirme. Il sait par ses parents que sa sœur et son beau-frère font chambre à part. Mais il ignorait que la situation était devenue si tendue. Ophélie envisage de louer un petit appartement à Nîmes. Bien qu'attristé par cette nouvelle, Martin comprend un peu la décision de sa sœur. En arriver à une telle extrémité, elle qui est si attachée aux convenances, traduit une profonde lassitude. Certes, elle travaille beaucoup, mais Kévin se repose entièrement sur elle dès qu'il s'agit de prendre une décision. Avec tous les problèmes qu'elle rencontre depuis l'inondation, c'est devenu insurmontable.

Elsa a conscience de sa chance. Martin est une épaule solide, elle sait qu'elle pourra toujours compter sur lui. Ils sont un couple uni, ils s'aiment. Et bientôt, ils fonderont une famille. Cette idée la fait frissonner.

— Tout ira bien, ma fée. Maintenant que c'est confirmé, alors on peut annoncer ta grossesse, non ? suggère Martin, impatient de partager sa joie.

— Dimanche, nous déjeunons chez tes parents. C'est l'anniversaire des jumeaux, je crois. Si tu y tiens, vas-y. Et puis toute la famille sera avertie en même temps. Ce sera une belle surprise. Pour être franche, je soupçonne ta mère d'avoir déjà deviné. Alice surveille mon teint depuis une semaine. Il paraît que celui des femmes enceintes est plus lumineux.

— Tu es éblouissante, ma fée. Et je t'aime.

Il la soulève une nouvelle fois dans ses bras et l'embrasse.

— Je vis le plus beau jour de ma vie, déclare-t-il,

radieux. Nous allons avoir un bébé. Je suis trop content ! Tu verras, tout va bien se passer.

— De mon côté, je vais devoir l'annoncer à Fatou.

Elsa éprouve une certaine gêne vis-à-vis de sa collègue et associée. Elle ne voudrait pas que sa grossesse chamboule leurs emplois du temps respectifs et que Fatou soit obligée de mettre les bouchées doubles. Elle fera le maximum pour travailler jusqu'au terme. Les deux infirmières libérales doivent maintenir leur chiffre d'affaires si elles veulent rembourser les traites du cabinet. L'an dernier, pour ne pas payer un loyer à perte, Fatou et Marion ont acheté un local professionnel dans un immeuble neuf, confortable et idéalement situé, non loin du centre-ville. Le moindre écart de trésorerie pourrait mettre leur activité en péril. Après la baisse de soins enregistrée au premier trimestre, après la mort de Marion puis les rumeurs qui ont circulé sur leur compte, largement alimentées par le neveu de Luciano Calabrese, elles sont un peu sur la corde raide. Tomber enceinte alors qu'elles commencent juste à sortir la tête de l'eau n'est pas à proprement parler un moment très opportun. Tout au long de la soirée, puis toute la journée du lendemain, Elsa réfléchit à la meilleure manière de présenter les choses à sa collègue, sans trouver les mots adéquats. Alors elle décide de l'annoncer tout de go lors des transmissions, en fin d'après-midi.

— Fatou, je suis enceinte de trois semaines.

— Mon Dieu ! s'écrie sa collègue. Félicitations !

Manifestement ravie, la belle Africaine se lève de son bureau, s'approche d'Elsa et l'embrasse chaleureusement.

— Dire que je redoutais que tu le prennes mal, s'étonne Elsa, soulagée cependant par la réaction de son amie.

— Moi ? Mais j'adore les tout-petits. Surtout ceux des autres ! Car je suis stérile. Mes ovaires sont plus secs que les galets de la Crau.

— Désolée…

— Ne t'en fais pas pour moi. Et tu n'as pas à être désolée, tu ne savais pas.

Fatou retourne à sa place.

— La vie n'est pas si mal foutue, dans le fond. Mes relations avec les hommes ont toujours été désastreuses. Des mecs sans intérêt. J'ai comblé ma solitude avec des amis beaucoup plus fidèles, figure-toi. Des chiens ! Il y a quelques années, j'ai adhéré à la SPA. Depuis, je vais promener les toutous abandonnés quand j'ai un moment de libre. Mais je croyais te l'avoir dit. Eh bien, tu peux me croire, leur amour est désintéressé, conclut-elle dans un éclat de rire. Bon, je te laisse.

Elle fourre dans son sac son ordinateur portable et le dossier d'un patient.

— Je le compléterai chez moi. Puis ce sera plateau-télé devant ma série préférée ! Quant à toi, dès demain on réorganise ton planning. Tu dois limiter les déplacements en voiture.

— Hé, s'écrie Elsa, amusée. Je suis enceinte, pas malade. Tu ne vas pas commencer.

Fatou est sur le point de protester lorsque la sonnerie de son Smartphone retentit. Elle plonge la main dans la poche de son caban et attrape le téléphone. À l'écran, elle peut lire les premiers mots du SMS qui vient d'arriver. Elsa voit son visage se décomposer.

— Un problème, demande-t-elle, inquiète.

— Cette nouvelle ne va pas te faire plaisir. Luciano Calabrese est décédé ce matin. C'est un collègue de l'hôpital de Lunel qui vient de me prévenir.

Elsa accuse le coup. Elle est sincèrement peinée et regrette amèrement de ne pas avoir revu son compagnon d'infortune avant sa mort. Elle avait encore tant de choses à lui dire. Son beau sourire lui manque déjà.

— Son enterrement a lieu dans la semaine, reprend Fatou. Je pense qu'on devrait se contenter de faire livrer des fleurs. Notre présence à la cérémonie risque d'être mal interprétée, vu le contentieux qu'on a avec le neveu. Celui-là, je le retiens !

Elsa essuie une larme et approuve d'un signe de tête. Bien que l'enquête ait mis le cabinet hors de cause dans cette histoire de détournement d'argent, le neveu ne décolère pas contre les infirmières.

— J'irai me recueillir sur sa tombe après les obsèques.

Les deux femmes décident de s'en tenir là. Durant toute sa tournée, Elsa repense à son patient et à tout ce qu'ils ont vécu tous les deux. La nouvelle de sa mort l'attriste plus qu'elle ne l'aurait imaginé et elle regrette de ne pas aller à ses obsèques. Elle s'en ouvre à son mari, qui partage le point de vue de Fatou. Mieux vaut éviter de se montrer. À regret, Elsa reconnaît qu'ils ont peut-être raison.

Comme convenu, elle ne se rend pas à la cérémonie le jour J et attend le lendemain pour rendre un dernier hommage à son drôle d'ami. À l'entrée du cimetière, le gardien lui indique le numéro de l'allée où se trouve la concession de Luciano Calabrese, une sépulture en ciment brut décorée de deux plantes artificielles et d'une couronne mortuaire avec, en son centre, une inscription qui exaspère Elsa au plus haut point : « *À mon oncle Luciano.* » Le cœur lourd, elle parle au défunt comme s'il se trouvait devant elle. Elle le revoit souriant, lui caressant la main en signe d'affection.

— Vous attendez quoi ? Son pardon ? siffle une voix cassante dans son dos.

Elsa se retrouve nez à nez avec le neveu du pauvre Luciano. Elle met sa réaction sur le compte de la tristesse et lui présente ses condoléances.

— Gardez vos boniments pour vous.

Cette fois, il se montre plus explicite et lui demande, non sans perfidie, comment elle parvient à dormir alors que l'argent volé est toujours introuvable et que la principale suspecte, sa collègue, n'est plus là pour répondre de son délit. À qui profite le crime ? Elsa se sent visée, comme s'il l'accusait de complicité, et remet immédiatement les pendules à l'heure.

— J'entends votre colère, la perte d'un proche est toujours vécue comme une injustice. Mais en ce qui concerne notre cabinet, je réponds de ma collègue et de moi-même. Par ailleurs, je vous rappelle que l'enquête officielle a épluché la comptabilité du cabinet ainsi que nos comptes personnels, et rien n'a retenu l'attention des enquêteurs. Rien, vous entendez ? Quant à Marion, vous n'avez aucune preuve pour étayer vos dires. En l'accusant, alors que la pauvre est décédée et qu'elle ne peut plus se défendre, vous salissez sa mémoire.

— Comme c'est facile ! Pas vu pas pris.

— Cessez vos insinuations stupides. Si je savais quoi que ce soit, je vous le dirais.

Sans son air revêche, il serait presque beau avec ses cheveux grisonnants. Les traits de son visage sont fins, il a le nez aquilin, des lèvres bien dessinées et un regard expressif. Mais tout ce fiel qu'il déverse le rend hideux. Avec véhémence, il maintient ses accusations.

— Vous n'avez aucune conscience, aucune morale.

Si, jusque-là, Elsa est restée courtoise, cette dernière remarque est celle de trop.

— De ce côté-là, je n'ai rien à me reprocher. En revanche, vous feriez bien d'examiner la vôtre, de conscience. Après tout, vous avez très bien pu prendre l'argent, vous aussi ? Vous aviez les clés de la maison de votre oncle et pouviez très bien vous rendre chez lui pendant qu'il se trouvait à l'hôpital. Peut-être aviez-vous appris qu'il voulait vous déshériter au profit des Petites Sœurs des pauvres ? Vous voyez, moi aussi je peux colporter des rumeurs…

— Pensez ce que vous voulez de moi, mais vous vous trompez, ma petite dame. La Marion, votre collègue, elle n'était pas claire.

Devant un tel entêtement, Elsa renonce à poursuivre la conversation.

— Toutes mes condoléances, monsieur Calabrese. Au revoir.

Elsa est en colère quand elle regagne le parking. Mais pour qui se prend-il, ce sale bonhomme ? « La première poule qui chante est celle qui a fait l'œuf », disait mamie Bouchette. Ébranlée par cette conversation, elle fond en larmes. Depuis l'annonce de sa grossesse elle est à fleur de peau. Elle a l'impression de ne plus rien contrôler. Dès son retour à la maison, elle s'empresse de raconter à son mari ce qui s'est passé au cimetière et fait état de ses brusques sautes d'humeur. La première réaction de Martin est de lui conseiller de se ménager. Dans son état, le stress peut avoir des conséquences désastreuses sur elle et le bébé.

— Sais-tu ce qui a déclenché tes pleurs ?

Bien qu'elle se doute de la réaction de son mari, Elsa explique qu'elle n'a pas supporté que le neveu de Luciano Calabrese puisse ainsi douter de son intégrité et celle de ses collègues. Insidieusement, sa colère s'est muée en curiosité et une question la taraude depuis. Et si ce sale type avait raison ? Si Marion avait réellement quelque chose à voir avec ce détournement d'argent ? Martin écoute, les yeux fixant le fond de son assiette.

— Tu m'en veux ? demande Elsa.

— Pourquoi t'en voudrais-je ? répond-il un peu sèchement. De chercher les contrariétés alors que tu dois les éviter dans ton état ? Alors oui. Pour le reste, l'enquête a mis le cabinet hors de cause, tu n'as rien à te reprocher. De toute manière, Marion n'est plus là pour se défendre. On va peut-être la laisser tranquille là où elle est, avec ses petits secrets. Tu es d'accord ?

Elsa acquiesce. Visiblement soulagé, Martin n'aspire qu'à passer une soirée tendre et câline, un de ces moments ronds comme ils les aiment. Blottie dans les bras de son homme, Elsa dévore trois épisodes d'une série sur Netflix avant d'aller se coucher. Épuisée, elle s'endort à peine la tête posée sur l'oreiller. Mais son sommeil est de courte durée et elle se réveille brutalement au milieu de la nuit. À ses côtés, Martin dort profondément, une main protectrice posée sur son petit ventre arrondi de future maman. À mesure qu'elle reprend sa respiration, les paroles du neveu de Calabrese se mêlent aux questions qu'elle se pose depuis la révélation du dernier rendez-vous de Marion avec son mystérieux amant. Sa pensée se fige. L'accident qui a causé la mort de sa collègue a-t-il été prémédité ? Et s'il s'agissait d'un crime ? Cette pensée la tourmente depuis le soir où Fatou lui a fait lire les messages sur le portable prépayé de Marion. Plus les jours passent, plus elle a l'intime conviction qu'il s'est passé quelque chose de grave le soir de sa mort. Elle doit chercher. Si meurtrier il y a, il faut le retrouver. Elle sait qu'en poursuivant ses investigations elle provoquera la colère de Martin. Mais doit-elle tenir la promesse qu'elle lui a faite de tout laisser tomber, ou continuer à mener son enquête ?

25

— Cette fois, c'est clair, annonce Ophélie en rangeant les fruits dans son panier, Kévin et moi avons annoncé aux enfants que nous nous séparions, du moins le temps de faire le point. Les parents sont également au courant.

Elsa, qui accompagne sa belle-sœur au marché de Sommières, l'écoute avec bienveillance. Elle n'est pas surprise.

— Comment ont-ils pris cela ?

— Pas de gaieté de cœur, tu penses bien. Papa a même versé une larme. Je ne m'y attendais pas, alors forcément, j'ai pleuré moi aussi.

Exprimer ses sentiments est nouveau pour Ophélie, surtout quand elle s'adresse à son père. Elle s'en étonne encore. Avant l'inondation et toutes les tuiles qui ont suivi, jamais elle n'aurait été aussi démonstrative. Une forme de retenue l'en empêchait. Il semble qu'il en soit de même pour son père qui arrive à lui dire qu'il l'aime sans fausse pudeur. Elle reconnaît qu'elle n'y est pas insensible, bien au contraire. Ses séances chez le psy sont bénéfiques, mais elle pense aussi que l'arrivée d'Elsa au sein de la famille n'est pas étrangère à ce changement. Ophélie est consciente de ce qu'elle doit à sa belle-sœur. Sa spontanéité s'est avérée rafraîchissante et ses conseils judicieux. Au fil du temps, les deux femmes ont appris à se connaître, à s'apprécier, et aujourd'hui une sincère amitié les unit.

— Mon psy m'encourage à reconsidérer mon rapport à l'autre. Je dois m'ouvrir davantage. Facile à dire, un peu moins à mettre en pratique lorsque tu n'as pas été habituée à cela… Il m'a vraiment aidée à y voir plus clair, à rassembler mes idées, à les verbaliser. Tout comme il s'y emploie avec Martin, je suppose.

— Même chose pour Martin. Il va beaucoup mieux. Mais es-tu sûre que vous avez pris la bonne décision, Kévin et toi ? Cette séparation, est-ce vraiment ce que tu désires ?

Elles se sont arrêtées devant l'étal d'un petit ostréiculteur de Bouzigues. Elsa lui a commandé dans la semaine une bourriche d'huîtres qu'elle a prévu de servir à Martin. Il adore les fruits de mer et elle veut lui faire une surprise.

— Kévin et moi sommes arrivés à une situation de non-retour. J'ai conscience du choc que cela représente pour les enfants et de tous les bouleversements que cette séparation va provoquer au sein de la famille. Mais je crois qu'il ne nous reste pas d'autre alternative.

Ophélie ne veut pas offrir à ses enfants l'image du désamour, ni regretter un jour de n'avoir pas su prendre les bonnes décisions quand il le fallait.

— Parfois, quand je vous regarde, Martin et toi, je vous envie. Il y a toujours tellement d'amour dans vos yeux, une telle complicité entre vous. Je n'ai jamais connu ça avec Kévin.

— Oh ! mais ne crois pas que tout est toujours rose ! réagit Elsa en souriant. Nous avons eu un passage difficile.

— Je n'en doute pas. Martin a vécu une sale

période avec la mort de Marion et de Flavien. Mais tu étais là. Et il a pu compter sur ton soutien. N'est-ce pas l'essentiel ? Vous êtes un jeune couple, vous vous aimez. Je donnerais cher pour revenir à cette époque bénie, quand tout n'est que promesse et harmonie.

Un voile de tristesse envahit à nouveau le regard d'Ophélie. Elle doit se concentrer sur l'avenir, rester optimiste, ne penser qu'aux choses positives. Du reste, ce matin, un signe encourageant l'a mise de bonne humeur. Après de nombreuses recherches jusque-là infructueuses, elle a finalement trouvé une offre de location intéressante et elle a appelé le propriétaire. Un petit deux-pièces idéalement situé, en plein centre de Nîmes. Le loyer est raisonnable. D'après ce que lui a dit son interlocuteur, l'appartement est très lumineux. Bref, il pourrait convenir. Elle a prévu d'aller le visiter après le déjeuner. Elle préfère ne pas tarder, un tel bien ne restera pas longtemps sur le marché.

— Tu es libre, cet après-midi ? Tu pourrais m'accompagner, si tu veux. Au moins, j'aurais un avis puisque Kévin s'en désintéresse. Comme d'habitude, il me laisse faire. Enfin, il m'a tout de même objecté que cette idée d'appartement ne venait pas de lui !

Ophélie avoue à Elsa ne plus supporter sa lâcheté, son manque de charisme. Elle ne regrette en rien sa décision.

Les deux femmes remontent maintenant l'allée Frédéric-Mistral. Le soleil éclatant de cette fin de matinée joue à cache-cache entre les branches dénudées des grands platanes. Soudain prise d'une forte crampe au ventre, Elsa se plie en deux. Ophélie l'invite à respirer profondément, plusieurs fois d'affilée. En appui contre l'un des platanes, elle applique les conseils de sa belle-sœur et peu à peu, la douleur s'estompe.

— Rien d'étonnant dans ton état, la rassure Ophélie. J'ai eu ce genre de crampe au début de mes grossesses, surtout pour Lou. Des petits désagréments que l'on oublie vite. Je suis là, si tu as besoin de conseils.

— C'est gentil, la remercie Elsa. Je saurai m'en souvenir, c'est sûr ! Pour la grossesse, ça devrait aller. En revanche, j'ai peur de ne pas savoir m'y prendre avec un enfant. Et si je n'avais pas la fibre maternelle ?

Ophélie sourit tendrement. Elle se posait les mêmes questions à la naissance de Lou. Puis les gestes sont venus naturellement. On ne s'improvise pas mère, on le devient au fil du temps. C'est un apprentissage permanent. Chaque enfant développe sa propre personnalité et nécessite une approche différente. C'est bien ce qui rend le rôle de mère si fascinant.

Remise de sa crampe, Elsa indique qu'elles peuvent y aller. Elles traversent la passerelle piétonnière qui enjambe le Vidourle dont le faible courant trouble à peine la surface de l'eau. Le fleuve paraît si inoffensif… Arrivées sur l'autre rive, elles regagnent le parking où Elsa a garé sa voiture. C'est une véritable fournaise à l'intérieur malgré l'air vif en ce mois de mars. Sitôt montées à bord, les deux occupantes ouvrent les vitres. Les bruits de la ville s'atténuent à mesure qu'elles s'éloignent de l'agglomération et gagnent la garrigue toute proche. La floraison du romarin s'achève et libère des senteurs épicées à foison. Ophélie ne se lasse pas de cette nature où elle aime tant se ressourcer. Elle y puise sa force, son énergie, confie-t-elle à Elsa d'une voix enjouée.

À Aubais, Elsa s'enfile dans une petite ruelle et se gare sur la place du Château. Ophélie doit retirer un courrier en recommandé à la poste. Une nouvelle menace de recouvrement qui s'ajoute aux autres.

— Rien de grave ? s'enquiert Elsa lorsqu'elle remonte dans la voiture.

— Rien d'inhabituel, la routine. Depuis l'inondation, je reçois des recommandés toutes les semaines, se cantonne-t-elle à répondre.

Ophélie n'a pas envie de se plaindre. La situation de la jardinerie, nul ne l'ignore. On ne parle que de cela à *La Desserte*, inutile d'en rajouter. La petite auto se faufile dans les ruelles étroites du village et remonte en direction du Chemin des Pins. Les lapins qui s'étaient aventurés sur le chemin détalent à l'approche du véhicule. Elsa ralentit à hauteur du vieil amandier en fleurs, gardien immobile au bord du sentier menant chez Ophélie.

— Tu déjeunes avec nous ? demande-t-elle.

Elsa s'est arrêtée devant le portail mais n'entre pas dans la propriété. Elle préfère retourner à *La Desserte* pour se reposer avant sa tournée de l'après-midi. Depuis qu'elle est enceinte, Fatou a tenu à réaménager leurs emplois du temps respectifs afin qu'elle puisse limiter ses trajets en voiture. Ophélie récupère ses courses dans le coffre. Dans le vestibule, une odeur de brûlé la saisit à la gorge. Kévin a dû oublier le poulet dans le four. Son mari prévoit *toujours* un poulet ce jour-là. Côté cuisine, il manque cruellement d'imagination et s'en tient aux menus qu'il affiche chaque dimanche soir sur la porte du réfrigérateur. Toutes ses journées sont réglées selon un emploi du temps immuable. Aucune fantaisie, comme si tout était prévu à l'avance. Peu après leur mariage, Ophélie a pensé que la vie en couple le changerait, qu'à ses côtés il se dériderait et ferait preuve d'un peu plus d'excentricité, de légèreté. Elle se leurrait. L'arrivée des enfants n'a rien changé. Il n'a jamais été capable de prendre une décision pour les choses importantes, se reposant entièrement sur elle. Elle a bien essayé de le secouer, d'abord gentiment, puis elle a renoncé, cachant son malaise derrière un sourire de façade. Comment peut-il se mésestimer à ce point ? Il aurait suffi de peu pour changer les choses, mais c'est trop tard. Elle ne se berce pas d'illusions, si Kévin ne se remet pas en question, elle le quittera.

Elle le retrouve à la cuisine. Il a sorti le poulet du four et pose un tian de légumes sur la table, ou plus exactement une ratatouille « sans goût ». Quand les enfants ne rentrent pas déjeuner, Ophélie se contente souvent d'un repas frugal au bureau. Elle s'en est accommodée sans rien dire, comme elle s'est accommodée de leur vie insipide. Elle se met à table. Le regard fuyant de Kévin l'exaspère et elle se retient de ne pas laisser éclater sa colère.

— J'ai dégoté un petit deux-pièces à Nîmes, lance-t-elle. Pas trop cher, et très lumineux, d'après les photos.

Dubitatif, son mari se contente de hausser les sourcils, ce qui agace d'autant plus Ophélie.

— C'est tout ce que cela t'inspire ? s'énerve-t-elle.

— Que veux-tu que je te dise ? C'est toi qui veux prendre le large, pas moi ! répond-il avec une agressivité qui ne lui est pas coutumière. Tu sais que je suis opposé à ce projet de séparation. Tu as pensé aux enfants ? Sans parler de l'aspect purement économique. Ce caprice va nous coûter cher, surtout dans la situation actuelle.

— Un caprice ? Tu n'as donc rien compris. Le malaise est plus grave, Kévin. Je pense au contraire que cette séparation temporaire sera salutaire, voire vitale en ce qui me concerne.

Elle lui explique que les enfants ne s'en porteront que mieux, quoi qu'il en pense. Et puis elle ne veut pas qu'ils finissent par se haïr tous les deux. D'une voix plus douce, elle l'invite à l'accompagner à Nîmes pour visiter l'appartement. Kévin hésite.

— Oui ou non ? s'impatiente-t-elle.

Kévin ne répond pas. Dire « oui » serait confirmer leur séparation. Cette idée semble le mettre au supplice.

— J'ai du boulot, finit-il par répondre. Je voudrais boucler le bilan de la jardinerie. J'en ai pour un moment.

— OK, j'irai seule. Tu seras tranquille puisque les enfants sont chez les parents. Et j'ai fait les courses pour ce soir. Je suis allée au marché avec Elsa. Pour une fois que j'avais un peu de temps devant moi.

Pressé de mettre un terme à cette conversation, Kévin s'éclipse dans son bureau. Ophélie range la cuisine et lance une machine de linge sale. Le pack de lessive est presque vide. Il n'y a plus de lait non plus, ni d'eau minérale. Une fois n'est pas coutume, elle passera une commande en ligne et retirera ses achats au *drive* en rentrant de Nîmes. Elle s'apprête à sortir quand sa mère frappe doucement à la porte. Ophélie est surprise de la voir. Elle ne vient jamais sans prévenir.

— Je peux te déranger deux minutes ? lui demande-t-elle.

— J'allais sortir, mais j'ai encore un peu de temps. Entre. Les enfants ne sont pas avec toi ? Rien de grave ?

— Non, ne t'inquiète pas, tout va bien. Ils sont avec leur grand-père. J'avais une course à faire par ici alors j'en profite pour venir te faire un petit coucou. Elsa m'a dit que tu déjeunais à la maison aujourd'hui.

Ophélie n'est pas dupe, sa mère n'est pas passée par hasard. Elle se fait du souci pour les enfants et espère qu'une réconciliation soit possible avec Kévin.

— Maman, mon mariage est un échec. Kévin n'est

pas un homme mauvais, pas du tout, et c'est un bon père. Mais j'ai l'impression de me diluer à son contact. Il est mou, fuyant, même. J'ai besoin de prendre un peu de recul. Je crois qu'il faut qu'on se laisse du temps tous les deux. Peut-être arrivera-t-on à recoller les morceaux…

Alice l'assure de son soutien et serre sa fille contre son cœur.

— Nous aimons beaucoup Kévin et nous avons de la peine. Mais nous serons toujours là pour toi et les enfants. Si tu veux, je peux t'accompagner à Nîmes. Ça me ferait plaisir de voir l'appartement. Elsa m'en a touché deux mots. À moins que la présence de ta vieille mère ne t'embarrasse !

— Pas le moins du monde, au contraire !

— Alors j'appelle Gus pour lui dire que je ne rentre pas maintenant. Je repasserai par ici au retour pour reprendre ma voiture.

Gus prévenu, mère et fille partent sur-le-champ. En chemin, Alice informe Ophélie que le notaire a envoyé les actes concernant la donation-partage. Paul a également téléphoné hier en fin d'après-midi.

— Ton frère a réussi à caler des congés à Pâques. Il ne sera hélas pas avec nous le dimanche, il arrivera juste après, mais je suis vraiment heureuse qu'il puisse venir. Cinq mois qu'on ne l'a pas vu !

— Son visa aura expiré, relève Ophélie avec ironie.

— Stop ! Il a quelques jours de vacances et il s'est débrouillé pour venir nous voir, c'est tout, la reprend sa mère d'un ton autoritaire. Pas de querelles, c'est clair ? Et pense aussi aux enfants. Les pauvres petits sont déjà suffisamment chamboulés, inutile d'en rajouter. Aux adultes de donner l'exemple !

Les petits sont chamboulés *à cause de leurs parents*, pense amèrement Ophélie, c'est en tout cas ainsi qu'elle reçoit le message. Une place se libère à deux pas de l'adresse que lui a indiquée le loueur, près des jardins de la Fontaine. Ophélie voit là un bon présage. Passée la porte cochère d'un immeuble du XVIIIe siècle, elles gagnent la cour intérieure jalonnée de poteries d'Anduze. L'endroit plaît d'emblée à Ophélie. Et plus encore lorsqu'elle découvre le petit deux-pièces, un appartement traversant au troisième et dernier étage de l'immeuble. Les fenêtres donnent directement sur le parc, créé à la demande de Louis XV par l'ingénieur du roi Jacques Philippe Maréchal, un magnifique site historique naturel de quinze hectares en plein cœur de la ville. Ophélie interroge discrètement sa mère du regard. Alice semble partager l'enthousiasme de sa fille. Outre la localisation, elle apprécie particulièrement le parquet en point de Hongrie qui sent si bon la cire.

— Je vais le prendre, se décide Ophélie.

Sans attendre, elle transmet ses coordonnées au propriétaire et règle la caution et le premier mois de loyer pour arrêter l'affaire. Dès ce soir, elle lui fera parvenir par courriel toutes les pièces nécessaires à l'établissement du bail. Elle convient d'un nouveau rendez-vous avec lui pour l'état des lieux et la remise des clés. Dans une semaine, elle pourra aménager ce petit nid.

— C'est une véritable aubaine, se réjouit la jeune femme tandis qu'elles regagnent le fourgon électrique, garé dans une ruelle adjacente.

Sur le trottoir d'en face, un groupe de jeunes gens attire son attention. Elle reconnaît Yanis, l'employé de la jardinerie, qui semble avoir maille à partir avec les autres. Que fait-il ici ? Elle s'apprête à intervenir mais Alice l'en dissuade en la retenant par le bras. Ophélie sort alors son portable et filme la scène. Les agresseurs s'en aperçoivent et décampent aussitôt. De loin, Yanis la remercie d'un simple signe de la main et s'éloigne, l'air gêné. Quelle drôle d'attitude ! pense-t-elle. Pourquoi n'est-il pas venu les saluer ? Son père a peut-être raison… Et si Yanis n'avait pas atterri à *La Desserte* par hasard ?

26

Les aboiements de Maya détournent un instant Martin de ses pensées. De la fenêtre de la cuisine qui donne sur le jardin de *La Desserte*, il distingue à travers les carreaux dégoulinants de pluie le setter de ses parents observant avec attention son maître. Gus a récupéré une buse et soulève délicatement ses ailes. Apparemment, l'oiseau est blessé. Martin ne serait pas surpris qu'il l'installe dans la remise pour le soigner, ce ne serait pas une première. Il repense à l'étrange confession qu'il lui a faite la veille au soir et qui n'a cessé de le hanter depuis. Il a d'ailleurs très mal dormi, se réveillant plusieurs fois au cours de la nuit. Malgré sa promesse de garder le silence, il en parlera à Elsa. Après tout, elle est directement concernée.

Martin met de l'eau à bouillir et verse le thé préféré d'Elsa dans la théière. Comme d'habitude, il lui prépare des tartines de pain grillé avec du beurre et de la confiture d'oranges, son péché mignon depuis qu'elle est enceinte. Tandis qu'ils s'installent à la table du petit déjeuner, Martin décide de remettre à plus tard cette discussion au sujet de son père. Pour l'heure, il doit se rendre à l'aéroport de Montpellier. Paul l'a appelé la veille au soir pour l'informer qu'il avait réussi à changer son billet et qu'il serait finalement présent pour le déjeuner pascal. Son avion atterrit à 10 h 45.

— Ton frère est adorable de venir aujourd'hui. Tes

parents seront tellement heureux de le voir, d'autant qu'ils ne s'y attendent pas du tout.

— Que veux-tu, mon frangin se damnerait pour le gigot de sept heures de maman ! Tu ne dis rien, hein ? La surprise doit être totale.

— Ne t'inquiète pas, je suis une tombe. Hier, Alice déplorait qu'il ne soit pas là le jour de Pâques. Son absence à Noël l'avait déjà attristée. C'est un beau cadeau qu'il lui fait. Tu crois qu'il songe à rentrer définitivement en France ? En septembre, il nous avait dit que la mission ne durerait que quelques mois. On est en avril, tout de même.

— Paul ne le sait pas lui-même. Mais tu connais mon frangin, un jour ici, un autre ailleurs. C'est le grand voyageur de la famille ; il a toujours préféré l'aventure à une existence trop rangée.

— Tu l'envies ? se hasarde Elsa.

— Pas le moins du monde. Il a trouvé un mode de vie qui lui convient et je m'en réjouis. Pour ma part, je suis heureux d'être ici, auprès de toi, et d'avoir un boulot qui me passionne. Malgré tout ce qui s'est passé…

Un voile de tristesse traverse son regard. Elsa lui sourit avec bienveillance comme pour le rassurer, et ce sourire le fait chavirer. Elle a le teint lumineux des femmes enceintes. Il la trouve éblouissante, sa belle petite femme. Avec délicatesse, il effleure sa joue d'une main et relève une mèche de ses cheveux. Ils ont poussé et encadrent désormais son visage qui s'est légèrement arrondi avec la grossesse. Elle a aussi cette bouche mutine qu'il a terriblement envie de goûter.

— Si tu ne veux pas être en retard, tu devrais partir maintenant. Je vais aller donner un coup de main à ta mère. Ne t'inquiète pas, je saurai faire diversion en vous attendant.

— Ma fée, tu lis dans mes pensées.

— Je dirai que je t'ai envoyé faire une course de dernière minute. Tes parents ne se douteront de rien. Gus n'aura même pas l'idée de venir jusqu'ici.

— À propos de papa, se rembrunit Martin, il semblerait que sa mémoire revienne par bribes. Mais je t'en parlerai plus tard.

— Tu as l'air soucieux. C'est plutôt une bonne nouvelle, non ?

— Hier soir – tu n'étais pas encore rentrée de ta tournée –, il s'est pointé à l'improviste à la maison ; il voulait me parler. Et ce qu'il m'a dit est pour le moins curieux. D'après lui, il n'avait pas l'intention d'aller à la jardinerie le soir de l'inondation. Il s'apprêtait en fait à rejoindre Marion.

— Marion ?

— Oui. Elle l'avait appelé dans l'après-midi. De ça, il est formel. Elle avait des révélations à lui faire. Seulement voilà, il ne se souvient de rien d'autre pour l'instant. Depuis le début, Fatou et toi vous êtes persuadées qu'elle avait un amant et qu'elle avait rendez-vous avec lui le soir du drame.

Elsa devine ce qui traverse l'esprit de son mari et l'arrête tout de suite.

— Gus, l'amant de Marion. Voyons, Doudou, ça ne tient pas debout !

— Tu es bien catégorique. Moi, ça me trotte dans la tête depuis hier soir.

— Marion communiquait avec son prétendu amant avec un téléphone prépayé. Il n'y a aucune trace d'un appel qu'elle aurait donné à Gus avec cet appareil. Si je suis ton raisonnement, elle n'aurait jamais risqué de se compromettre en appelant ton père avec son portable personnel. Non, à mon avis, elle l'a contacté pour une raison que nous ignorons. Peut-être était-ce un appel au secours ? Par ailleurs, si Gus s'est confié à toi aussi librement, c'est bien la preuve qu'il n'a rien à cacher.

— Mais tout est encore confus dans sa tête. La seule chose dont nous soyons certains, c'est qu'il a pris un bon coup sur le crâne en quittant la maison. Je t'avoue ne plus savoir quoi penser.

— On a tous songé à ces branches qui sont tombées sur la terrasse. Un coup sur la tête..., répète Elsa, songeuse. Juste après le coup de fil de Marion. Tu as peut-être raison, cette succession de coïncidences est suspecte. Depuis le début, un détail nous échappe.

— Tu ne crois pas que nous devrions alerter la gendarmerie ?

— Surtout pas. Je n'ai pas envie qu'ils remettent les pieds au cabinet. L'enquête est bouclée, inutile de remuer les choses. Et pour peu que Gus soit inquiété lui aussi... Après tout, il ne se souvient pas de tout.

— Il y a bien un moyen de l'y aider : l'interroger sous hypnose. Mais mon père n'acceptera jamais de voir un psy.

— Inutile de le brusquer. Le puzzle va doucement se reconstituer. Je ne serais pas surprise qu'on ait bientôt des réponses.

Martin se range à l'avis d'Elsa.

— Sans vouloir te presser, Doudou, tu devrais te préparer si tu veux être à l'heure à l'aéroport. De mon côté, avant d'aller chez tes parents je vais tenter de me mettre du vernis sur les ongles des pieds. Tant que je peux encore les atteindre ! plaisante-t-elle.

Une heure et demie plus tard, Martin patiente dans le hall des arrivées de l'aéroport Montpellier-Méditerranée. Les passagers du vol en provenance de Roissy-Charles-de-Gaulle apparaissent par groupes plus ou moins compacts. Des yeux, Martin cherche son frère et l'aperçoit enfin, le visage rayonnant et hâlé par le soleil californien.

— Un vrai *beach boy*, le taquine Martin en serrant son cadet contre son torse. Tout beau, tout bronzé.

— Et toi, mon grand, il semblerait que tu aies forcé sur la muscu ! Sérieux, tes bras sont aussi larges que mes cuisses !

— Disons que j'avais un peu de temps à perdre...

— Tu sembles avoir remonté la pente. Comment tu te sens ? Je suis désolé de ne pas avoir été là. Flavien était un type sympa. Perdre un coéquipier doit être terrible.

— Je vais mieux depuis que j'ai repris les missions à la caserne. Je t'avoue que les débuts ont été difficiles.

Martin ne tient pas à gâcher ces retrouvailles et change de sujet.

— On commençait à trouver le temps long. Alors, raconte. Los Angeles, tes projets...

Des projets, Paul n'en manque pas. Au cours du trajet qui les ramène à *La Desserte*, il énumère à son frère les différents choix qui s'offrent à lui.

— Si je comprends bien, tu vas rester dans cette boîte ? demande Martin, un peu dépité.

— Oui, quelques années, le temps de lancer ma carrière. À moins que je choisisse de travailler en free-lance. C'est aussi envisageable s'ils acceptent cette alternative.

— Ce qui veut dire que tu vas t'installer là-bas un bon moment ?

— Pas forcément. Avec tous les moyens dont on dispose aujourd'hui, je peux très bien travailler depuis la France. Il suffit que je m'arrange pour être présent à certaines réunions. Avec la vidéoconférence, c'est possible. Et puis je ferais de temps en temps quelques allers et retours là-bas.

— Tu pourrais t'installer dans le garage de *La Desserte*. Tu aurais de la place pour y caser tout ton matériel. Les parents ne s'en servent pas puisqu'ils laissent leurs voitures sous l'appentis. Il y a d'ailleurs un joyeux bazar là-dedans. On va s'amuser le jour où il faudra tout vider.

Leur conversation se poursuit dans la bonne humeur jusqu'à l'approche de la maison dont on devine la girouette au-dessus de la haie de lauriers-roses en bourgeons. Martin roule au pas afin de ne pas attirer l'attention et gare son Alfa Romeo à l'extérieur de la propriété. Les deux frères filent discrètement dans la salle à manger. Alice a préparé une belle table qu'elle a décorée de branchages sur lesquels elle a disposé des œufs en chocolat et en sucre. Les parents s'asticotent dans la cuisine. Alice ordonne à Gus de changer de chemise, ce qui fait sourire les deux frères. Ils entendent ensuite leur père sortir de la cuisine et se diriger vers la chambre, puis des pas qui se rapprochent. Leur mère apparaît sur le seuil de la porte, une panière à la main, et pousse un cri.

— Paul ! Notre Paul est là…

Elle se précipite dans ses bras, bientôt suivie de Gus qui l'a entendue depuis le couloir et a accouru au salon. Il n'en croit pas ses yeux lui non plus. Elsa les rejoint quelques instants plus tard.

— Tu es un petit cachottier, Martin, s'exclame Gus. Et toi, Elsa, tu étais aussi dans la combine, n'est-ce pas ?

Alice s'empresse de rajouter un couvert tout en remerciant les enfants pour cette belle surprise.

— Toute la famille au grand complet pour le déjeuner de Pâques ! C'est Noël avant l'heure !

— *Après* l'heure serait plus juste, s'exclame Ophélie qui arrive à cet instant avec Kévin et les enfants.

Dans leur précipitation, les jumeaux la bousculent et foncent vers leur oncle adoré, tout excités de le voir. Martin profite de cette diversion pour glisser un mot à l'oreille de sa sœur.

— On passe une bonne journée, OK, sœurette ?

— J'ai le sentiment qu'il s'agit plus d'une recommandation que d'une évidence, rétorque-t-elle un peu vivement. Mais, rassure-toi, frérot, je sais me tenir et je ne jouerai pas les trouble-fêtes. Je note seulement que l'enfant prodigue de la famille a droit à de touchantes effusions.

— On t'aime tout autant, murmure-t-il. Et tu le sais.

— Je n'en suis pas encore totalement persuadée mais j'y travaille, dit-elle, plus détendue.

— Puisque j'ai réussi à t'arracher un sourire, allez, viens, et réjouis-toi. Regarde comme les parents sont heureux.

Martin l'entraîne vers le petit attroupement qui s'agite autour de Paul. Ce dernier se tourne vers sa sœur et l'embrasse chaleureusement. Surprise, Ophélie ne s'attendait pas à cet élan fraternel. Les enfants ont repéré les œufs sur la table et grappillent ici et là quelques sucreries.

— Arrêtez avec le chocolat, vous n'aurez plus faim pour le repas, les reprend leur mère. Kévin, tu pourrais dire quelque chose !

La manière dont elle rabroue son mari jette un froid. Alice frappe des mains pour dissiper le malaise et invite tout le monde à passer à table.

— Eh bien, puisque toute la famille est là, trinquons à nos retrouvailles ! propose Gus qui a déjà ouvert une bouteille de champagne et remplit les coupes.

— Alors, l'Amérique, c'est comment, tonton ? demande Lou. Tu as vu des stars ?

— Tu as rencontré Luke Skywalker ? enchaîne Eliott.

— Mais non, banane, rétorque sa grande sœur. Tu sais bien que ce personnage de *Star Wars* n'existe pas pour de vrai.

— Ta sœur a raison, répond Paul. En revanche, j'ai pu visiter les studios Universal.

Paul décrit aux enfants cette ville dans la ville, où une cité futuriste peut côtoyer un village médiéval plus vrai que nature et où il n'est pas rare de croiser dans les allées des studios un mort-vivant en train de converser avec une ravissante nymphette en toge romaine.

— Pour réaliser une scène de quelques secondes, les équipes de tournage doivent parfois travailler plusieurs jours avant de la mettre au point, poursuit-il devant les jumeaux, captivés. Sans parler des séances de maquillage qui peuvent durer des heures.

— Et ton job ? demande Elsa. Ça consiste en quoi, exactement ?

— Pour les films d'animation, tu n'imagines pas le temps qu'il faut pour réaliser une scène. Il y a quelques jours, j'ai passé une nuit entière avant d'obtenir une séquence parfaite et réaliste de l'ondulation d'une vague avant qu'elle n'échoue sur le rivage. À peine quelques secondes à l'écran.

Bien qu'il soit entièrement numérisé, le travail de Paul reste avant tout manuel et créatif. Les images en format numérique sont aussi nombreuses que complexes et demandent l'intervention minutieuse de toute une équipe. De la réception du *storyboard* à la livraison d'une séquence, chaque groupe d'intervenants est tenu de respecter un timing draconien. De l'un dépend le travail d'un autre. Comme tous les gens passionnés, Paul est intarissable.

— Il y a d'abord la préproduction et la modélisation des personnages en 3D, puis vient le *rigging*, qui apporte aux personnages l'ossature leur permettant de se mouvoir. On passe ensuite au *texturing* et au *surfacing*, qui consistent à donner une couleur et à réguler les réactions de l'image à la lumière. Il y a encore beaucoup d'autres étapes, comme de reproduire des éléments organiques tels que le sable, l'eau, la neige, le feu, la fumée…, avant d'arriver à l'animation à proprement parler. Le *lighting*, la mise en lumière, si tu préfères, puis le montage.

— Et c'est fini ?

— Cette fois, oui. J'ai une chance inouïe de travailler dans ce studio. Les Français sont à la pointe dans le film d'animation, mais ce séjour aux États-Unis me permet d'avoir un autre regard sur le métier. Surtout, ils payent bien !

Ophélie lève les yeux au ciel. Ce monologue l'exaspère. Martin a remarqué son irritation et lui donne un coup de coude discret l'invitant à garder son calme. Elle se met à jouer avec la pointe de son couteau, espérant sans doute mettre un terme à cette conversation qui ne porte que sur Los Angeles et le formidable parcours de Paul, ce qui revient au même. Alice arrive avec l'entrée, des rondelles de boudin blanc et des quenelles de Lyon sur un lit de roquette, poêlées au miel. Petits et grands se régalent de cette recette sucrée-salée qui s'accommode à merveille avec le vin blanc conseillé par le caviste, un entre-deux-mers délicatement fruité. Par gourmandise, Elsa prend une petite gorgée dans le verre de Martin, juste pour goûter. Elle n'en boira pas davantage. Dans son état, l'alcool n'est pas recommandé et de toute façon, ça lui donne des nausées.

— Et toi, Ophélie, comment ça se passe à la jardinerie depuis l'inondation ? demande Paul.

— Parce que ça t'intéresse ? lâche-t-elle d'un rire nerveux. Parlons d'autre chose, si tu veux bien. Je n'ai pas envie de plomber l'ambiance.

— Mais non, ma fille, intervient Gus. Paul se fait du souci, c'est tout.

Ophélie interroge Martin du regard, qui l'encourage à répondre.

— Tu veux la vérité ? Eh bien, la situation n'est pas reluisante. Bientôt, je ne pourrai plus honorer mes traites. Si ça continue, je serai obligée de déposer le bilan. Je suis nulle.

— Ne dis pas ça, réagit Elsa. Je connais peu de personnes capables de se battre comme tu le fais.

— Je confirme, ma fille. Ta mère et moi sommes très fiers de toi. N'en doute jamais !

— Et puis, enchaîne Alice avec un bel optimisme, *Terre de garrigue* est peut-être mal en point mais l'entreprise n'est pas morte. Ton carnet de commandes est loin d'être vide et ton chiffre d'affaires se maintient. Pas vrai, Kévin ?

Le mari d'Ophélie sursaute. Depuis le début du repas il ne s'est pas encore exprimé, si ce n'est pour remettre en place les enfants quand sa femme le lui a demandé.

— Il y a surtout un problème de trésorerie, dit-il enfin. Pour une véritable relance, il faudrait un peu plus de temps. Et c'est précisément ce qui manque, le temps. Les banques, elles, n'attendent pas.

— Assez parlé de boulot, les interrompt Alice. Paul, tu pourras discuter de ça avec ta sœur plus tard.

Le déjeuner se poursuit avec le traditionnel gigot

d'agneau, suivi en dessert d'une charlotte aux poires. En fin d'après-midi, tout le monde sort pour une balade le long de la voie aménagée sur le tracé de l'ancien chemin de fer, sauf Ophélie et Paul qui restent seuls à *La Desserte.*

Les jumeaux filent devant la troupe avec leurs vélos.

— Attendez-nous ! crie Alice. Il y a un petit vent frais, j'aurais dû prendre une veste, dit-elle à Martin.

— Je vais la chercher, je reviens.

Depuis le vestibule, il entend Ophélie et Paul en pleine discussion dans le salon. Sa sœur hausse soudain le ton et attaque frontalement son petit frère. Martin prend la veste de sa mère et s'apprête à sortir, puis se ravise. Quand cesseront-ils de se disputer, ces deux-là ? Ophélie semble en vouloir terriblement à Paul d'être parti au lendemain de la crue. À l'entendre, il se fout de sa famille et de ce qui peut bien lui arriver. Jamais il ne s'est soucié de savoir s'ils avaient eu besoin d'aide. Le bon sens aurait voulu qu'il diffère son départ. Martin préfère les laisser régler leurs comptes et se retire sur la pointe des pieds. Depuis le temps que le feu couve entre eux… Ophélie est à bout, entre ses problèmes de couple et ses soucis à la jardinerie. Pourvu qu'elle ne s'acharne pas trop sur ce pauvre Paul. Il ne mérite pas tous ses griefs. Qui sait, peut-être saura-t-il trouver les mots pour apaiser sa sœur…

Lorsque les promeneurs rentrent à *La Desserte* après une heure de marche digestive, une trêve semble s'être instaurée entre Ophélie et Paul. Ophélie rejoint Elsa dans le jardin tandis que Kévin range les vélos des enfants dans le monospace. Alice a déjà filé en cuisine et Gus somnole dans un fauteuil. Martin rejoint sa mère et se sert un café. Lorsqu'il revient dans le jardin, depuis le seuil de la porte il aperçoit son Alfa dévaler la pente. Avant le déjeuner, ne voulant pas la laisser au bord de la route, il était allé la garer plus haut dans le jardin. Impossible qu'il ait pu oublier de serrer le frein à main. Il se précipite vers le véhicule pour tenter de l'arrêter, mais il est déjà trop tard. Pour l'éviter, Elsa a sauté sur le côté et il la voit tomber lourdement sur les gravillons tandis que l'Alfa termine sa course dans la haie de lauriers-roses.

— Non ! hurle Martin.

Il se précipite vers sa femme et tente de la relever. Elle le retient par le bras et éclate soudain en sanglots.

— Le bébé ! gémit-elle.

27

Ophélie a donné rendez-vous à Elsa au *Café du Commerce*, sur les quais, un bar de Sommières particulièrement prisé par les touristes qui apprécient, l'été, de trouver de l'ombre sous la voûte des platanes au feuillage tendre. Ce début mai offre un avant-goût des vacances. Elsa s'est mise au diapason et a opté pour une robe de lin blanc légère et des sandalettes en corde tressée. Elle a également troqué son sac en cuir contre un sac de toile. Les beaux jours lui manquaient. Avec ce ciel sans nuages renaît l'espoir de belles promesses. Un mois après sa fausse couche, elle a décidé d'aller de l'avant, de laisser derrière elle les larmes, les tristes pensées, et de savourer l'instant présent. C'était un accident de la vie. Elle, tout comme Martin, doivent accepter cette épreuve et la surmonter s'ils veulent poursuivre leur route. « De toute façon, t'as pas le choix, se résigne-t-elle en traversant le pont romain. Quand on pleure, c'est toujours sur soi. »

Sept mois après la crue, le Vidourle coule gentiment au fond de son lit mais on distingue encore sur les berges les stigmates de la catastrophe, comme les dépendances de cette maison de maître couvertes de bâches bleues, toujours dans l'attente d'un toit. De nombreux chantiers ont été suspendus, souvent à la suite d'un litige avec les compagnies d'assurances. Quelques patients d'Elsa sont dans ce cas, ils savent aussi que les cotisations augmenteront sensiblement l'an prochain. D'un geste machinal, elle replace derrière l'oreille une mèche de cheveux soulevée par la petite brise qui vient de se lever. La jeune femme presse le pas. Ophélie doit déjà l'attendre et elle a hâte de savoir comment s'est passé son rendez-vous au tribunal de commerce de Nîmes. Sa belle-sœur jouait son va-tout, ce matin.

Elle traverse la chaussée au niveau de la Tour de l'Horloge, laisse ce vestige de l'enceinte médiévale derrière elle et se dirige vers le *Café du Commerce*. Comme elle s'y attendait, Ophélie est déjà installée à l'une des tables de ce bistrot au décor vintage, le regard perdu au-delà des baies vitrées qui surplombent la place du marché. Le verre vide posé devant elle suggère qu'elle patiente depuis un moment. Son regard s'éclaire dès qu'elle aperçoit Elsa. Elle appelle le serveur tandis que sa belle-sœur la rejoint.

— J'étais impatiente de te voir, lance Ophélie.

— Je suis en retard, désolée. Alors, comment ça s'est passé ?

— Je t'avoue que j'étais stressée. D'autant plus que Kévin a refusé de m'accompagner. Il a vraiment une dent contre moi depuis que j'ai engagé ces démarches. À croire qu'il ne veut pas qu'on s'en sorte. Cela dit, les jeux étaient déjà faits puisque aujourd'hui le tribunal rendait son jugement.

— À ta mine, j'imagine que tu as eu la réponse que tu espérais.

— Oui ! Le juge a placé *Terre de garrigue* en redressement judiciaire avec une période d'observation de six mois. C'est une excellente nouvelle, même s'il nous faut maintenant remonter la barre. Six mois, c'est à la fois long et court.

Elsa commande un Perrier avec une rondelle de

citron au serveur qui s'impatiente. Ophélie enchaîne aussitôt.

— L'essentiel, pour moi, est de sauver les emplois. Je ne supporterais pas de devoir licencier du personnel. Il va nous falloir épurer le passif ; certains fournisseurs risquent de ne pas être réglés. Pas brillant pour un chef d'entreprise, mais je n'ai pas le choix. Je tâcherai d'être diplomate lorsque je leur expliquerai la situation, en promettant de m'en souvenir le moment venu. L'administrateur sera là pour nous assister dans la gestion. Je t'avoue qu'avec ce qui se passe entre Kévin et moi en ce moment, ce n'est pas plus mal.

Ophélie le sait, l'avenir de la société se jouera dans un mouchoir de poche. La perspective que l'histoire s'arrête brutalement l'effraie. Elle refuse d'être responsable de la faillite de l'entreprise familiale. Elle se battra jusqu'au bout, se donnera sans compter dans cette course contre la montre. Le délai n'est pas extensible et le challenge sera plus difficile à relever avec les mouvements sociaux qui frappent le pays depuis plusieurs mois. S'approvisionner est devenu compliqué et la jardinerie connaît de fréquentes ruptures de stock, donc une baisse des recettes. Or, dans le cadre d'un redressement, les mandataires judiciaires surveillent à la loupe le chiffre d'affaires. Ils se moquent du climat économique ambiant. Ophélie ne se berce pas d'illusions, *Terre de garrigue* ne serait pas la première entreprise à couler dans un tel contexte. Les petits entrepreneurs sont souvent les victimes collatérales de mouvements sociaux. Tout ça tombe mal, comme si elle avait besoin d'une nouvelle catastrophe.

— Le printemps et l'été sont des bonnes périodes pour la jardinerie, la rassure Elsa. Les propriétaires des résidences secondaires vont bientôt arriver et s'occuper de leurs jardins, et puis il y a les semis, les nouvelles plantations. Je suis confiante. Tu as toujours su rebondir, non ?

— Je te remercie de m'encourager. Je dois rester sereine, surtout ne pas montrer mon stress devant les enfants. Quant aux employés, je préfère opter pour le dialogue. Il n'y a rien de pire pour eux que de ne rien savoir. C'est contre-productif. Là, ils vont s'impliquer. Après tout, on est sur le même bateau.

— Si tous les patrons étaient comme toi…

— C'est drôle, j'ai passé mon temps à critiquer mon père dans sa façon de gérer le personnel et maintenant que l'avenir de la société est en jeu, je m'aperçois qu'il n'avait pas tort. Mais pas pour tout !

Cette réflexion la fait sourire. Gus l'a d'ores et déjà prévenue qu'il ne se mêlerait de rien s'il y a redressement, sauf si sa fille le lui demande.

— Tu te souviens de ce que je t'ai raconté à propos de Yanis et de ces types un peu louches qu'on a vus à Nîmes, maman et moi, le jour où on a visité l'appartement ? Eh bien, figure-toi qu'hier soir, au moment de la fermeture, je l'ai surpris dans le vestiaire réservé aux employés, en conciliabule avec la même bande. Nous avions pourtant eu une discussion à ce sujet tous les deux.

— Et alors ?

— J'étais furieuse et je lui ai dit que je ne renouvellerai pas son CDD.

Pour se justifier, Ophélie insiste sur le fait que Yanis n'a pas à donner de rendez-vous à la jardinerie. D'ordinaire, elle ne se mêle pas de la vie privée de ses employés tant que cela n'interfère pas dans leur travail. Or, là, il expose le personnel et les clients à des gens pour le moins douteux. Yanis lui a confié une fois que des petits trafiquants marseillais l'avaient aidé par le passé. Des petites frappes qu'il continue pourtant à fréquenter. Ophélie ne peut plus avoir confiance en lui.

— Tu ne risques pas de le regretter ?

— Je ne sais pas. J'ai agi sur le coup de la colère.

La décision est difficile à prendre pour Ophélie. Son employé fait du bon boulot, c'est un cariste hors pair. Aux commandes d'un chariot élévateur il est capable de gerber des sacs de terreau, d'engrais, d'écorce de pin ou de gravier d'ornement sur les plus hautes étagères de la réserve et de les caler au millimètre près. Réactif, il fait preuve aussi d'un bel esprit d'initiative et la clientèle l'apprécie pour ses conseils et sa disponibilité. Peut-être mérite-t-il une seconde chance.

— Je me laisse un petit temps de réflexion. En tout état de cause, je le convoquerai pour qu'on ait une nouvelle discussion tous les deux.

— Suis ton intuition, tu sauras prendre la bonne décision.

Ophélie considère sa belle-sœur d'un air amusé.

— Tu as une capacité incroyable à toujours voir le bon côté des choses. Comment fais-tu ?

Elsa répond avec bienveillance.

— Si tu barricades ton cœur, tu évites pas mal de soucis mais tu ne vis qu'une moitié d'existence. Contrairement à ce que tu penses, la gentillesse coule dans tes veines. Martin est comme toi. Hélas, certains ont tendance à en profiter à la caserne, surtout depuis les événements.

Souvent, Elsa invite son mari à plus de lucidité. Se racheter une conduite ne signifie pas pour autant accepter n'importe quoi. Les vrais amis proposent quand les copains disposent. Ce soir encore, il a accepté une garde en remplacement d'un collègue qui a invité sa femme à dîner. Un comble ! Et ce week-end, il est de nouveau d'astreinte.

— Bon sang ! Il est déjà 17 h 30, s'affole-t-elle en regardant sa montre.

Elle rassemble aussitôt ses affaires. Le temps de pause qu'elle s'accorde d'ordinaire à la mi-journée est largement dépassé, ce qui décale d'autant sa tournée. Si elle n'a pas de désistement, ce qui l'étonnerait, elle finira à point d'heure.

— Bisous, ma belle, lance-t-elle à Ophélie. Je file.

Elsa sort du bar et gagne la passerelle piétonne qui traverse le Vidourle. Arrivée à sa voiture, elle établit mentalement la liste des priorités. En fonction du retard accumulé, elle devra certainement décaler certains rendez-vous.

La fin d'après-midi se poursuit à un rythme d'enfer. La jeune infirmière prend tout de même le temps de bavarder avec certains patients en manque de compagnie et lorsqu'elle revient au cabinet, il est plus de 20 h 30. Fatou est encore là et la rappelle à l'ordre.

— Dis donc, toi, il faudrait songer à lever un peu le pied. Tu n'as pas voulu t'arrêter de travailler après ta fausse couche pour oublier, mais t'épuiser ainsi ne te sera d'aucune utilité. Un jour, tu vas flancher.

Assise derrière l'écran de son ordinateur, sa collègue lance l'impression du planning des prochaines semaines dans lequel de larges plages horaires ont été dégagées pour Elsa afin qu'elle puisse se reposer.

— Tu prends le pont de l'Ascension, décrète Fatou. Pars donc quelques jours avec Martin. Pense un peu à ton homme. Et ne t'inquiète pas pour le cabinet. Avec Hervé, on se débrouillera.

Le remplaçant qu'elles ont embauché en décembre dernier est apprécié par la clientèle. De ce côté-là, Elsa n'a aucune crainte à avoir.

— Il s'est parfaitement bien intégré, reconnaît Fatou. Tout comme toi quand tu es arrivée. Sans rire, si tu n'avais pas été là après la mort de Marion, jamais je n'aurais pu m'en sortir. Et puis il est toujours bon d'avoir du sang neuf !

Fatou se mord les lèvres, consciente de sa bévue. Pauvre Marion… Elle ne méritait pas un sort pareil. Mais elle ne peut nier que l'arrivée d'Elsa et le fait qu'elle ait pu racheter les parts de sa collègue l'ont sortie d'un mauvais pas. Le scandale qui touchait le cabinet semble derrière elles à présent.

— J'ai enfin rassemblé les effets de Marion dans un carton. J'ai l'intention d'aller les porter à sa tante, dit-elle. Avec tous ces flics qui nous ont pourri la vie, je n'avais pas encore trouvé le temps de m'en occuper. Avant que je ferme le colis, regarde. Peut-être y a-t-il des choses que tu voudrais récupérer.

— Non. Ce sont des effets personnels. Mais tu as bien fait de garder cette photo d'elle. Elle a toute sa place ici. Demain, je ramènerai un cadre.

Sans attendre, Fatou referme le paquet avec un gros scotch et le dépose dans l'entrée.

— J'ai appris que Marion avait accompagné Luciano Calabrese à la banque, annonce-t-elle en enfilant sa veste. Pour clôturer son compte, paraît-il.

— Que dis-tu ?

— J'ai croisé par hasard le gestionnaire du compte de Luciano. On se connaît bien. On a bavardé cinq minutes sur le trottoir. Il est formel, son client avait toute sa tête le jour où il est passé, et en aucun cas il n'a agi sous la contrainte. D'ailleurs, pour pouvoir retirer une aussi grosse somme, il avait dû anticiper avec la banque. Tout était programmé. Il voulait laisser le moins d'argent possible à « son charognard de neveu ». Ce sont ses propres termes.

— Cela confirme ce que nous a dit Lucette, l'amie d'enfance de Luciano. Marion est donc innocente !

— Ce qui met fin à cette affaire une bonne fois pour toutes. Sans doute les enquêteurs étaient-ils au courant de ce retrait et c'est pour ça qu'ils ont cessé de nous harceler.

Fatou se moque de savoir où est passé ce fric, ni à qui il a profité. À Marion, ou aux bonnes œuvres, ça lui est égal. L'essentiel est que l'honneur de leur collègue soit lavé. Elsa acquiesce, bien qu'en son for intérieur elle ne prenne pas cette nouvelle pour argent comptant. Reste en effet ce téléphone prépayé, avec ces étranges messages. Mais à mesure que les mois s'écoulent, l'espoir d'identifier la personne qui a donné rendez-vous à Marion s'amoindrit. Martin commence à s'agacer de son obstination à vouloir connaître la vérité. Doit-elle pour autant abandonner ses investigations ?

* * *

Un aigle traverse le ciel limpide. L'ombre de ses ailes déployées glisse le long des falaises calcaires avant de disparaître derrière un récif. Le soleil brûle la roche d'une blancheur aveuglante. Avec cette fournaise, l'écorce des pins éclate et la résine coule le long des troncs. Il faut un mental d'acier et d'excellentes aptitudes physiques pour surmonter le vertige et affronter les difficultés d'une descente en rappel sur les parois de ces gorges escarpées. Depuis six millions d'années, au milieu de la garrigue écrasée par la chaleur, le Gardon a creusé une faille d'une centaine de mètres. À cette saison, la rivière sinue tranquillement au fond du canyon. Elle paraît bien inoffensive. Les rares habitués, des baigneurs téméraires, empruntent volontiers le sentier escarpé conduisant à la minuscule plage de galets pour se rafraîchir dans son eau vivifiante. Les paradis préservés se méritent.

Martin se tient en aplomb d'un promontoire avec ses collègues pompiers et attend les instructions. À la demande du colonel Fabrègue, le directeur départemental des Services d'incendie et de secours, le lieutenant Fabrice Reyes a organisé une répétition générale avant le grand rassemblement européen de la protection civile qui se tiendra la semaine prochaine dans le *vallat* de la Canelle, en présence du préfet, du ministre de l'Intérieur et de ses homologues étrangers.

— Messieurs, lance le colonel Fabrègue d'un ton martial, inutile de vous rappeler l'importance de l'exercice. Contrairement aux autres participants, vous avez l'avantage de connaître le terrain sur lequel se déroulera la manœuvre. Aussi, j'attends de vous que vous portiez haut les couleurs de la France.

Ce lieu de rassemblement n'a pas été choisi au hasard. Ici, le débit de la rivière peut s'avérer d'une puissance redoutable en cas d'épisode cévenol. Des crues d'une incroyable violence érigent en quelques minutes un mur d'eau bouillonnante qui s'engouffre à une vitesse folle dans la gorge trop étroite. Le colonel rappelle aux hommes que le risque est constant, d'où l'importance de multiplier ce genre d'entraînements. Il n'y a pas un souffle d'air, aucun nuage ne voile le ciel azur. Le soleil est si brûlant qu'on a peine à imaginer que le dérèglement climatique peut générer ici de violentes précipitations. Les risques d'inondation sont devenus une constante. Le devoir des pompiers est de toujours se tenir en capacité de répondre aux ordres d'intervention.

Martin sent le regard du gradé s'attarder sur lui. Aujourd'hui, lui plus que tout autre n'a pas le droit à l'erreur. Il connaît sa feuille de route. L'exercice a pour objectif la validation européenne de deux modules français, l'un sur le sauvetage en eaux vives et l'assistance en inondation, l'autre sur la reconnaissance aérienne du terrain à l'aide des drones de la Sécurité civile, ainsi que des démonstrations de pompage haute capacité par les unités italiennes et allemandes.

— La mission du jour consiste à organiser la sécurisation d'un site nautique et de son appui logistique dans l'acheminement du matériel sur place, poursuit le colonel.

Il se tourne alors vers le lieutenant Reyes, lui signifiant qu'il peut lancer l'opération. Parmi les hommes de la section de Sommières, Martin a été sélectionné comme tête de cordée en raison de ses aptitudes en escalade. Il ajuste son casque, rejette en arrière quelques mètres de corde avant de commencer sa descente en rappel, attaché par son baudrier, le dos dans le vide et les pieds en appui sur la paroi brûlante. À mesure qu'il progresse, la température augmente. À mi-parcours, il sécurise sa descente et change de mousqueton pour relier le descendeur et l'autobloquant au baudrier. Ses gestes sont précis, efficaces. Il sait que dans ces manœuvres, il faut aller vite. Il aboute un coinceur mécanique lorsque des gravillons tombent sur son casque. Impatients, deux collègues l'ont suivi sans attendre qu'il soit arrivé au fond du canyon. Martin repère un troisième pompier, une femme, la seule du groupe, qui a choisi d'emprunter une voie de passage un peu plus à l'ouest, d'apparence moins escarpée mais en réalité plus dangereuse à cause d'une arête saillante au milieu du couloir. Les mains en porte-voix, Martin crie à l'intrépide de ne pas s'aventurer plus loin. Mais, bien décidée à atteindre le gouffre avant son chef de cordée, elle poursuit sa descente. L'accident est inévitable. Impuissant, Martin voit sa collègue riper, puis dévisser sans pouvoir recoller à la paroi. Par miracle, la malheureuse trouve une prise, un pied de romarin entre une anfractuosité rocheuse. Elle réussit à s'agripper au buisson, deux mètres en contrebas de Martin. Elle ne tiendra pas longtemps. Ignorant les consignes de Reyes dans les écouteurs de son casque, l'adjudant Lazaret tente une approche vers sa collègue en difficulté. Arrivé à une vingtaine de centimètres, il lui tend la main, la ramène vers lui à la force des bras. Une fois sécurisée, à la grande surprise de Martin, elle lui reproche d'être intervenu.

— Qu'est-ce qui t'a pris ? Je gérais la situation, je n'avais pas besoin d'aide.

Martin n'en revient pas. Sans lui, elle aurait pu continuer de dévisser et se fracasser la tête contre la roche. Cela dit, lui-même n'a pas suivi les consignes de Reyes et il s'attend à voir sa hiérarchie le réprimander. Une fois de plus, il a agi à l'instinct, sans respecter la procédure. En aucune manière il n'aurait dû se détacher, mettant ainsi sa vie en péril, le code de procédure est formel sur ce point. Il risque de le payer. Étonnamment, ses supérieurs ne semblent pas lui en tenir rigueur, probablement soulagés d'avoir échappé au pire. Au contraire, ils saluent son initiative. Sans son courage, l'exercice aurait pu tourner au drame. Quant à sa collègue, elle hérite d'un blâme. Le colonel Fabrègue, l'initiateur de cette journée d'entraînement, ne décolère pas. De son côté, Reyes enjoint à ses hommes de se ressaisir. Une telle erreur est inadmissible. Si elle était survenue lors des validations européennes, cet accident aurait ridiculisé le corps des sapeurs-pompiers de Sommières. D'un coup d'œil entendu à Martin, il rappelle qu'il ne veut plus assister à ce genre de démonstration héroïque. Martin a très bien compris le message et obtempère.

Sur le chemin qui le mène chez lui quelques heures plus tard, une sensation de satisfaction l'envahit malgré tout. Cette fois, grâce à sa présence d'esprit, il a sauvé sa collègue et ainsi réussi à enrayer cette accumulation d'accidents qui l'ont hanté durant tant de semaines. Après Marion et Flavien, puis Elsa avec ce stupide accident de voiture qui a provoqué sa fausse couche, il se croyait maudit. Ce dernier sauvetage met un terme à la loi des séries. Il prouve surtout que dans son métier, les initiatives d'un jour peuvent s'avérer miraculeuses, ou désastreuses. Martin n'y peut rien. La mort fait partie intégrante de la vie, chaque mission est là pour le lui rappeler.

Arrivé à la maison, il éprouve le besoin d'appeler Paul, comme pour libérer toutes les émotions accumulées durant la journée. Ce dernier décroche à la première sonnerie. C'est la première fois que Martin lui téléphone en semaine et au ton de la voix, ce dernier comprend que son frère est inquiet. Il le rassure aussitôt et lui raconte par le menu ce qui s'est passé et combien cet incident a été libérateur pour lui. Heureux, Paul le félicite.

— Regarde Ophélie… Qui pensait il y a six mois qu'elle oserait franchir le pas en se séparant de Kévin ? Moi qui la croyais si attachée aux apparences… Elle aussi s'est remise en question, quitte à revenir à la case départ. Je suis impressionné par sa détermination. Et c'est pareil avec la jardinerie. Elle se bat comme une lionne pour sauver l'entreprise. Elle est vraiment courageuse.

— Lui as-tu déjà dit ? demande aussitôt Martin.

— Je voulais le faire quand je suis venu à Pâques, mais elle est partie bille en tête avec ses reproches. À vrai dire, elle m'a exaspéré et je ne l'ai pas écoutée.

— Il serait temps de faire une trêve tous les deux. Vos querelles deviennent ridicules et en plus, elles font de la peine aux parents.

— Je suis d'accord, reconnaît Paul. Tu sais quoi ? Je l'aime, ma grande sœur.

— Alors appelle-la. Je suis persuadé qu'elle a besoin de l'entendre.

— Je doute qu'elle me croie sincère. À ses yeux, je suis d'une ingratitude sans nom. Déjà qu'elle me prend pour un original. Cela dit, tu as raison, je vais lui passer un coup de fil.

Paul admet volontiers qu'il n'a pas toujours été à la hauteur avec Ophélie et que ses reproches étaient parfois justifiés.

— Et Elsa, comment va-t-elle ?

— Beaucoup mieux. J'ai loué un van et je l'emmène en Espagne pour le pont de l'Ascension. C'est court, malheureusement, mais avec le cabinet, elle ne peut pas s'absenter trop longtemps. J'aimerais lui faire découvrir la Costa Dorada et pousser jusqu'à Salou où les plages sont magnifiques.

— Formidable. Bon, je vais devoir te laisser, frérot.

Martin réalise que c'est le matin à Los Angeles. Son frère doit être en plein boulot. Après avoir raccroché, il repense à leur conversation et se dit que le bonheur est fugace. Après la période difficile qu'ils viennent de traverser, Elsa et lui, ce périple en amoureux tombe à pic. Mais avant de savourer ces instants privilégiés, il lui reste à s'affranchir d'un devoir moral. La mort de Marion soulève encore de nombreuses questions et il aurait dû insister auprès d'Elsa et Fatou pour qu'elles communiquent à la gendarmerie les informations qu'elles avaient recueillies grâce au téléphone prépayé. Il s'en est gardé jusque-là, jugeant la démarche inutile puisque l'enquête était close. Et pourtant… Avec le recul, il reconnaît s'être retranché derrière la vérité par lâcheté pour tirer un trait sur cette histoire. Aujourd'hui, il n'en a plus le droit.

28

Après un plongeon dans la piscine provoquant les foudres de leur sœur qui lézarde au soleil, les jumeaux retrouvent leur grand-mère à deux pas de là. Ignorant les querelles des enfants, elle cueille des cerises non loin du bassin. À ses pieds, un panier déjà bien garni attise la convoitise des garçons. Incapables de résister, ils en allègent le contenu sous le regard faussement réprobateur d'Alice qui fait mine de les rabrouer. Le vieux cerisier s'est montré généreux cette saison, ils peuvent bien en profiter. Afin de leur éviter l'indigestion, elle leur propose de préparer un clafoutis. Ravis, les gourmands la suivent dans la cuisine. Tandis que leur grand-mère prépare la pâte, ils commencent à équeuter les fruits. Lou fait son apparition, grappille quelques cerises dans le saladier, ce qui déclenche immédiatement des cris. Alice calme son petit monde. À force d'embêter leur sœur, ils devaient s'attendre à des représailles, ces chenapans ! Elle enfourne le plat puis débarbouille Eliott et Jules, debout sur un tabouret devant l'évier. Ces gentils garnements la maintiennent en forme, pense-t-elle, tout comme les deux promenades quotidiennes qu'elle réserve à Maya. Tant qu'elle peut s'occuper de ses petits-enfants, elle en profite. Peu importe si elle est lessivée le soir, après leur départ.

Jules et Eliott se savonnent consciencieusement les

mains jusqu'aux poignets. Dans la lumière caressante de la fin d'après-midi, l'image est touchante. Alice va chercher son portable et prend une photo. Elle rejoindra le diaporama qui défile en permanence dans le cadre numérique placé sur une étagère, cadeau de Noël d'Ophélie à ses parents. Alice ne se lasse pas de voir défiler d'anciens clichés mélangés à d'autres plus récents. Souvent, elle interrompt une activité quelques minutes pour suivre une série. Dans la cuisine flotte maintenant un délicieux parfum de pâtisserie. Alice sort le clafoutis qu'elle pose sur le plan de travail avant de relancer la minuterie pour parfaire la cuisson d'un second. Elle a toujours aimé régaler les siens, même lorsqu'elle ne disposait que du cellier pour cuisiner. Au début de leur installation à *La Desserte*, elle n'avait pas trop le choix, c'était le seul point d'eau courante au rez-de-chaussée. Elle parcourt d'un regard satisfait sa belle et grande cuisine dont elle a rêvé durant des années avant de pouvoir se l'offrir. Les travaux ont duré presque vingt ans. Les débuts n'ont pas été faciles. Une vie passe si vite, regrette-t-elle.

En attendant la fin de cuisson du clafoutis, elle feuillette *Sommières infos*, le bulletin municipal que Gus a laissé traîner sur la table. Les jumeaux semblent s'être rabibochés avec leur sœur et jouent dans la piscine. Un peu de répit ne sera pas du luxe. L'arrivée de Martin et Elsa l'interrompt dans sa lecture. Alice devine à leur air radieux que leur petit périple espagnol s'est merveilleusement déroulé. Elle leur propose une citronnade. Avec cette chaleur, elle en prépare toujours le matin pour avoir une ou deux cruches à disposition dans le réfrigérateur. Enchanté, le jeune couple prend place autour de la grande table en chêne et raconte leur périple. Trois jours de rêve, entre les baignades dans les petites criques autour de Cadaqués et les déjeuners dans les petites paillotes qui jalonnent la plage, avec bien sûr une visite de la maison de Dalí. Leur séjour a été bref mais ils ont l'impression d'être partis au moins deux semaines, ayant profité de chaque instant au maximum.

Tandis qu'Alice leur sert une part de clafoutis juste tiède, Elsa remarque le *Sommières infos* ouvert sur une page faisant état de l'inauguration prochaine d'une plaque commémorative à la mémoire de Flavien, « décédé dans l'exercice de ses fonctions », et de Marion, la victime qu'il n'a pu sauver. Leurs photos figurent à côté de l'entrefilet. Elsa se fige en voyant les deux clichés. Elle glisse discrètement la gazette sous les yeux de Martin, qui accuse le coup à son tour. Alice les interroge du regard mais elle n'en saura pas plus, les jumeaux venant de débouler dans la cuisine, bientôt suivis de Lou. Surpris de voir Martin et Elsa, Jules et Eliott se jettent à leur cou pour les embrasser. Lou, qui a suivi leur périple sur Facebook, se doutait bien qu'ils rentreraient aujourd'hui.

— Je sais même où vous avez passé votre dernière nuit, ajoute-t-elle, un brin crâneuse. Au pied de la citadelle de Collioure. Et vous avez déjeuné à Gruissan avant de rentrer.

— Et si vous goûtiez au clafoutis, les enfants ? propose Alice.

Sans se faire prier, les jumeaux sortent les assiettes à dessert du vaisselier et des petites cuillères. Ils s'installent autour de la table tandis qu'Alice leur sert de généreuses portions.

— Tu ne manges pas, ma fille ? demande-t-elle à Lou qui, absorbée par l'article de *Sommières infos*, ne répond pas.

— Cette femme, qui est-ce ? lance soudain l'ado.

— Marion, répond Elsa, l'infirmière que j'ai

remplacée au cabinet. Mais tu la connais, ma puce, elle était à notre mariage. Tu ne te rappelles pas ?

Devant l'air perplexe de sa nièce, Elsa insiste.

— Oui, je me souviens l'avoir croisée ce jour-là, tante Elsa. Mais pas seulement.

— Que veux-tu dire ?

— Je l'ai aussi vue à la sortie de l'école. Et même plusieurs fois. Elle discutait souvent avec papa. Ils avaient l'air de bien se connaître.

Au regard qu'Elsa lance alors à Martin, Alice se doute qu'ils lui cachent quelque chose.

— Tu es certaine qu'il s'agissait de Marion ? demande Martin.

— Oui.

— Peut-être qu'elle était là pour récupérer un enfant, suggère Alice.

— Je ne crois pas. Dès qu'elle me voyait arriver, elle baissait la tête et disparaissait aussitôt.

De plus en plus intriguée, Alice se penche vers son fils.

— Tu m'expliques ? J'ai l'impression d'avoir sauté un chapitre…

— Nous en reparlerons plus tard, si tu veux bien.

Alice acquiesce d'un signe de tête mais elle n'est pas dupe. Une menace plane sur le clan, elle en a l'intime conviction…

* * *

Le courage n'a jamais caractérisé Kévin. Il doit filer au plus vite s'il ne veut pas être rattrapé par la brigade financière. Quant aux Lazaret, si on ne les a pas encore mis au courant, ils vont l'être sous peu, Ophélie la première. L'administrateur a cherché à le joindre. Il souhaitait lui parler au plus vite. Son message était sans équivoque. En sa qualité d'expert-comptable de la jardinerie, Kévin doit éclaircir certaines lignes de compte qui apparaissent délictueuses. « Éclaircir », le mot prêterait presque à rire si les circonstances n'étaient pas aussi graves. Fébrile, il entasse des vêtements dans un sac de voyage, prend quelques affaires de toilette dans la salle de bains. Comment a-t-il pu en arriver là ?

Dès l'adolescence, Kévin n'avait qu'une idée en tête, fuir le toit familial, un appartement à Saint-Étienne où il s'entassait avec ses huit frères et sœurs, et tout faire pour s'élever socialement. Sa rencontre avec Ophélie l'a comblé au-delà de ses espérances. En entrant dans le clan Lazaret, il enfilait un costume de notable. Depuis son mariage, il s'est toujours montré loyal, dévoué et serviable. Il a coupé les ponts avec sa famille, par honte et parce qu'il n'avait plus besoin d'eux. Mais son désir de revanche sur la vie l'a mené sur une pente dangereuse. Pour parvenir à ses fins, Kévin ne s'est embarrassé d'aucun scrupule. Habile avec les chiffres, il a commencé à boursicoter et a réussi en quelques années à amasser un beau pécule. Mais ce n'était jamais assez. Poussé par l'appât du gain, il a alors misé toutes ses économies sur un seul placement, infaillible selon ses informateurs, et quand celles-ci ont été épuisées, il a commencé à piocher dans les réserves de *Terre de garrigue*. Un cercle infernal. Or, ce placement s'est avéré calamiteux. Un échec retentissant et pour lui l'humiliation assurée s'il ne parvenait pas à se refaire. Pour cela, il lui fallait à tout prix trouver de l'argent frais. Alors il a eu recours à des moyens peu orthodoxes, en commençant par falsifier les comptes de la jardinerie. Son plan aurait pu fonctionner si cette chère Elsa, sa si dévouée belle-sœur, et son héros de mari n'avaient pas insisté pour qu'Ophélie place l'entreprise en redressement judiciaire, ce qu'il cherchait précisément à éviter. En admettant un défaut de gestion, sa femme a autorisé un administrateur nommé par le tribunal de commerce à fourrer son nez dans les comptes. En tant qu'expert-comptable, Kévin a validé certaines irrégularités, ce qui l'implique de fait. Il risque d'être coincé pour malversation, peut-être même d'être jeté en prison.

Un temps, il aurait pu avouer sa faute à Ophélie. Il lui aurait présenté les choses comme une malheureuse erreur d'appréciation, un placement risqué, certes lourd de conséquences, mais qui aurait pu fonctionner et rapporter beaucoup. Et puis il y a eu l'inondation, qui a tout remis en question. Foutue malchance ! Il n'a jamais eu de veine. Cela dit, par compassion et surtout par peur du scandale, sa femme l'aurait certainement couvert et tout serait rentré dans l'ordre. Reste son geste malheureux lors du fameux dimanche de Pâques. À table, quand Elsa a évoqué le sujet du redressement, il a tiqué. Heureusement, Alice a coupé court à la conversation. Mais son soulagement a été de courte durée quand Ophélie a eu le malheur de relancer la discussion avec Elsa, alors que tout le monde vaquait dans le jardin. Pris de panique, il a cherché une diversion. Il se trouvait près des voitures. La belle sportive de son beau-frère s'affichait avec insolence à côté de son vieux monospace. Il y a soudain vu une métaphore de leurs existences respectives : Martin Lazaret, le héros de la famille admiré de tous, face à Kévin Béal, le gentil mari, le bon père de famille, dans sa médiocrité et l'abnégation de lui-même. Une rage sourde et inconsidérée, et certainement la jalousie, l'ont alors incité à desserrer le frein à main de ce beau joujou. En aucune façon il n'a voulu blesser quelqu'un. Encore moins provoquer la fausse couche d'Elsa. Mais aujourd'hui, il n'a plus le temps de s'apitoyer. Des bébés, Martin et Elsa en auraient d'autres.

Sans scrupule, il vide le coffre-fort dissimulé dans la penderie et en jette le contenu dans son sac de voyage. Quelques liquidités, pas de quoi tenir bien longtemps. Kévin n'a plus une minute à perdre, il ne tient pas à se retrouver face au clan Lazaret, en particulier Ophélie. Sa propre femme n'hésitera pas à le rabaisser devant tout le monde, comme elle l'a toujours fait. Elle sera blessée, donc réagira avec cruauté. Kévin est dépité mais pas surpris de l'accélération des événements. Sans cette fichue inondation et ses effroyables conséquences, personne n'aurait rien vu, il en reste persuadé ; ses fausses écritures seraient passées inaperçues et il aurait pu se refaire. Jusqu'au bout, il a cru en sa bonne étoile, persuadé que la chance allait enfin lui sourire. Pour passer à travers les mailles du filet, il faut parfois forcer le destin. Aujourd'hui, la fatalité le rattrape.

— Que fais-tu là ?

Ophélie vient d'entrer dans la chambre et lui adresse un sourire engageant. C'est bon, elle n'est au courant de rien, il peut encore donner le change.

— Et toi, tu n'es pas à la jardinerie ? répond-il d'une voix détendue. Tu n'as pas de problème, j'espère ?

— Non, j'ai juste oublié un dossier. Tiens, le voilà.

Elle récupère un classeur rangé sur une étagère, au-dessus de la méridienne, puis se tourne vers son mari, soudain pensive. Il se raidit, l'observe du coin de l'œil, anticipant la suite. Mentir est devenu sa seconde nature.

— Quand tu auras un moment, reprend Ophélie avec douceur, j'aimerais qu'on parle, si tu veux bien. De nous.

— Oui, bien sûr.

Kévin ferme la glissière de son sac.

— Tu pars en voyage ? s'étonne-t-elle.

— Pour deux jours, seulement. Ma formation à Paris. Tu te rappelles ? ment-il sans vergogne. Nous en avions parlé au téléphone. Comme c'est la semaine où tu gardes les enfants, ça ne posait pas de problème. Mais, si tu veux, j'annule.

Ophélie acquiesce, bien qu'elle entende cette histoire pour la première fois. Il n'en est pas étonné. Sa femme ne perdra jamais la face !

— Non, non, je t'en prie. Tu veux que je t'accompagne à la gare ?

— Je te remercie, cette fois-ci, je prends la voiture.

— Tu irais plus vite en train.

— Oui, mais ton père m'a demandé si je pouvais lui ramener les bourgognes qu'il a commandés chez son producteur habituel.

— Papa et ses côtes-de-nuits… C'est gentil de ta part de t'en charger. Téléphone quand tu arrives. Les enfants seront heureux de te parler.

L'espace d'une seconde, Kévin entrevoit une chance de reconquérir sa femme, comme si rien ne s'était passé. Mais il n'a plus le choix, il doit fuir.

— Bon voyage. Prends soin de toi, ajoute-t-elle. Allez, je file !

De nouveau seul, Kévin se dirige vers la coiffeuse et ouvre la boîte à bijoux. Ce n'est pas du vol, après tout. Ces pièces, il les a payées, elles lui appartiennent aussi. Quelques pierreries en dédommagement de ce qu'il laisse derrière lui, la maison, le confort. Le marché reste équitable. Il glisse bagues et colliers dans la poche intérieure de son sac, rassemble ses affaires et quitte la maison sans se retourner. Le plus douloureux est de laisser ses enfants, ses trois garnements. Ils incarnent le meilleur de lui-même, sa plus belle réussite. Mais il préfère s'éloigner d'eux, du moins un certain temps. Dès que l'orage sera passé, ils reprendront leurs habitudes. Ils se sont adaptés à la garde alternée depuis qu'Ophélie et lui se partagent l'appartement de Nîmes une semaine sur l'autre. L'essentiel est qu'ils puissent rester dans la maison, qu'ils ne perdent pas leurs repères. Le cœur lourd malgré tout à l'idée de les abandonner, il éprouve l'envie de les serrer une dernière fois contre lui. Lou et ses frères sont à *La Desserte*, il pourrait faire un détour là-bas pour les embrasser une dernière fois. L'idée semble folle mais moins aventureuse qu'il n'y paraît. Alice et Gus ignorent tout des déboires de leur gendre, ils ne s'étonneront pas de cette visite impromptue. Kévin ne s'éternisera pas. Pour ses enfants, il court le risque. Au volant de sa familiale, il pense au périple qui l'attend. Ce soir même il aura passé la frontière espagnole. Il a prévu de s'arrêter à Barcelone où il sera plus difficile à localiser quand le pot aux roses sera découvert.

La circulation se densifie à l'approche de Sommières et il avance au pas, se frayant un passage sur la chaussée encombrée par les voitures garées sur le bas-côté. Ces satanées manifestations pour touristes ont repris. Il avait oublié qu'une *abrivado* se tenait en ville cet après-midi. Pourvu que les enfants n'aient pas eu la mauvaise idée de venir voir ce lâcher de taureaux dans les rues. La poisse, il ne manquerait plus que ça ! Pris dans un ralentissement, il se retrouve immobilisé à hauteur d'une Alfa rouge arrêtée dans la file en sens inverse. Kévin panique lorsqu'il reconnaît Martin. Son beau-frère, ébloui par le soleil, met quelques secondes avant de l'identifier. Elsa, non. Elle se penche à la vitre côté conducteur et intime à Kévin l'ordre de se garer. Elle *veut* lui parler. Elle *doit* lui parler. Elle sait !

Tétanisé, Kévin la voit descendre de l'Alfa et venir dans sa direction. La garce a décidé de le coincer. Ce n'est pourtant pas elle qu'il craint le plus, mais son colosse de mari qui à coup sûr va venir en renfort. Il n'a aucune chance de tenir tête à son beau-frère. Il peut l'aplatir comme une crêpe.

Bloqué entre les véhicules, Kévin n'a plus le choix. Il saisit son sac, abandonne sa voiture et court à toute allure devant lui, la trouille chevillée au corps. Malgré son manque d'exercice physique, il arrive à semer Elsa dans les ruelles. Il s'arrête un instant pour reprendre son souffle, mais la voilà qui réapparaît. Elle n'est qu'à quelques dizaines de mètres de lui à présent. Il semble que Martin ne l'ait pas suivie. Cet idiot n'aura pas voulu abandonner son Alfa au milieu de la circulation. Kévin reprend sa course, Elsa sur ses talons. Il voudrait pouvoir encore la semer, mais au bout de l'esplanade, juste avant les arènes, il est arrêté par un groupe de touristes. Elsa le rattrape et lui prend le bras. Kévin ne cherche pas à se défendre et pose son sac de voyage par terre, prêt à la défier. Mentalement, il examine la situation. Sa belle-sœur ne représente pas une menace, il aura vite fait de la neutraliser.

— Pourquoi, Kévin ? hurle-t-elle. Explique-toi !

— Expliquer quoi ? rétorque-t-il.

Il se demande ce qu'elle sait exactement. A-t-elle deviné pour le fric qu'il a détourné ? À moins qu'il ne s'agisse de Marion. Il la laisse venir.

— Tu étais l'amant de Marion. Je l'ai compris grâce à Lou. Elle l'a vue plusieurs fois devant l'école discuter avec toi. Marion n'avait pas d'enfants, elle n'avait donc rien à faire là. Pas très prudent, comme lieu de rendez-vous.

— Tu fais fausse route, Elsa. Marion me poursuivait

et je n'arrivais pas à m'en défaire, voilà tout, se contente-t-il d'avouer. Cette femme était cinglée.

— Tu mens, Kévin. Tu lui as donné rendez-vous le soir de sa disparition. Pourquoi ?

Pris au piège, Kévin n'a plus rien à perdre. Elsa sait pour Marion, et bientôt, Ophélie apprendra de l'administrateur ses magouilles à la jardinerie.

— C'est vrai, j'ai eu une aventure avec Marion. Mais elle me harcelait. Elle savait que j'allais chercher les enfants à l'école et elle venait faire son cirque tous les jours. Elle était cinglée, je te dis. Crois-moi, je regrette cet écart.

Folle de jalousie, Marion insistait pour que Kévin quitte Ophélie. Elle voulait rendre leur relation officielle et menaçait de raconter toute la vérité à sa famille. Il n'en pouvait plus. Elsa le regarde sans ciller, quand Kévin aperçoit Martin par-dessus son épaule ; il est au coin de la rue, à quelques dizaines de mètres d'eux. Il a encore une dernière chance de fuir mais Elsa le retient par le bras et se cramponne à lui telle une sangsue. Poussés par la foule, ils se retrouvent sur le terre-plein au-dessus du quai, là où se termine l'*abrivado*. D'ici à quelques minutes, des gardians sur leurs chevaux lancés au galop encadreront une formation de taureaux pour les conduire aux arènes. Kévin doit se libérer des griffes de sa belle-sœur. Il empoigne alors fermement Elsa, la repousse un peu vivement. Mais elle perd l'équilibre et bascule en arrière. Kévin ne fait rien pour la retenir.

À l'autre bout de la rue, Martin s'apprête à s'élancer dans leur direction, quand un coup de feu éclate. Les taureaux sont lâchés ! Une fraction de seconde, Kévin hésite à porter secours à Elsa. Dans sa chute, elle s'est accrochée à un gros anneau d'arrimage qui servait autrefois aux péniches. Mais si elle le lâche, la pauvre n'aura aucune chance face à la charge du troupeau. Conscient du danger, Martin bondit tel un fauve, rattrape Elsa avant qu'il ne soit trop tard puis reprend sa course à la poursuite de Kévin qui, glacé de peur, file en direction de la foule agglutinée derrière les barrières, espérant se fondre dans la masse pour s'échapper. Mais il est trop tard, son élan est brisé par Martin qui l'empoigne fermement par le col et l'oblige à le regarder en face. Une colère sourde l'anime, et le coup part, un violent uppercut qui cloue Kévin au sol.

— Ça, c'est pour ma femme que tu aurais pu tuer, misérable cloporte !

Étendu sur les pavés, Kévin a perdu connaissance.

29

Lorsque Martin l'appelle à la jardinerie, Ophélie croit d'abord à une mauvaise farce. Ce que son frère lui raconte est tout simplement inconcevable. Mais elle comprend rapidement qu'il ne plaisante pas. Il se trouve à Sommières avec Elsa et Kévin, elle doit venir le plus vite possible. Prise de court, elle charge Yanis de réceptionner une commande, file à son bureau pour récupérer ses clés de voiture et quitte la jardinerie sans même se changer. Ses employés doivent la prendre pour une folle, pense-t-elle alors qu'elle traverse en trombe le magasin, hagarde, en sueur, flottant dans sa salopette.

Avec l'*abrivado*, le centre de Sommières est complètement bouché. Elle trouve une place aux abords de la ville, réussit tant bien que mal à garer son fourgon entre deux voitures. Il y a foule et elle peine à se frayer un passage parmi les badauds. Elle arrive enfin sur l'esplanade où Martin lui a donné rendez-vous. Kévin a le visage tuméfié, il est assis entre son frère et Elsa qui ne le quittent pas des yeux. Ces derniers lui résument brièvement la situation. Sous le choc, Ophélie peine à croire aux accusations qui pèsent contre son mari, le père de ses enfants, celui avec qui elle aurait peut-être repris la vie commune. Les mots de Martin résonnent dans sa tête. Elle voudrait se réveiller et sortir de ce cauchemar, repartir de zéro.

Martin l'enveloppe d'un regard protecteur. Sa compassion la touche et lui donne le courage d'affronter son mari.

— Maintenant, tu vas tout déballer. Et ne t'avise pas de mentir.

Elle le toise du regard. À l'heure qu'il est, il aurait dû être en route pour Paris mais il est là, affalé sur le trottoir, à devoir rendre des comptes.

— Ose me dire que tout ça est faux, que tu n'as pas commis de telles atrocités. Allez !

Bien que mal en point, Kévin se rebiffe et singe ses propos avec un cynisme affiché.

— C'est plus fort que toi, tu ne peux pas t'empêcher de commander et de régenter la vie de ton entourage. Tu décides de tout sans te préoccuper de l'avis des autres. Et certainement pas du mien ; il a si peu compté, finalement.

Son visage n'exprime plus que de la haine.

— À tes côtés je me suis toujours senti écrasé. J'ai vécu dans ton ombre et me suis plié à tes quatre volontés. Mais ce n'était jamais assez, il t'en fallait toujours plus. J'ai été ce brave petit soldat qui exécute mais ne demande jamais rien en retour. Le pire, c'est que dans cette famille, on m'a toujours considéré comme quelqu'un d'effacé mais personne ne s'est donné la peine d'en comprendre la raison. Vous n'avez que faire des autres. Le clan Lazaret, c'est tout ce qui importe pour vous.

Il se tourne vers Elsa, blottie contre son mari, sidérée.

— Un jour, tu le découvriras à tes dépens. Les Lazaret n'ont aucune considération pour les pièces rapportées. Tous autant qu'ils sont, ils t'utiliseront comme ils l'ont fait avec moi.

Elsa préfère ne pas répondre et entraîne Martin

à l'écart. Il ne décolère pas et elle ne voudrait pas que la situation dégénère. Et puis elle préfère laisser son beau-frère et Ophélie régler leurs comptes entre eux. Ophélie apprécie sa démarche. Dès qu'ils sont assez loin, elle demande à son mari de poursuivre. Toujours assis par terre, Kévin semble avoir retrouvé de l'assurance et se redresse.

— Au début, quand Marion m'a dragué – parce que c'est elle qui a commencé –, j'ai repoussé ses avances. Mais elle a insisté et j'ai fini par succomber. Je me sentais valorisé, désiré. Tu dois comprendre ça, toi qui es mariée à la jardinerie. Parce que tu dois bien y trouver quelques compensations, non ?

— Qu'insinues-tu ?

— C'est à toi de me le dire, chérie. Ce jeune Yanis, par exemple. Tu passes beaucoup de temps avec lui, on dirait…

Ophélie se retient de le gifler.

— Pauvre Kévin, tu es tombé bien bas. Changeons de sujet, s'il te plaît. Je n'ai qu'une question. As-tu tué Marion ?

— Non, s'écrie-t-il, c'était un accident !

Son visage se referme. Un silence pesant s'installe. Ophélie ne le brusque pas, préférant attendre qu'il décide de parler de lui-même. Elle veut tout savoir. Enfin, il lève la tête et affronte son regard. De guerre lasse, il poursuit sa confession. Sous ses airs de femme sympathique, Marion était en réalité une calculatrice, une femme possessive, prête à tout pour le retenir. Pour cela, elle n'a pas hésité à soutirer de l'argent au vieux Calabrese, somme qu'elle a servie à Kévin sur un plateau pour qu'il puisse rebondir. Et il a eu la faiblesse d'accepter. Il avait besoin de cet argent pour renflouer les caisses de la jardinerie et couvrir ses malversations.

— Voilà pourquoi tu ne voulais pas qu'un mandataire judiciaire mette son nez dans nos comptes, le coupe Ophélie.

— Avec ce prêt, Marion me tenait. C'est à partir de là que notre relation a viré au cauchemar. Quand je lui ai annoncé que je voulais rompre, elle est devenue complètement hystérique, jusqu'à venir me harceler à la sortie de l'école. Elle m'a même suivi en Bretagne où elle a passé des heures entières à m'espionner.

Ophélie est atterrée. Avec le recul, elle se rappelle que Kévin s'isolait souvent pour répondre au téléphone. Par deux fois, il l'avait laissée seule avec les enfants et elle ne l'avait pas vu de la journée.

— Elle voulait que je te quitte, pressée d'officialiser sa relation avec moi. Elle ne supportait plus de vivre dans la clandestinité et le mensonge. Jusqu'au jour où elle m'a menacé de tout révéler au sujet de la jardinerie, les malversations et tout le reste, si je ne franchissais pas le pas.

— Viens-en aux faits ! Que s'est-il passé le soir de la crue ? Tu n'as plus le choix, Kévin, parle ! Si tu veux vraiment soulager ta conscience, c'est le moment.

— Après avoir raccompagné Paul à Nîmes, au lieu de rentrer directement à Aubais j'ai pris la route de Salinelles. Il était convenu avec Marion qu'on se retrouve sur le parking, après le rond-point, pour qu'on discute une bonne fois pour toutes. En chemin, j'ai téléphoné à Alice pour lui dire que j'étais bien rentré. Au moment de repartir, j'ai reçu un appel de Marion. J'étais en retard, elle hurlait au téléphone. Je l'ai calmée, lui ai expliqué que j'avais dû reconduire Paul à Nîmes et que je serais là dans moins d'un quart d'heure. Et là, juste avant de raccrocher, elle m'a annoncé qu'elle avait demandé à Gus de nous retrouver sur le parking.

Ainsi, ce fameux soir, l'infirmière avait l'intention de mettre sa menace à exécution en révélant tout à son père, pense Ophélie.

— J'étais comme fou ! Elle allait réussir, tu comprends ? Cette folle aurait brisé notre famille !

Kévin a alors tenté le tout pour le tout. Il s'est dit qu'il avait peut-être encore le temps d'intercepter Gus à *La Desserte*. Il trouverait n'importe quel prétexte pour convaincre son beau-père de rester chez lui.

— Quand je suis arrivé, ton père était sur le point de partir. Il faisait nuit et il pleuvait ; avec son parapluie, il ne m'a pas vu. Et là, je ne sais pas ce qui m'a pris, mais j'ai paniqué. Je voulais gagner du temps, tu comprends.

— Ne me dis pas que tu as frappé papa ?

Kévin détourne la tête. Ophélie ferme les yeux, anéantie par cette révélation. Surmontant son dégoût, elle somme son mari de poursuivre.

— Que s'est-il passé, ensuite ? Parle !

— Malgré la pluie qui avait noyé la route, j'ai tout de même réussi à me rendre jusqu'au rond-point. Comme prévu, Marion m'attendait sur le parking, à l'abri dans sa Mini. J'ai immédiatement compris qu'elle était ivre en la voyant boire au goulot. Je n'en revenais pas. Du whisky ! Cul sec ! Sans doute pour se donner du courage. Je me suis garé un peu en retrait. Et puis l'incroyable s'est produit. Les eaux de ruissellement ont provoqué un glissement de terrain et une partie du parking s'est effondré, entraînant la Mini dans le Vidourle en contrebas. C'était horrible.

Le premier réflexe de Kévin a été de sauver sa peau, au cas où un autre éboulement l'embarque à son tour. Mort de frousse, il a aussitôt redémarré, fait marche arrière et trouvé refuge quelques mètres plus loin. Quand il a repris ses esprits, il est sorti de sa voiture et s'est prudemment avancé vers le fleuve. Et là, il a distingué une masse sombre qui flottait dans le vide. C'était Marion. Aussi incroyable que cela puisse paraître, elle avait pu s'extraire de son véhicule et s'était agrippée à un arbre. À ce moment-là, il pouvait encore la sauver.

— Je n'ai rien fait, avoue Kévin d'une voix atone. Je n'ai pas bougé. J'étais en état de choc. Elle hurlait, suspendue aux branches. Puis il y a eu ce cri terrifiant, et le fleuve l'a emportée. On ne peut rien contre la nature, ce n'est pas de ma faute.

Pétrifiée, Ophélie revoit l'image effroyable de Marion gisant dans la terre détrempée de la jardinerie, le corps gonflé par l'eau, le visage couvert de plaies et d'ecchymoses. Kévin l'a laissée mourir par peur, mais aussi parce que la disparition de la jeune femme réglait son problème. Ophélie éprouve soudain une profonde répugnance à l'égard de son mari. Elle le savait veule, mais à ce point…

— Ta lâcheté dépasse les limites du tolérable. Je peux à la rigueur admettre un manque de courage. Secourir une personne en danger n'est pas à la portée de n'importe qui, et sur ce point, tu n'as jamais été très téméraire. Mais que tu aies pu t'en prendre physiquement à mon père, ça, non ! Tu es un monstre, et jamais, tu m'entends, jamais je ne te pardonnerai ce geste.

Kévin gémit, se dit victime de malchance.

— Tu es pitoyable, le coupe-t-elle, horrifiée par tout ce qu'elle a entendu. Il a bon dos, le destin. Il ne tenait qu'à toi d'en modifier le cours. Tout à l'heure, quand je suis passée à la maison, tu te préparais à fuir, n'est-ce pas ? Ton voyage à Paris, c'était du bidon. Je hais tout ce que tu représentes, et je prie pour qu'aucun de nos enfants ne te ressemble.

Le visage d'Ophélie est vide de toute expression. S'il n'y avait pas les petits, elle bannirait à jamais Kévin de sa vie. Face à tant de bassesse, la rupture est inéluctable. Elle voudrait ne jamais l'avoir connu. Mais qu'elle le veuille ou non, il est le père de ses enfants et le restera.

— Je veux que tu partes. Je ne tiens pas à infliger à Lou et aux jumeaux la honte de devoir se rendre dans une maison d'arrêt pour voir leur père derrière la vitre d'un parloir. Si tu ne veux pas être accusé de détournement de fonds, de coups et blessures, de non-assistance à personne en danger, de recel, et que sais-je encore, tu vas disparaître de nos vies. C'est le prix à payer. Je présume que tu préfères l'exil au repentir, n'est-ce pas ? Car il en faut du courage pour affronter ses détracteurs, mais du courage, tu n'en as jamais eu.

Avant de lui tourner définitivement le dos, elle le somme de rentrer à Nîmes et de ne pas sortir de l'appartement jusqu'à nouvel ordre, le temps que son visage retrouve une apparence normale et qu'elle-même s'organise. Les enfants n'y verront que du feu, c'est sa semaine de garde. Et s'il s'avise de fuir une nouvelle fois, jamais plus il ne les reverra. Elle a besoin de réfléchir à ce qu'elle va leur annoncer. Et dire que ce matin elle pensait pouvoir encore renouer avec son mari… Mais leur histoire s'arrête là.

Le cœur lourd, elle rejoint son frère et sa belle-sœur qui ont suivi la scène de loin. Ophélie ne verse pas de larmes. Son cœur est sec.

— Martin, personne ne doit rien savoir, conclut-elle après leur avoir raconté toute l'histoire. Nous devons protéger la famille, les enfants avant tout, mais aussi les parents. Ils ont toujours eu un faible pour Kévin, surtout maman. Et pour la jardinerie, je m'arrangerai pour que rien ne paraisse.

— Tu peux compter sur notre discrétion. Pour l'heure, tu devrais rentrer. Si tu veux, je passe à la boutique pour m'assurer que tout va bien et je m'occupe de la fermeture.

Attristée, Elsa la prend dans ses bras et lui murmure des mots de réconfort à l'oreille. Et, enfin, Ophélie éclate en sanglots, libérant toute sa rancœur et son immense tristesse face à un tel gâchis.

Retrouver la maison vide a été une épreuve. Heureusement, une fois de plus, les enfants sont restés dormir à *La Desserte*. Elle n'aurait pas eu la force de soutenir leurs regards. Et maintenant elle n'arrive pas à trouver le sommeil. Il lui faut digérer les aveux de Kévin et trop de questions l'assaillent. Comment annoncer aux enfants leur séparation ? Ils sont tellement attachés à leur père. Elle échafaude un plan, anticipe les mensonges qu'elle va devoir inventer afin de leur épargner le pire, elle qui a horreur de mentir. Faute d'avoir réussi son mariage, elle ne doit pas rater son divorce. Peut-être lui en voudront-ils plus tard, lorsqu'ils connaîtront la vérité, car ils l'apprendront bien un jour, mais au moins, ils ne pourront pas lui reprocher de ne pas avoir tenté de les protéger. Plus vite Kévin pliera bagage, plus vite elle pourra reconstruire une vie de famille sereine et équilibrée. Elle devra lever le pied à la jardinerie, c'est sûr. En attendant, il lui faut trouver un discours qui rassure tout le monde. Elle pourra dire que Kévin s'absente un temps pour son travail, du moins jusqu'à Noël. Une mission à l'étranger. D'ici là, Lou et les jumeaux pourront dialoguer avec leur père *via* Skype. Par chance, les vacances scolaires débutent dans quelques jours et il est prévu qu'ils prennent leurs quartiers d'été à *La Desserte*.

Le lendemain, Ophélie se rend à la jardinerie de bonne heure, ne changeant pas ses habitudes et s'efforçant de ne rien laisser paraître devant les employés malgré sa mine fatiguée et son anxiété. Martin l'a appelée dans la matinée pour lui dire qu'Alice irait chercher les enfants à l'école en fin de journée et qu'elle les ramènerait à la maison après le goûter et les devoirs. Un soulagement pour Ophélie, qui décide de leur parler le soir même.

Comme elle s'y attendait, les jumeaux se mettent à pleurer lorsqu'elle leur annonce le départ de leur père. Complètement déboussolés, ils se réfugient dans les jupes d'Alice, restée pour dîner. Furieuse, Lou quitte la table et part dans sa chambre en claquant la porte. Ophélie est envahie d'une immense lassitude. Le doute vient troubler ses certitudes. Mais quel autre choix a-t-elle ? Elle a pris la seule décision qui s'impose en éloignant Kévin des enfants. Le plus difficile est de ne pas pouvoir tout expliquer.

— Laisse passer l'été, la rassure sa mère. Les petitounes ont besoin de se changer les idées. On est là. Ils pourront profiter de la piscine, et tu peux compter sur Gus pour les occuper ! Quant à Lou, sans doute te tient-elle responsable de ce divorce, mais c'est une ado. Un peu rebelle, je te l'accorde. Ne t'inquiète pas, tout finira par rentrer dans l'ordre. On discute bien toutes les deux. Je saurai trouver les mots.

— Merci, maman.

Dès le lendemain matin, avec l'aide de l'un des anciens collègues de Kévin, elle reprend la comptabilité point par point. L'administrateur judiciaire attend une copie impeccable. Aucune erreur n'est permise. Elle a bien l'intention de se battre jusqu'au bout, et tant que la période d'observation n'est pas close, elle cherchera toutes les solutions possibles pour régler ses problèmes de trésorerie. Elle doit à tout prix réaliser des économies. D'abord, supprimer certains abonnements à des sites publicitaires, négocier ensuite de meilleurs contrats avec les opérateurs énergétiques – eau, électricité –, des postes de dépenses importants à la jardinerie, et enfin revoir certaines prévisions à la baisse. Il lui faut insuffler du cash à l'entreprise, mais le temps joue contre elle. Deux semaines, deux petites semaines avant le terme du deuxième mois d'observation durant lesquelles elle est censée atteindre les objectifs fixés par l'administrateur judiciaire… Elle en est loin !

Dix jours plus tard, elle reçoit un appel de la banque qui l'informe que sa demande de prêt a été refusée malgré l'appui du directeur d'agence. Elle avait absolument besoin de cet argent, notamment pour effectuer certaines réparations au niveau des arrivées d'eau et des brumisateurs, la compagnie d'assurances n'ayant pas encore versé le solde de l'indemnisation qu'elle attend depuis des mois. Pour Ophélie, cette nouvelle est désastreuse. Elle n'a plus aucune carte en main. À moins de trouver un repreneur, l'aventure *Terre de garrigue* va s'achever. Une cessation d'activité comme tant d'autres. Pour payer les salaires et les charges, assainir un tant soit peu la dette, tout sera bradé, le matériel, les bâtiments, les reliques qui s'entassent dans les remises et les greniers de *La Desserte* feront la joie des collectionneurs et autres brocanteurs de la région. Maigre consolation… Elle ne peut retenir ses larmes. Cette fois, elle ressent le besoin de se confier et appelle Martin.

— Tu vas bien ? s'inquiète ce dernier.

Elle éclate aussitôt en sanglots. C'est la deuxième fois qu'elle laisse libre cours à son chagrin devant son frère. Elle lui fait part du coup de fil de la banque. Martin la rassure. Il y a sûrement une solution. Il l'invite à passer à *La Desserte* dans la soirée. Ils pourraient en discuter ensemble avec Elsa. Elle est toujours de bon conseil. Ophélie accepte. La perspective de ne pas rentrer seule dans une maison vide lui met un peu de baume au cœur. Ragaillardie, elle décide d'aller faire un tour à la boutique. Plutôt que de se morfondre dans son bureau devant des colonnes de chiffres qui lui donnent le tournis, autant être au contact des clients. Elle les a délaissés depuis quelque temps…

En fin de journée, juste avant la fermeture de la boutique, alors qu'elle repasse à son bureau prendre ses affaires, le téléphone sonne. Elle est tentée de ne pas décrocher, mais se ravise.

— Alors, sœurette, il paraît que tu as quelques soucis ?

Paul ! Abasourdie, Ophélie s'assoit. Comment est-il au courant ?

— C'est bien la première fois que tu m'appelles à la jardinerie, répond-elle, sur la défensive. Mon cas est donc si désespéré que ça ?

— Entre frères et sœur on se serre les coudes, non ? Souviens-toi de ce que je t'ai dit à Pâques.

— Excuse-moi, je n'avais pas l'intention de te blesser.

— Je n'ai pas toujours été là quand tu avais besoin de moi. Je reconnais avoir joué au cavalier solitaire et il est temps que je me rattrape. Je voudrais t'aider, Ophélie, mais pour ça, il faut que tu m'en dises un peu plus.

Un peu maladroitement, elle évoque le départ de Kévin mais ne s'étend pas sur ses déboires conjugaux, et encore moins sur les circonstances de la mort de Marion. Elle se doute bien que Martin lui a tout raconté. En revanche, elle va droit au but concernant l'entreprise, ne lui cachant rien de la gravité de la situation.

— Combien ?

— Combien quoi ?

— Tu as fait les comptes, j'ai simplement besoin de savoir combien de cash il te faut pour tenir côté trésorerie. Disons sur six mois.

— La somme est conséquente. Il me faut assurer les salaires, payer les factures et surtout engager des travaux. Tout le système d'irrigation débloque, si je ne fais rien, les plantations seront grillées. Mais pourquoi me demandes-tu ça ?

— Écoute, mon projet a été validé par le producteur et je viens de toucher un petit pactole. Je n'ai pas de gros besoins. Toi, tu bosses comme une malade depuis des années pour préserver ce que les parents ont construit. Moi, je n'ai rien fait dans l'histoire, alors, la moindre des choses est que tu récupères la monnaie de ta pièce. Tu m'indiques par mail le montant qu'il te faut, tu joins le RIB de la société et je te fais un virement dans l'heure.

Ophélie est abasourdie. Comment peut-elle accepter ce cadeau tombé du ciel sans qu'à l'avenir elle ne se sente éternellement redevable ? Embarrassée, elle ne sait quoi répondre.

— Accepte, sœurette, et on sera quittes, souffle Paul.

Il y a de l'émotion dans sa voix. Il sait ce que ressent Ophélie. Par péché d'orgueil, elle a toujours refusé l'aide des autres.

— Redevable ? Non, Ophélie, ce n'est pas toi qui l'es.

— Merci de m'éviter la faillite, p'tit frère. Et pardonne-moi d'avoir quelquefois douté de toi. Ce job à Los Angeles, par exemple, je n'y croyais pas.

En fait, je t'admire. Toi aussi, tu es passionné par ton métier, et tu as du talent. Surtout, ne l'abîme pas.

— Ben, justement, j'ai envie de le mettre à profit, ce talent. Depuis mon séjour à Pâques, j'ai beaucoup réfléchi. Ma vie n'est pas aux US mais en France, et chez nous si possible. J'en ai parlé au boss. Comme j'ai le vent en poupe, c'était le moment de négocier. Il est OK pour que je travaille à distance. Mieux, il finance l'installation de mon studio. Mon boulot sur le film l'a bluffé. Je n'ai rien dit aux parents, ni à Martin, d'ailleurs. J'attendais que tout soit bouclé. C'est chose faite ! Je rentre, frangine. On passera l'été ensemble !

Épilogue

Le traditionnel barbecue des Lazaret a été exceptionnellement avancé cette année, la crue de septembre dernier ayant contraint Gus de tout annuler au dernier moment. Comme à l'accoutumée, la fête se tient dans le parc de *La Desserte* où, pour échapper à la canicule de ce premier week-end de juillet, la longue table a été dressée sous le grand tilleul dont le feuillage généreux apporte une fraîcheur bienvenue. De nombreux amis, des fidèles, les membres de l'association humanitaire de Gus et tous les bénévoles, petits et grands, ont répondu présents à l'invitation. Pour rien au monde ils n'auraient manqué ce rendez-vous, une façon de rendre hommage à la générosité et à l'implication de leur hôte. Chacun s'est mobilisé, que ce soit par un don d'argent ou par l'organisation de collectes.

Au fur et à mesure que les convives arrivent, les paquets s'amoncellent à l'extérieur comme à l'intérieur de *La Desserte.* Elsa s'inquiète en évaluant le volume que cela représente. Comment expédier tout ce matériel à Mangatavra ? Gus, lui, est aux anges et s'empresse de la rassurer. S'il le faut, ils enverront un container entier en novembre prochain, date de la prochaine expédition à Madagascar. Cette fois, Elsa et Martin seront de la partie, un séjour de trois semaines durant lesquelles ils auront pour mission de réceptionner la cargaison et d'en coordonner la répartition avec les

ONG sur place. Ils vont ainsi pouvoir concrétiser leur voyage de noces, avec un an de retard. Le couple a également le projet de faire creuser un puits dans le village. La population locale souffre du manque d'eau, d'hygiène, avec toutes les maladies qui en découlent. Ce puits permettra par ailleurs de mettre en place une meilleure irrigation. Une nécessité aujourd'hui, alors que la déforestation provoque l'appauvrissement des sols et que les terrains, laissés à l'abandon, sont difficilement cultivables.

Depuis leur arrivée en début de matinée, les bénévoles trient vêtements, jouets, fournitures scolaires, médicaments, et bien d'autres affaires encore. Le travail s'organise dans la bonne humeur. Tout le monde veut tourner la page de cette terrible inondation. Dix mois après les événements, les choses sont peu à peu rentrées dans l'ordre pour la majorité des sinistrés, les fonds de soutien et les nombreux dons qu'a reçus la ville ayant permis d'accélérer les travaux de reconstruction. Mais bien que les traces du désastre aient pratiquement disparu, le traumatisme reste vivace.

Vers midi, Gus invite tout le monde à passer à table. Les invités ne se font pas prier et se rapprochent du buffet dressé sous un petit chapiteau loué pour l'occasion. Les conversations se poursuivent dans la file d'attente, ordonnée et bon enfant. Cette année, Elsa a épaulé Ophélie et sa belle-mère pour la confection des terrines. Fatou est venue leur prêter main-forte plusieurs soirs de suite après ses tournées, la semaine qui a précédé le barbecue. Par chance, le potager d'Alice donne à profusion cette année. Laitues généreuses, tomates gorgées de soleil, poivrons, aubergines, autant de légumes bien croquants qu'elles ont cueillis ce matin à l'aube pour préparer des salades composées et quelques belles marinades à l'huile d'olive qui accompagneront les grillades. Un plateau de fromages cévenols et des génoises aux fraises, avec bien sûr des glaces pour les enfants, termineront ce repas de fête.

Romain Fabrégat gère l'approvisionnement en boissons, aidé de Yanis. Plus loin, Gus, Martin et Paul, rentré des États-Unis il y a une quinzaine de jours, s'activent devant le barbecue. Des pommes de terre enveloppées dans du papier d'alu cuisent lentement sous la cendre. Gus ne cesse de taquiner ses deux fils qui, penchés au-dessus du foyer, retournent les brochettes, les saucisses et les côtelettes offertes par le boucher qui est venu les livrer à la première heure ce matin. Les garçons se réjouissent de voir que leur père n'a rien perdu de sa vitalité et apprécient de partager avec lui ce moment de complicité teinté du parfum de l'enfance, se rappelant les pique-niques en famille, quand leurs parents emmenaient leur petite troupe en virée, toujours le dimanche, jour de fermeture de la jardinerie. Dès son retour, Paul a entrepris de vider la remise afin de pouvoir y installer son studio. Martin lui a donné un sérieux coup de main, charriant des tonnes de rebuts jusqu'à la déchetterie. Sans son aide, il n'aurait jamais pu boucler ce chantier à temps et installer son matériel qui doit être livré prochainement.

Alice et les filles ont rejoint les invités et bavardent tranquillement. Ophélie rappelle à l'ordre les jumeaux qui tournent autour de la table et picorent dans les plats avant de repartir jouer avec les autres enfants dans le jardin. Lou s'est installée un peu à l'écart, non loin de la piscine. Si elle semble avoir admis que ses parents ne recolleraient jamais les morceaux, ses rapports avec sa mère restent cependant tendus, à l'opposé de ses frères qui ont accepté beaucoup plus facilement le départ de leur père. Soutenue par Martin et Elsa, Ophélie s'en est tenue à la version officielle afin de les protéger : Kévin a eu une opportunité professionnelle et il a dû partir à Barcelone. De leur côté, Gus et Alice n'ont pas cherché à approfondir et ont fait le deuil du mariage raté de leur fille. Mais Alice a bien compris que cette séparation allait au-delà d'une simple mésentente conjugale. Avec sa bonté coutumière, elle veille avant tout à ce que sa fille retrouve un certain apaisement et reprenne ses marques – c'est elle qui lui a proposé de prendre les enfants durant l'été. Quant à Gus, il ne se souvient de rien, et même si les événements de cette soirée lui reviennent un jour en mémoire, il n'est pas sûr qu'il mette un nom sur son agresseur. Il faisait nuit, il pleuvait à verse, et le coup a été porté par l'arrière. Et puis il est inutile de chercher à réveiller les souvenirs. D'ailleurs, il n'a pas abordé le sujet depuis un moment.

Soudain pensive, Ophélie glisse les mains dans ses cheveux, les relève en queue de cheval. Après tout, elle n'est pas si malheureuse. Kévin a signé tous les papiers et a accepté ses conditions. Si tout se déroule comme prévu, ils seront officiellement divorcés à la fin de l'année. À la pépinière, la situation s'est nettement améliorée. L'apport financier de Paul a insufflé une bouffée d'oxygène considérable. Elle n'a plus de problèmes de trésorerie et le redressement judiciaire devrait connaître une issue favorable. Elle envisage d'ailleurs de commencer les travaux de rénovation de la serre dès l'automne. L'espace abritera de nouvelles cultures en bio et elle a chargé Yanis, dont le dévouement ne faiblit pas, de s'en occuper. Elle a profité du départ en retraite de Marcel, qui s'est enfin résolu à lever le pied, pour lui proposer un CDI. Sans l'argent de Paul, il lui aurait été difficile de l'engager, et elle a dû aussi user d'arguments auprès de l'administrateur pour justifier ce recrutement. De son côté, Romain Fabrégat lui apporte de judicieux conseils pour la décoration du magasin et l'aménagement des allées. Depuis le départ de Kévin, il n'est pas rare qu'elle passe à son atelier le soir, après la fermeture de la jardinerie, se surprenant à attendre cette charmante parenthèse avec impatience. Lui-même semble apprécier sa compagnie. Il n'est qu'à voir cette douceur dans son regard dès qu'elle franchit le portail, et son visage rayonnant quand il vient vers elle pour la saluer. Cette pensée la fait sourire. Le temps efface les peines, dit-on… Mais la blessure reste profonde et pour l'instant, sa priorité va aux enfants. Romain l'a très bien compris, et s'il se montre délicat et prévenant, c'est toujours avec mesure.

Le repas se termine. La plupart des invités traînent encore à table et sirotent tranquillement un café en compagnie de leurs hôtes. Martin et Paul terminent de nettoyer le gril et de ranger le matériel. Plus loin, les enfants s'amusent autour de la piscine tandis que Fatou et Elsa bavardent au soleil, confortablement installées sur des transats. Paul a monté la sono d'un cran et les plus jeunes se rassemblent au fond du jardin pour danser un reggae. Elsa sourit en entendant les premières notes. Cette chanson au titre évocateur, *J'ai des petits problèmes dans ma plantation*, figure sur l'un des CD qu'elle a amenés en prévision de la soirée. Cadeau de sa tante Marie-Pierre au retour d'un séjour en Martinique. Ravie, Fatou prend les mains d'Elsa et bat la mesure en se trémoussant sur son transat. Elle ignore tout de l'implication de Kévin dans cette affaire d'argent détourné du compte de ce pauvre Luciano et qui a mis en péril le cabinet. Marion a été blanchie et pour l'infirmière, c'est bien là l'essentiel. Ce cabinet, elles l'avaient monté toutes les deux et elles avaient travaillé sans relâche pour le développer. Les patients appréciaient Marion et Fatou a été profondément touchée par sa disparition. Elsa a un temps ressenti de la culpabilité de laisser son amie dans l'ignorance, mais par loyauté envers Ophélie et la famille Lazaret, elle a fini par admettre que Fatou n'avait pas besoin d'en savoir davantage. Cet argent a été dilué dans les comptes de la jardinerie par Kévin, et ce n'est certainement pas ce lâche qui avouera son forfait. Quelque part, le pacte qu'elle a scellé avec sa belle-sœur et Martin, taire cette navrante affaire pour préserver les uns et les autres, Paul mais surtout Gus et Alice, l'a rapprochée de cette famille qui l'a accueillie comme un membre à part entière. Un lien indéfectible s'est noué, jamais elle ne trahira les Lazaret.

Tout à ses pensées, elle n'a pas vu Martin arriver et sursaute alors qu'il enserre ses épaules de ses bras et l'embrasse fougueusement.

— Désolé d'interrompre votre discussion entre filles, mais si on rentrait à la maison, ma petite fée ? Tout le matériel est rangé et je pense que les parents n'ont plus besoin de nous. Ophélie non plus, d'ailleurs, qui semble apprécier de plus en plus la compagnie de Romain Fabrégat ! Je peux t'enlever ma ravissante épouse, Fatou ?

La belle Africaine lui fait un clin d'œil.

— Allez, les amoureux, filez ! lance-t-elle en éclatant de rire.

Après avoir salué les invités et embrassé affectueusement Gus et Alice, ils regagnent la voiture et filent aussitôt à Villevieille. Martin et Elsa ont emménagé dans leur maison la semaine précédente, aussitôt les travaux terminés. Paul les a aidés pour le déménagement. Arrivés devant le portail, Martin prend Elsa par la taille. Émue, celle-ci saisit sa main et ils traversent le jardin en silence. Martin… Il est sa force tranquille, le centre de son univers. Doucement, son mari l'attire contre sa poitrine et resserre son étreinte. Elle sent son souffle chaud dans ses cheveux.

— C'était une si belle journée, murmure-t-elle. Tant d'événements se sont passés en un an. Beaucoup de malheurs et d'épreuves, mais nous sommes toujours là.

— Oui, ma fée. Les choses sont enfin rentrées dans l'ordre. Je crois surtout en la beauté des âmes et la bonté des cœurs. Et c'est ce que tu es, mon amour, une belle âme avec un grand cœur. Je t'aime.

Arrivés sur le seuil de leur chambre, Elsa se penche vers Martin et lui murmure à l'oreille :

— Et si on faisait un bébé, là, maintenant ?

Martin sourit et l'entraîne vers le lit. Oui, un enfant, promesse d'un merveilleux avenir. Désormais, la vie leur appartient.

Remerciements

Si cette histoire vous a plu, sachez qu'elle doit beaucoup à Anne-Marie Genevois et Corinne Quittet, deux infirmières au grand cœur, Stanislas de Longchamps, gérant de la jardinerie *La Terre qui chante* à Aujargues, le sergent-chef Frédéric Philippe et le caporal Benoît Martin, de la caserne de sapeurs-pompiers de Sommières, Arnaud Boudon, expert en effets spéciaux, ainsi que l'Office de tourisme de Sommières. Leurs précieux conseils, leur dévouement et la passion qui les anime tous ont rendu l'écriture de ce livre infiniment plus facile. *La vie leur appartient* est né de ces belles et heureuses rencontres.

J'adresse une pensée émue à mon père, mon modèle, et à Zabeth, une amie chère à mon cœur, qui nous ont quittés en 2018. De là-haut, votre présence bienveillante m'a soufflé les mots justes.

Enfin, il y a vous, chers lecteurs. De livre en livre, vos encouragements me comblent de bonheur.

Merci à vous tous.

Composition et mise en pages
Nord Compo à Villeneuve-d'Ascq

Cet ouvrage a été imprimé par
CPI Bussière à Saint-Amand-Montrond
en avril 2020

MIXTE
Papier issu de
sources responsables
FSC® C108412

*Le papier entrant dans la composition de ce produit provient de forêts certifiées FSC®
FSC® se consacre à la promotion d'une gestion forestière responsable.*

Numéro d'éditeur : 2061211
Numéro d'imprimeur : 2052815
Dépôt légal : avril 2020

Imprimé en France